Darío y Camila

Darío y Camila

Octavio Fernández Heredia

Número de Control de la Biblioteca del Congreso de EE. UU.: 2014916104
ISBN: Tapa Dura 978-1-4633-9190-4
Tapa Blanda 978-1-4633-9191-1
Libro Electrónico 978-1-4633-9192-8

Este libro fue impreso en los Estados Unidos de América.

Fecha de revisión: 26/09/2014

Para realizar pedidos de este libro, contacte con:
Palibrio LLC
1663 Liberty Drive
Suite 200
Bloomington, IN 47403
Gratis desde EE. UU. al 877.407.5847
Gratis desde México al 01.800.288.2243
Gratis desde España al 900.866.949
Desde otro país al +1.812.671.9757
Fax: 01.812.355.1576
ventas@palibrio.com
671740

ÍNDICE

PROLOGO
DARÍO Y CAMILA

Como podremos entender la realidad de la vida, nuestra visión en el mundo, debe y tiene que ser la única herramienta de la cual, tomamos siempre decisiones que nos marcan la trayectoria por este mundo, dejándonos en libertad para hacerlas de una manera correcta y otras de manera totalmente adversa.

El panorama que nos presenta esta historia, es un legado de la mente imaginaria de quien la escribe porque se basa en elementos puramente reales que dejan siempre un sabor amargo, por la falta del sentido común, para dejar de ver cuadros tan crueles que nos presenta la vida, en un mundo donde no debería de existir en la sociedad, esta otra que se margina a diario y se les condena por ignorancia de aquel que cree poseer lo que no tiene.

Esta historia nos habrá de dejar marcado en el corazón, como la desgracia de nuestros dos personajes, que se ven en la peor de las condiciones, así como no debe caber la menor duda, que pueda existir en algún remoto lugar del planeta, o que pudiera estar al alcance de nuestras miradas, que de igual manera pudieran ser indiferentes ante ese panorama.

En la actualidad, creo que somos un producto de una gran variedad de géneros de los cuales se deben considerar impersonales, es decir corrientes y vulgares incapaces de visualizar cual sería el efecto de la acción del presente, para el inmediato futuro.- De esta manera podríamos considerarnos ante esas minorías donde la pobreza es real ante nuestras miradas, ser egoístas por naturaleza eso nos impide en la mayoría de las veces, hacer felices a otros que nada tienen.

Sin embargo cuando existe una armonía dentro de las relaciones, que como cristianos comprometidos en las cosas espirituales, nos deben llevar sin contradicción alguna, a la obra misma que nos enseña como amar al prójimo como a si mismo.

De la misma manera sabemos que el sol sale igual para ricos que para pobres, para buenos y malos, para los enfermos y sanos, esa es la fraternidad del espíritu, que aun cuando exista la impunidad, el abuso, el libertinaje, el exceso y el despotismo, todo esto como sinónimos de la ignorancia por la falta de sabiduría para poder comprender, la realidad de la vida en que estamos viviendo y que nada ante el altísimo es gratis, a su tiempo el destino cobra su factura.

El centro de esta historia que se cuela entre lo real, son la muestra de aquella armonía de la que poco se ve entre la célula familiar, donde se conoció el fracaso y se reconoció la misericordia, donde en ese espacio que fue a tiempo y destiempo, se deja ver toda la ternura, después de una amargura que nació en sus almas, para perderse en la agonía de sus vidas, sin esperar lo que después verían sus ojos, para abrir de nuevo aquellas ilusiones que fueron cerradas hacia tiempo.

El Amor de Dios, no deja cuentas vacías cuando se le demuestra la voluntad y la entrega de los corazones que sufren poniendo ese sentir a los pies de la cruz, para que el mismo Jesús se incline y levante de nuevo, para dar vida nueva y en abundancia.- Se porque se los digo.

El Autor ofh

11-19-07

"POBRES DE LOS RICOS QUE NO COMPARTEN SUS RIQUEZAS CON LOS POBRES"

Jesús de Nazaret

DARÍO Y CAMILA
11-19-07

Dos pequeños desamparados que el destino los unió en la adversidad de la vida para juntos lanzarse en la aventura de su existencia, sin saber que les deparaba el futuro en aquel largo caminar que daba principio aquel mismo día cuando se conocieron.

Camila tenia seis años de edad, su cabello era largo hasta sus hombros y de color negro, sus ojos azules con ceja poblada, su semblante denotaba ser de raíz noble, sus labios prometían ser carnosos cuando llegara a su adolescencia, el color moreno de su piel se tornaba blanco y su rostro ligeramente afilado era claro, daba la impresión que el hambre y el frió, estaba mostrando señas inconfundibles de no poder alimentarse y cubrirse.

Su vestido era de una sola pieza, el color no se distinguía, lo sucio y lo mullido por el tiempo decía que era todo lo que tenia en ese momento de su vida, sus pies desnudos y sucios mostraban su incansable caminar por las calles de la ciudad tratando de sobrevivir.-Detrás de su mirada azul, se ocultaba una muy grande tristeza y al mismo tiempo, le hacia sentirse insegura de si misma, es por esto que al lado de Darío, cuando lo conoció en aquella ocasión se sentía diferente.

Darío, a los ocho años de edad, había sobrepasado algunas etapas de su vida, las mismas por las que Camila estaba pasando, pero al lado Darío ella estaba segura que serian diferente.-Las banquetas oscuras, las bancas de los parques, los arroyos, puentes y algunos rincones de viejos callejones, eran sus mejores alcobas para pasar la noche, cubriéndose con viejos periódicos que hacían a la vez de mantas y los cartones eran sus gruesos cobertores que les cubría de las bajas temperaturas en los fuertes inviernos que azotaban a la ciudad.

Ocho años, marcaba cierta experiencia en Darío para sortear los obstáculos que le permitían sobrevivir en aquella selva de grandes edificios y la apatía de algunos, en su mayoría de los habitantes que marginaban aun mas al pobre para abrirse paso y llegar a sus objetivos, sin importar raza, credo y religión.

El destino que marca la existencia de todo ser vivo, y en nuestra condición humana, la vida realmente quiso que estos dos pequeños fueran el centro de esta historia, que sin duda habrá de cautivar el corazón de quien tenga el tiempo de leer y meditar esta gran historia.

Realmente sabemos que en el mundo existe un incontable número de niños que viven en la más paupérrimas condiciones en todas sus modalidades y que aun así el mundo exterior al de ellos, sigue marginándolos para dar a conocer que el poder esta por sobre todas las cosas, sin importar esta que es una de ellas la mas importante por las que se debe luchar hasta alcanzar la gracia de su supervivencia en otras condiciones mucho más dignas, por ser parte de un mundo que aun creemos que nos pertenece.

EL ENCUENTRO

En un baldío olvidado e inhabitable como si fuera un pequeño tiradero de escombros, Darío preparaba un pequeño refugio donde pasar las frías noches del invierno que se acercaba, un cuartucho pegado a una barda que dividía otra fracción de terreno, entre viejos matorrales que le servirían de camuflaje para lo que estaba haciendo, prácticamente entre madera vieja y cartón usado, con una puerta carcomida por el tiempo y forrada de plantas de la estación y diera a la vista de los demás, si es que algún día pasaran por el lugar, diera esa misma impresión, solo un montón de enredaderas silvestres y otras plantas amontonadas alrededor de lo que seria su refugio, que pretendía por esto hacerlo secreto.- De manera que nadie asumiría que allí pudiera haber algo, mucho menos viviendo un niño que la naturaleza humana lo había olvidado

La idea de Darío fue algo emocionante, había ideado colocar en el techo de su refugio un pedazo de plástico transparente usándolo como un tragaluz, sin embargo la idea original fue que seria un despertador personal, ya que los primeros rayos del sol, entrarían a través de este y estarían acariciando automáticamente su rostro, los cuales le despertarían.

En el interior, dos cajas de maderas unidas por un alambre que le serviría de mesita donde pondría una vela, la cual sus cálculos la haría que diera luz aproximadamente dos horas antes de dormir, para que esta se apagara sola al terminar de arder, colocándola en un frasco de vidrio previendo un accidente, la cama un montón de periódicos y papeles sobre la tierra, que le servirían como una especie de amortiguador, ya que sobre ellos pondría cartones gruesos para resguardarse y sobre estos mismos cartones colocara una infinidad de trapos que había estado recolectando para esta intención y como cobijas tenia algunos sacos vacíos que en algún tiempo sirvieron de empaque de papas y otros cobertores viejos que durante el otoño, los fue guardando en aquel lugar que había predestinado para su refugio, pidiendo a Dios que todavía no construyeran en ese lugar.

Cuatro neumáticos de un automóvil pequeño, con un pedazo de tabla sobre ellas divididas en dos le serviría de mesa, dos cajones de madera que uno usaba como silla y el otro como una pequeña alacena donde guardaba lo necesario para comer, no tenia nada mas, la naturaleza le proporcionaría lo necesario con el tiempo.

Mientras Darío terminaba su obra, pensaba en su siguiente paso, se había cansado de pedir limosna en las calles y quería trabajar, sus sueños eran otros y mucho más grandes y estaba decidido a seguir sus pensamientos.- Esa tarde se quedo en su refugio ya terminado, solos tenia una botella con agua y un pedazo de pan medio duro que había guardado días antes.

Entrada la noche, se dejo caer sobre la improvisada cama tomando una posición donde no le fallaran sus cálculos al salir el sol, de esa manera se entrego a su sueño para no saber nada de el en un momento, el cansancio le había ganado.- De pronto un fuerte rayo de luz le envolvió en su rostro y que al abrir sus ojos se dijo con alegría.-Funciono dijo una vez mas.- Funciono.

Al ponerse de pie es la botella con agua, de quien toma un trago para enjuagarse la boca y con otra poca, haciendo una conchita en su mano izquierda para medio lavarse la cara.- Listo para salir a buscar trabajo.- Serian las seis de la mañana cuando ya estaba afuera de su refugio viendo que el día prometía ser claro y con poco frió.

Darío sabia que tendría que caminar un largo trecho, cuando menos seis cuadras para estar entrando a la ciudad, de manera que sin pensarlo mucho se puso en marcha, pensando como hacerle para conseguir trabajo.- Pero que clase de trabajo, lavar carros?, hacer mandados?, limpiar jardines? Empacador de una tienda?, ayudante de mecánico? Despachando dulces?, vendedor de frutas? de paletas heladas?, periódicos?, que haré, que haré, se decía mientras caminaba.

Inmerso en sus pensamientos, había perdido la noción del tiempo y caminaba y caminaba, por la acera de la izquierda de una avenida muy concurrida de automovilistas que van y vienen.

De pronto frente a el y a corta distancia observa que un automovilista esta en apuros, el auto se había detenido de repente en el carril por donde este venia y viéndolo en apuros, Darío corrió para brindarle su ayuda incondicional, empujando con fuerza junto al chofer del auto para hacerlo un lado y dejar que el trafico fluyera sin contratiempo.

Una vez resuelto el problema, Darío satisfecho de haber podido ayudar a alguien, da la media vuelta y se retira, volviendo a sus pensamientos que había dejado atrás para brindar ayuda a alguien que lo necesitaba.

Apenas había caminado un poco y escucho una voz que decía.- Niño, ven regresa.- Darío imagino que era a el a quien le decían ven, se dio la media vuelta y espero para confirmar que su imaginación estaba en lo cierto.-Había caminado aproximadamente diez pasos, cuando se detuvo y girando su cuerpo ve que el propietario del aquel auto le hacia señas de regresar.- Cuando estuvo frente al chofer, Darío pregunto.- Puedo ayudarlo en algo mas?... No, le contesta, solo quiero darte las gracias por ayudarme a salir del problema, como te llamas?... Mi nombre es Darío, le contesta el niño.- Y usted como se llama?... Mi nombre es Rodrigo Fuentes, mira hijo, le dice Don Rodrigo.

Toma esto es para ti, para que compres lo que mas quieras, se que lo usaras bien, porque me has demostrado tu humildad.- Gracias señor, muchas gracias, ojala algún día pueda regresarle este favor tan grande que me ha hecho.- Te lo has ganado, responde Rodrigo.- Un gracias de nuevo y metiendo su mano empuñada en el bolsillo de su pantalón o lo que queda de el, recordemos que es un pantalón sucio, corto y gastado por el tiempo.

Darío se retiro del lugar emocionado, y buscando un lugar solitario donde poder ver lo que traía en su mano.- Alejado de la gente que no dejaba de transitar, saco su mano, la acaricio con su mirada y abriéndola lentamente, se quedo con los ojos bien abiertos al descubrir que en la palma de su mano, estaba un billete de cincuenta pesos y otro mas de veinte, volvió a cerrar su mano para depositarlo en el mismo bolsillo de donde lo había puesto antes.

La emoción hizo mas que agradecerle a Dios y al día por lo que le había brindado en ese momento.- Jamás olvidare este día, estará en mi corazón toda la buena fe de Don Rodrigo y la gravare en mi mente hasta el fin de mis días, porque lo que hoy me ha dado, será el principio de algo muy grande y con una expresión mucho mas fuerte vuelve agradecer.- Gracias Dios.

Con este regalo venido de Dios y del hombre, opto por tomar el camino de regreso, pensando como invertiría esa cantidad o parte de ella que le diera rápido rendimiento.

Que hago, que hago se decía.- Señor, señor, me dice la hora por favor?...preguntaba al primer transeúnte con el que se topo al emprender la carrera, casi seguro de lo que había pensado.- Quince para las diez, contesto la persona.- Gracias, muchas gracias le decía en su desesperada carrera.

Una cuadra mas adelante al fin se detuvo y miro a los cuatro lados.- Ya me acorde, se dijo en su pensamiento.- Esta por aquí, y a lo lejos divisaba un anuncio espectacular, anunciando lo que el tenia ya en su mente de niño.- Lo leyó en voz alta y casi balbuceando las letras.- El Centinela, el periódico que escribe con la verdad, que no le cuenten, mejor entérese con el Centinela.

Aminoro su paso y lo mantuvo firme con una respiración medio agitada hasta llegar a las oficinas de la redacción, una vez dentro se dirigió al despachador del matutino.- Muchacho otra vez por aquí? Dice Don Miguel que es el propietario del negocio, que ya lo conocía. Darío lo había intentado semanas atrás sin conseguir el crédito que necesitaba, ahora seria diferente.- Don Miguel, es temprano todavía, me da por favor diez periódicos?...Con que los vas pagar?...Por supuesto que con dinero, porque hoy Dios me ayudo.- A como me los va dar. A ocho pesos para que les ganes dos, te parece bien? Déme crédito por un peso en cada uno y horita que los venda se los pago con mi ganancia.- Esta bien, dice Don Miguel.-. Ni modo me ganaste, toma los diez periódicos y por lo que me has hecho hacer, te voy a tener confianza por ahora, me escuchaste?, por ahora?.- Si Don Miguel, por favor téngamela replica Darío. Ándale pues vete a venderlos que aquí yo te espero.- Adiós Don Miguel gracias, muchas gracias.

Una segunda emoción le hacia llenar de gozo al cerrar la puerta de la redacción.- Don Miguel escucho por primera vez la voz de un niño feliz gritando con fuerza, todo lo que había leído en aquel espectacular.

El Centinela, el periódico que escribe la verdad, que no le cuenten, mejor entérese con el Centinela.- Después se dejo escuchar una expresión de satisfacción en los labios de Don Miguel....a que muchacho.

Darío experimentaba toda una emoción y las ganas juntas de salir adelante, le puso toda la fuerza de su corazón mientras llegaba a la primera cuadra, donde se detuvo en la esquina a gritar su mercancía vendiendo allí los primeros dos ejemplares, siguió adelante y su entusiasmo parecía contagiar a quienes le escuchaban a su paso, así vendió uno mas mientras llegaba a la segunda cuadra, donde se detendría un rato agitando el rotativo con su mano derecha y gritando sus ocho columnas.- Familia ejemplar acusada de fraude.- Tremendo accidente en la internacionaaalll.- Qué no le cuenten, mejor entérese en el Centinela.

Cada ves su rostro tenia la mejor de sus sonrisas, su carisma era como un fuerte imán que atraía a los asiduos lectores.- Se encaminaba hacia la tercera cuadra donde de igual manera se detendría en su esquina, para hacer la misma operación, allí vendió el quinto ejemplar, sin perder tiempo siguió de frente hasta llegar a una cuarta cuadra, donde tenia a su vista una pequeña plazoleta con varias bancas y se dijo así mismo.- Aquí los vendo todos y ahora.

Dándose a la fuerza de sus posibilidades permaneció en la parte de enfrente que da hacia la avenida, después siguió rodeando la plazoleta haciendo la misma operación de ventas, logrando su cometido, vender el resto de sus ejemplares.

Así transcurrieron sus primeras horas de trabajo, las cuales registro muy bien en su memoria. De allí emprendió su camino a la redacción, solo era cuestión de quince minutos para llegar.-Cuando estuvo frente a Don Miguel, este se sorprendió al verlo allí.- Muchacho te robaron los periódicos?... pregunto asombrado.- Al contrario, vengo por cinco mas y pagarle lo que debo.- Estas seguro?...vuelve Don Miguel a interrogarlo.- Así como mi nombre es Darío Escalante, replico con tono suave.-Esta bien.- Aquí tienes cinco mas y me debes solo treinta pesos y desde hoy en adelante a ti nada mas te los voy a dejar a ese precio.- Estoy de acuerdo si recibe los diez pesos que le debo de los otros, yo le pedí me diera una oportunidad y aquí tiene su dinero.

Eres necio y terco, no me escuchaste bien lo que te dije?...Le responde Don Miguel.

Estoy muy chico para empezar a quedarme sordo, responde Darío.- Claro que lo oí y yo quiero que así sea, de manera que por favor acépteme este pago.- Entonces hacemos esto, te voy a dar seis en lugar de cinco y dame lo que es tu terquedad, de acuerdo?...

Muy bien aquí tiene y tratos son tratos no es así?...Antes de salir... Ah y para mañana por favor me aparta quince y para en la tarde cinco esta bien?...Esta bien responde Don Miguel agregándole un hasta mañana hijo.

Darío empezaba a calcular el tiempo, en esos momentos estaban marcando las manecillas del reloj, las doce con treinta minutos, cuando salía ahora hacia el lado sur de la ciudad.- La misma confianza tenia de vender los periódicos antes de las cuatro de la tarde.- Porque se hacia esa meta de antes de las cuatro de la tarde?.

En la cabeza de Darío, había una maquinaria que la estaba tratando de sincronizar en todos sus movimientos, día, fecha, momento, hora, circunstancia, todo lo relacionado a su vida, porque el creía que su vida había empezado de nuevo ahora.

De antemano, para él estaba claro que El Centinela, era un periódico matutino y que a esas horas ya estaría por circular la competencia con noticias nuevas, sin embargo, sabia también que tenia a su favor la esquina del expendio de refrescos, porque allí había una parada de camiones urbanos y a esas horas el movimiento era mayor, por ser la hora de salida de algunos trabajos, y aun así no se daba por vencido.

Había en el todas las ganas, era como cualquier niño, que a los ocho años su ilusión mas que nada era jugar, divertirse con los compañeros de escuela.

El sabia también que el destino le tenia otra jugada, quizás mayor, la primaria le fue necesario dejarla cuando cursaba su segundo año, los cuales aun así fueron una base menor porque apenas aprendía a leer en silabas, como sumar y restar.

Que no le cuenten las noticias, mejor léalas en el Centinela.- Así pasaron dos horas en esa esquina y solo faltaba uno por vender.- En el próximo camión lo vendo y nos vamos, se decía muy positivo.

Mientras esto pasaba en esa esquina, la que seria la favorita por las tardes, en la acera de enfrente se dejaba ver una niña que caminaba de un lado para otro, como que perdía su balance, recargando su pequeño cuerpecito sobre la pared de la tienda paso a paso, debilitándose mas cada vez.

Darío no percibía correctamente lo que estaba sucediendo con esa niña, el solo quería vender su último ejemplar, cuando en esos momentos hacia su arribo el camión urbano No.66 de la ruta Central Norte y Central Oriente.

Cualquier vendedor, debe tener cierto carisma para ejercer esta profesión, Darío además de tener esto, la sonrisa que tenia siempre en sus labios, desafiaba toda energía negativa que podría tener alguien frente a el y esto era su imán de vendedor.

Para cuando el camión iniciaba su marcha, ya le habían comprado el ultimo de su meta.- Darío de frente al costado del autobús, veía a través de las ventanillas a los pocos pasajeros que ocupaban sus asientos esperando llegar a casa.

Al fin con la marcha del autobús, el paso estaba libre y había que esperar que el semáforo diera la señal para cruzar la calle y emprender su retirada al refugio.

Al cambio de la luz, Darío corrió como todos los niños juguetones, al llegar a la acera de enfrente, jamás imagino que se encontraría con un cuadro lleno de tristeza que le cambiaria algunos planes en su vida.

Una vez sobre la banqueta, por fuerza mayor tenia que pasar por donde estaba aquella niña que parecía caer de un momento a otro, ahora estaba sentada con sus piernas recogidas hacia su regazo, el cabello cubría su rostro porque la cabeza posaba sobre sus rodillas que estaban engarzadas con sus manos.

El corazón de Darío no pudo mas, al verla que miserablemente el tiempo le estaba mutilando sus días, sentía que agonizaba y el sabia porque y de que.- Se acerco lentamente hacia ella.- Mi niña te sientes bien, Darío preguntaba angustiado.- Te sientes bien?... No obtenía respuesta alguna, él sabía que lo escuchaba.- Como te llamas?... Contéstame, estas enferma, te sientes mal?... De pronto sintió que su frágil humanidad perdía su balance y se inclinaba hacia el lado opuesto, donde estaba Darío.

Sujetándola del brazo izquierdo para que no cayera, vuelve a preguntar.- Tienes hambre?...quieres un poco de agua?...Levemente con un esfuerzo como sacado de lo mas profundo de sus entrañas, aquel pedacito de corazón que aun latía en su cuerpo, parecía que reaccionaba cuando Darío le hablaba con ternura.

Mi niña no te muevas, en un momento estoy contigo, te voy a traer un poco de agua, no te muevas esta bien?... con un leve movimiento de cabeza le indicaba que era afirmativo.

Darío corrió rápidamente hacia la acera que había dejado atrás, para ir donde el expendio de refrescos, comprar una botella con agua y volver donde estaba su compañera de pobreza, para hacer el esfuerzo de reanimarla, dándole de beber cuando menos del preciado liquido.-Ya estoy aquí, has un esfuerzo por tomar una poquita primero y después otra mas, hasta que te sientas mejor.

Días sin comer, no probar líquidos, mal dormir en donde la noche cayera, ser vigilante de si misma, y cuidarse de los demás indigentes que, algo podría haber pasado, si esta niña no pensara aun en las condiciones que ha venido estando, como es su mas y muy preciado valor moral, de ser ella.

Esta depresión podría haberle costado la vida, morir por inanición en cualquier lugar, ya que la pérdida del conocimiento la tendría inconciente y caer para no volverse a levantar.

Después de un buen rato acompañándola y no dejarle de hablar, al fin logro mover aun mas con ligereza sus manos que parecía tenerlas entumidas por el buen rato de estar en esa posición.- Te sientes mejor?... Darío esperaba una respuesta.- La tiene con el movimiento mas flexible en la cabeza de la niña.- Que bueno, crees que te puedas parar?... quieres que hagamos el intento?

Darío la toma por debajo de los hombros en dirección de las axilas para empujarla hacia arriba, la niña estaba dando muestras de querer hacerlo.- Creo que estas todavía muy entumida, dice Darío.- Estira las piernas así como estas sentada y trata de mover los pies, y ver si esto funciona.

A los cinco minutos, Darío vuelve a intentarlo, ahora con mas fuerza, recibiendo la sorpresa que estaba funcionando, la niña, ya estaba de pie.- Ven ahora recárgate en la pared no te vayas a caer, porque para levantarte va ser otro tango.

Darío vuelve a ofrecerle un poco de agua.- Toma bebe un poco mas, lista?...bueno, nos vamos despacito y no te mortifiques yo te voy cuidando, va ser largo el camino y horita que pasemos por una tienda, vamos a comprar una vela y otras cosas que vamos a necesitar.

Camila lo escuchaba muy dentro de su corazón y sentía que el seria su verdadera salvación, porque en los días que había estado perdida con hambre y sed, nadie le había tendido la mano.

Espérame un tantito, voy a comprar dos panes torcidos, quieres una conchita?... Camila asentó con la cabeza haciendo un movimiento afirmativo.- Bueno te voy a traer una, por favor no te muevas.

Ya dentro de la panadería, Darío buscaba el pan que a diario reducían de precio, sabiendo que no estaba duro y que por el precio, aquella bolsa era suficiente para los dos y al no encontrar, le pregunta a la señorita que atendía el negocio.- Ando buscando las bolsas de pan con precio reducido.- Quieres una?... pregunta la encargada.- Si pudiera se lo agradecería con el alma, dice Darío.- Porque con el alma?...Lo interroga ella.- Si supiera que afuera tengo una hermanita que no ha comido en varios días, porque sabe que se me perdió y hoy al fin la encontré muy malita, termina diciéndole.

Aquí tienes y no es nada, dice la señorita que lo estaba atendiendo.- Por favor dígame cuanto le debo, créame hoy vendí todos los periódicos y puedo pagarle.- Mañana si vuelves a venir, te cobro lo que te vas a llevar, esta bueno?...Deberás me vas a cobrar.- Te lo prometo.- Muchas gracias y sale corriendo de la panadería, hasta encontrarse con Camila, a la que se refería ser su hermanita.- La toma del brazo y continúan su camino, faltaba hacer un alto mas en el camino, llegar a un abarrotes para comprar una vela y un litro de leche para cenar, si a esto se le podría llamar cena.- Así caminaron largo trecho por un rato, hasta llegar a la esquina que los conduciría al refugio.

La tarde estaba pardeando, los rayos del sol empezaban a languidecer, en esos momentos la hora calculada por el, serian quizás las cinco treinta o seis de la tarde, queriendo aparecer de un momento a otro el manto de la oscuridad, la noche estaba cerca y ellos atravesaban aquel baldío entre los escombros, donde estaba su refugio.

Cada vez que Darío, tenia que regresar, pedía al Cielo que aquel refugio no hubiera sido destruido por alguien que lo halla descubierto, pero se daba animo, lo había disimulado muy bien, y cualquiera pensaría que solo era un montón de basura revuelta entre plantas y madera vieja.-Pero su oración, la mas simple petición hecha por el a Dios hecha de corazón salía flor de boca.- Señor Dios que por favor este todavía allí para nosotros.- De vez en cuando volteaba para un lado y para otro esperando no ser vistos cuando llegaran.-Cuando vio que todo estaba normal, expreso desde su corazón y en silencio.- Gracias Dios Gracias.

En ese momento, Darío jalo con cuidado aquella puerta vieja y carcomida por el tiempo y forrada de enredaderas secas.- Pásale mi niña, no es un palacio pero hay donde dormir un poco mas calientitos que otros.

Camila un poco más recuperada alcanzo una caja de madera para sentarse, mientras Darío todavía con la mochila al hombro, donde guardaba los periódicos de diario, cerraba la puerta cuidadosamente, inmediatamente se apresura a sacar de esa mochila, el pan, la vela, los fósforos y el litro de le leche para preparar la cena.
Un profundo silencio inundo el pequeño espacio que compartirían por primera vez, sin saber que pasaría el día siguiente.

Comían pan y bebían leche a la luz de una vela encendida cuya flama era muy tenue, ambos pareciera que estaban pensando en todas sus desdichas que los arrojaron al mundo de todas las miserias.

LA MISERIA

Esta miseria que los dos compartirían por algún tiempo, no es de la miseria humana, más bien fue la miseria moral y económica quien provoco esta vida en ellos, aquella que fue capaz de lanzarlos al mundo exterior provocando lastima y aprovecharse de ella para sobrevivir a su existencia que fue incierta de muchas maneras.

Ellos no fueron la excepción, Darío en sus pensamientos, desechaba esa idea de pedir en las calles porque tenía otros planes y ahora esos se le habían duplicado, y sin desistir siguió adelante.

Por un rato sumidos en sus pensamientos así permanecieron, cuando la pequeña luz que emanaba de la vela era agitada por una pequeña ráfaga de viento que se colaba por las rendijas del refugio y eso fue, lo que los saco de los pensamientos de donde estaban.- No te mortifiques, no se apagara.- Darío aprovecho el momento para preguntarle si estaba satisfecha.- Estas bien, quieres mas?...No gracias ya estoy bien.

Darío se sorprendió al escucharla.- Creía que eras muda y que bueno que no estas muda, me alegra, me alegra.- Darío casi grita de gusto y al mismo tiempo pregunta.

Porque no me contestabas en cada vez que te lo pedía?...Bueno no importa lo importante es que no estas muda y dime.- Como te llamas?... Mi nombre es Camila y el tuyo?...Yo soy Darío y soy tan pobre como tu que te parece, tienes padres?... Creo que si pero se fueron de viaje, responde la niña.- Para donde?... Pregunta Darío.- La niña responde diciendo.- No se cuando, parece que se fueron cuando me quede dormida y cuando desperté ya no estaban.

Y que hiciste después pregunta el.- Creí que iban a regresar luego pero no lo hicieron y empecé a tener hambre y me salí de la casa y me fui a caminar a buscarlos y me perdí y no se que hacer porque creo que me morí y que un angelito me ayudaba a vivir, fue cuando tu llegaste del cielo y hasta horita empiezo a recordar cosas de mi mama y de mi papa.

Los recuerdas la ultima vez que los vistes? Pregunta Darío...Si contesta ella.- Todavía con una voz mas recuperada, el efecto del pan y la leche la estaban reanimando.

Darío la interrumpe, para que no le cuente en esos momentos y le dice.- Después me platicas sobre lo de tus padres, esta bueno?... Ahora.- Continua diciendo Darío.- Solo dime si quieres quedarte conmigo o te llevo a buscar a tus papas, averiguar que fue de ellos, donde están, si van a regresar o no, tu dime.-Ella le responde con una voz lastimada por el tiempo y sin saber nada de ellos sus padres.- Tu trabajas y....- Darío la interrumpe diciéndole.- Bueno yo me tengo que levantar como los gallos y salir corriendo para que no me ganen los periódicos, pero que te parece si después del medio día vengo y de aquí salimos a buscarlos, porque tu me vas a esperar aquí.

Déjame y pienso, dice de nuevo.- Tengo miedo que te quedes sola y la mañana esta fresca para que andes conmigo, lo que pasa es que yo tengo que correr para entrar en calor y ni modo que tu también hagas lo mismo, no, no, no, mejor te quedas y con el favor de Dios no te va a pasar nada y en cuanto termine de vender mis periódicos me retacho de volada, está bien?...

Como tú quieras Darío.- Pero prométeme que cualquier ruido que oigas cerca del refugio, tu sales corriendo y sin voltear para atrás sigues hasta que me encuentres donde este, ya sea en el periódico o en la plaza, o en la tienda de los refrescos.- ¡Esta bien! responde ella con cierta tristeza por la decisión de el.

Bueno nos vamos a dormir, acomódate en el rincón para no despertarte cuando me levante, porque la luz del sol me va despertar, toma estas cobijas y tápate bien para que no tengas mucho frió.- Y tu?... le pregunta ella.

No te preocupes estaré bien con estos trapos y mañana pídele a Diosito que me vaya bien, para comprarte un vestidito cuando menos de segunda pero bueno y bonito, porque ese que tienes puesto se ve hasta por los hilos con que lo hicieron y mas sucios que mis pantalones.

Gracias Darío, pero me conformaría con unos zapatos porque no aguanto mis pies.- Y así se quedaron profundamente dormidos después de apagar la vela que poco los alumbraba en aquella imponente oscuridad.

LA REALIDAD DEL DÍA SIGUIENTE

Aunque la noche era clara, la temperatura no fue nada agradable durante esas horas, sin embargo el Astro Rey, no dejaría de entrar por aquel traga luz que Darío había puesto para ese caso, el despertarse cuando los rayos se posaran directamente en su rostro.

El alba aparecía y el Rey de la Luz, apenas asomaba en el horizonte.- Darío experimentaba el ansia de salir corriendo a su compromiso, esto no quiere decir que el no hubiera dormido, solo que el mismo pendiente le hizo despertar, ganándole de esta manera al tiempo.

Sin hacer ningún ruido, se levanta con el mayor de los cuidados para no hacer que se despierte la otra parte de su historia, creyendo que dormía, sin embargo una voz somnolienta alcanza a decirle.- Que te vaya biennnn.- Darío con voz de autoridad le contesta.- Ya sabes y has todo en cuanto quedamos.- Esta bien, volviéndose a quedar dormida.- Era lógico tenia ya varios días sin comer y sin dormir.

Con una chamarrita toda desgastada por el tiempo y sucia porque fue sacada de donde quizás nadie pueda imaginarse y Darío pudo hacerse de ella.

Cerrando con mucho cuidado aquella puerta vieja y carcomida por el tiempo, asegurándose que nadie lo veía alrededor, emprende la carrera hasta la redacción del periódico, no se detiene en ningún lado, en su mente estaba el compromiso del día, ayudar a Camila, el compromiso que el no se imaginaba tan siquiera, que seria para toda su vida.

Cuando Darío llego a la redacción, Don Miguel se sorprendió diciéndole.- Oye tu si tienes agallas, no creí que cumplieras tu palabra.- Ojala y usted cumpla la suya responde Darío, recordándole el precio convenido.- Bien muchacho aquí tienes tus periódicos y son quince por siete igual a ciento cinco pesos.- Te guardo los cinco para la tarde?.-Por favor dice el que sin perder tiempo, después de pagarle sale corriendo dando los primeros gritos de su periódico al salir de la redacción.- El Centinela, que no le cuenten las noticias, mejor léalas en el Centinela.- Suben los precios del maizzz, se encarece la vida con el alza de la gasolina.

Al escucharlo Don Miguel, se sonríe de satisfacción al ver a ese muchacho de apenas ocho años entregando todo de el a su ilusión y si sigue así lograra hacer algo en su vida.
En su mochila estaba el reto del día, caminaba como ya lo tenía figurado vender de dos a tres periódicos en cada esquina.

Pareciera curioso pero así fue, al terminar Darío con su compromiso, otros niños se dejaban ver haciendo lo mismo pero con la edición vespertina.- Esto lo tenia Don Miguel contemplado, es por eso que decía que si tenia agallas.

Al llegar al punto final de la placita, Darío tenia en su haber dos ejemplares, los que se fueron rápidamente, la gente quería estar informada de la noticia del alza de la tortilla de maíz y de la gasolina.- Rápidamente sin perder tiempo pega la carrera hasta la redacción y al llegar a la esquina que esta en esa dirección y al cruzar la calle, se queda con los ojos abiertos y asustado por lo que estaba viendo, sin perder tiempo, corre hasta donde esta Camila esperándolo.

Casi mudo de sorpresa se acerca a ella y la abraza con toda ternura pensando que tendría frió.- Porque te has venido?...quedamos que me esperarías en el refugio.- Tuve miedo de no verte y me salí corriendo le responde ella.- Tienes frió?...pregunta Darío.- Un poco, dice ella.- Bueno vamos a caminar para que se te quite un poco, recogemos los otros cinco periódicos que me faltan para venderlos, después iremos a ver que paso con tus papas.

Así sucedió lo previsto, los recogió con urgencia, pues ya sabia el otro compromiso.- Don Miguel cada vez lo observaba mas detalladamente.- Nos vemos mañana Don Miguel a la misma hora.- Aquí te espero con café calientito.- Puros cuentos a ver si es cierto.- Vas a creer cuando lo tengas en tus manos incrédulo, le contesta al cerrar la puerta de la redacción.

Camila esperaba fuera viéndose los dedos de las manos como contándolos, flexionaba cada dedo de acuerdo a lo que estaba imaginando.- Que haces?...Queriendo recordar cuantos días tengo perdida y no puedo.- Ven vamos a la esquina del expendio, tengo que vender estos.- Así sucedió, fue cuestión de media hora y ya estaba libre.- Camila no dejaba de verlo como asía su negocio, su mirada apreciaba ahora mas los movimientos de Darío y los guardaba en su corazón.

Ya termine Camila, ven tenemos que ir a comprarte un vestido y unos zapatos en una segundita porque hasta a mi me duelen los pies cada vez que te los veo.-En la siguiente esquina preguntaron de alguna tienda de segunda, donde los mandaron dos cuadras mas adelante y a la izquierda, hasta donde con prisa llegaron.- Ya en la tienda, pregunto Darío a una señora que atendía entre todas esas cosas, si no tendría un par de zapatos para la niña.- A ver déjame ver su pie, creo que si tengo algo para ella, dijo la señora agregando.- Regreso en un momento.- Darío le decía a Camila.

No te mortifiques si no tienen, buscamos en otra parte.- De regreso, la ven que traía entre sus manos unos tenis, pantalón y una blusita azul gruesa.- Ven...dijo la señora.- Como se llama la niña?...Camila, dice Darío.- Camila siéntate aquí para que te midas los tenis.- Camila obedece y se los prueba, te gustaron?...pregunta la señora.-Si, están muy bonitos, responde la niña.- Ahora estos pantalones.- No me veas, le dice a Darío Camila. Te quedan un poquito largos pero los puedes remangar y se te van a ver bien y esta blusa te queda perfecta.- tienes cuerpo de limosnera dice la señora.- Darío y su mente perspicaz responden rápidamente.- Pero no lo es.- Bueno es el decir contesta la señor que se estaba portando de las mil maravillas.

Cómo te sientes ahora?...pregunta Darío.- Me siento como si fuera inmensamente rica dice Camila.- Cuanto le debo señora?...Me vas a pagar?...Incrédula contesta la señora.-Claro que le voy a pagar, es su negocio que no?...Así como el mió, yo vendo periódicos, y no los presto para que los lean y luego me los devuelvan, así que ganaría yo.

Esta bien, esta bien, te voy hacer precio.- Eso es otra cosa dice Darío.- Dame quince pesos por todo para que vuelvas otra vez, te parece bien?...Aquí tiene su dinero y ahora le pido otro favor?... Dime.- Póngame en una bolsita el vestido que traía puesto la niña.- Lo quieres?-

Claro que lo quiero, le contesta Darío, maquilando una idea en su pensamiento.- Esta bien ahora te lo traigo responde la señora.- Para que lo quieres? Pregunta Camila.- No lo se, pero lo quiero.- Te molesta?...No para nada.- Aquí lo tienes y los espero de nuevo.
Gracias por todo esto, creo que ahora ella se va sentir mas a gusto con lo que trae, era el dolor de sus pies desnudos lo que me dolía mas que a ella y gracias por lo que ha hecho por nosotros.

En el caminar, cualquiera que sea en la naturaleza del ser humano, siempre habrá en cada paso nuestro, cosas buenas y malas que la misma vida nos va presentando y nos ofrece de ellas la mejor opción y claro que la mejor seria la primera a tomar, porque siempre lo malo hace oscurecer la imagen de quien la posee.

Por otra parte lo bueno, es un don natural que te hace sentir un alma limpia y libre, además te hace sentir que vuelas en todas las direcciones claras y transparentes, irradiando desde el fondo de tu alma, esa luz que te da personalidad y es lo que posiblemente la propietaria del bazar, había visto en el corazón de Darío, una riqueza humana.

Cual seria la idea de Darío al pedir le devolviera el vestido desgastado, viejo y sucio que traía Camila puesto?... En la mente estaba la más increíble idea que guardaría hasta llegado el momento de sacarlo como el tesoro más preciado, sabiendo que con el tiempo quizás Camila no recordara el momento más difícil y hermoso por el que tuvo que pasar, aquel niño de ocho años maltratado por la vida y la ausencia de sus progenitores, le había devuelto la vida.

Un Tiempo que fue para ellos de riqueza espiritual, sin que lo entendieran, se habían encontrado en el bazar con alguien que hablaba el mismo idioma y esto serviría para que Darío y Camila la visitaran de nuevo en los próximos días, como se lo había mencionado anteriormente.-Sin embargo, nadie está libre de los acontecimientos que vienen en camino entre el presente y el futuro y aquí veremos algunos de ellos que dejan fuera todo pronostico que pudiéramos hacer en relación a estos niños, que siendo prácticamente de la calle, pronto dejarían de serlo ya que nuevas sorpresas de toda índole, entre el dolor y la tristeza, el llanto y la risa estarían por empezar a rodearlos en los próximos días.

Y viendo a Camila que lucia como una niña de verdad, con un atuendo que le quedaba muy bien, se lanzan a su siguiente objetivo.

Una vez fuera de la tienda de ropa La Segunda, caminaron calles y mas calles hasta llegar a la esquina que tomarían para llegar al refugio, pero las intenciones eran otras, recordemos que este lugar esta fuera de la Ciudad.- Allí esta la calle San Patricio, la que seguirian hasta llegar a la Avenida Bustamente y seguir de frente para empezar si Camila recuerda algun lugar.

Crees que puedas reconocer esta calle?...Tienes idea de donde veniste o por donde pasaste cuando saliste de casa?...Quiero recordar algo, dice ella, volteando para todos lados.- No te acuerdas si habia arboles grandes, alguna plaza con fuente, un estadio de base ball, una escuela, algun monumento, tiendas, casa bonitas.- Camila le contesta ¡No!- Vamos sigamos caminando le dice Dario.

Asi continuaron, tratando de hacer que Camila recordara algo, algun sitio que le fuera familiar.- Te acuerdas de algun nombre de la vecina de tu casa?...Mama tenia muchas amigas, pero de sus nombres no me acuerdo, no los se.

Mientras caminaban pensando, llegaron a una esquina donde corria la Calle Miramontes, que lleva a una comunidad que le llamaban La Bloquera, nombre que le adoptaron las familias que vivian en ese lugar, porque ellos dependian de la fabrica de bloques de cemento y ladrillos de barro.

Al tomar dicha calle lo hicieron al este, la avenida Bustamente corria de norte a sur, solo fue por inercia, a su paso fueron encontrando construcciones que prometian ser casas habitacion, lotes vacios, casas por terminar, lotes nivelados con estacas deslindando propiedades, calles trazadas, asi como lo que serian en el futuro zonas verdes.- Todo esto era Nuevo, Camila cuando se recordaria, si en todo caso hubiera pasado por este lugar y si fue de noche o de madrugada, cuando recordaria algo asi.

Cuadras y mas cuadras caminaron y no llegaron a la Bloquera, era posible que esta comunidad fuera desalojada de ese lugar para este mego proyecto que ellos estaban viendo, casi desde que tomaron esta calle.

Dario se detuvo al punto de tomar otra calle, penso antes de si tomarla o no, voltio su mirada hacia el cielo y decidio no hacerlo.- Camila tenemos que regresarnos, mañana es sabado, despues de terminar mis periodicos en la mañana, vamos a tener un poquito de dinero para tomar un camion que nos lleve a otro punto de la ciudad, te parece ¿bien?

Como tu quieras, responde conforme Camila.- Bien vamonos ahora un poquito mas de prisa, para que no se nos haga noche en el camino.-Te sientes cansada?...quieres que nos detengamos un rato y nos centemos en la banqueta?...Camila, no quiso detenerse y siguieron, despues de un rato, volvieron a tomar la Avenida Bustamente, hasta llegar a la esquina que los llevaria a su refugio.- Ahora si estas cansada verdad?...Un poco, responde Camila, que hacia el esfuerzo por recordar tan siquiera algo.

Ven vamos a la carreta que esta alli, quieres una quesadilla?... Puedes comprarla?... dice ella.- Camila, si no tuviera dinero, te lo dijera.- Voy a comprar dos y nos la comemos cuando lleguemos, como la vez.- Esta bien, responde ella.

Cuando estuvo frente a la carreta, Dario vio que tenia a un lado una calentadera con agua hirviendo, su curiosidad lo llevo a preguntarle.- Vendes café tambien? ¡No!, le contesta el empleado de la carreta, es para el chocolate caliente, le dice.- Entonces me das un vaso grande por favor.

En una bolsa las quesadillas y el chocolate caliente en las manos de Dario despues de pagar, enfilan hasta el refugio.- El frio no estaba fuerte todavia, la intencion de el, era que no le cayera la noche en el camino, previendo algun insidente.

Tienes frio?... poquito responde Camila.- Te dijera que si corriamos para entrar en calor pero no podemos le dice Dario, llegariamos sin chocolate y este no va calentar las tripas.- Despues de un rato estaban ya entrando al refugio, no sin antes de ver si alguien los seguia.
Has venido muy pensativa todo el camino, le dice Dario.- Si! quiero recordar algo, algo y no puedo y no quisiera darte trabajo mio, le estaba diciendo ella, cuando Dario la interrumpe de repente.- Ya se Camila, dejame pensar bien, estoy, estoy, estoy en el principio, como no se me habia ocurrido, que menso estoy.

Camila medio lo ve entre las sombras de la noche que empesaban a oscurecer el refugio.- Los fosforos, la vela, aqui estan, se dice y se contesta Dario.- Con la luz parpadeante, que medio alumbraba el recinto, Dario mientras saca de la bolsa las quesadillas y el chocolate aun caliente para compartirlo en partes iguales, le dice.- mañana te explico que es lo que vamos hacer, por ahora, cena caliente y saborea el chocolate y las quesadillas.

Que vas hacer si encontramos a tus papas?...pregunta Dario a Camila que no la ha visto sonreir en ningun momento.- Que voy hacer? ¡Si! que vas hacer.- Crees que se hayan ido de vacaciones, que esten trabajando, estaran perdidos como tu, estaran buscandote, darian aviso a la policia.- Esta bueno el chocolate?...Si y las quesadillas tambien responde Camila.- Si gracias contesta Dario, queriendola hacer salir de sus pensamientos.

Bueno vamonos a dormir, acomodate donde tu ya sabes, en el Rincon.- Despues de apagar la pequeña luz de la vela, se acomodan poniendose ensima, lo unico que les sirve de cobertores, el monton de trapos.

Habian transcurrido unos minutos, y Camila se quedo profundamente dormida, era logico el cansancio despues de tanto caminar la habia vencido.- Dario estaba por cerrar sus ojos cuando escucha que Camila se queja muy despacito, abre bien sus oidos para escuchar si estaba en lo cierto y asi fue, Camila se estaba quejando, de tal manera que fuera posible la llevara hasta soltarse llorando, sollozaba, como si hubiera llorado antes.- Dario la dejo, no la interrumpio, no queria que se asustara cuando la moviera para sacarla de quizas alguna pesadilla que estuviera teniendo en esos momentos, no la conocia tanto, era la segunda noche.

Espero unos segundos y aquel pendiente se fue disipando hastas quedar como al principio, al notar esto, Dario se durmio confiado en que no volveria a suceder.

Tantas emociones encontradas en el cerebro de Camila con apenas seis años de edad, que se le puede pedir, nada, solo estar con ella, el consuelo que le ha brindado Dario esta funcionando y es absolutamente aceptable que el subconsiente se despierte, bajo la inconciencia y este emita destellos con imagenes retenidas en algun momento importante para el pensamiento que recordar.

Transcurrio la noche sin problemas, el sol acariciaba el horizonte, los rayos estaban tratando de alcanzar el tragaluz del refugio, hacia un poco de frio en el exterior, cuando la luz del sol alcanzo el objetivo, Dario se mueve como incomodo por la luz que le daba en su rostro.- Saca sus manos, se restriega los ojos con sus muñecas, hace lo mismo del dia anterior, se enjuaga la boca y se moja el rostro, toma su mochila, la pone al hombro y esta vez, Camila se queda en el mas profundo de los sueños.

Antes de salir, vuelve su Mirada hasta Camila, sale con el mayor de los silencios, volteando para todos lados y una vez cerrada la puerta vieja y carcomida con un monton de enredaderas y arbustos secos, se lanza a la carrera hasta la redaccion del matutino que al llegar, parecia como s ifuera el primero.- Buenos dias Don Miguel.- Muchacho, muy Buenos dias, le contesta y quien agrega preguntandole.- Que es lo que vez en mi escritorio Dario?...Su café caliente, le contesta el.- No, responde Don Miguel.

Es el tuyo, recuerdas que te prometi que te tendria uno bien calientito?...Es cierto usted me dijo ayer, pero como no le crei, por eso es que pense que era el de usted.- Le puedo tomar un trago?...Claro, claro, si es tuyo muchacho.

Don Miguel le entrega los periodicos a Dario, pidiendole que cuando los terminara y de regreso, queria hablar con el.- Ya no voy a poder vender periodicos?...Le preguntaba con un un dolor en su corazon.- Mira Dario, ve a tu negocio y despues cuando ya estes aqui platicamos.- Pero voy a seguir vendiendo mis periódicos? Vuelta la mula al trigo, le responde Don Miguel.- Si, si vas a vender todos los que tú quieras, andale ya, se te hace tarde.

El reloj del matutino, marcaba las seis de la mañana con diez y ocho minutos y Dario sale corriendo, anunciando las noticias de la primera columna.- Momentaaanea caida en la booolsa de valoreees, Siiiguen los asaltos en los baancos, no haay detenidos, que no le cuenten las noticiaaas, mejor leeales en el Ceentineelaa.

El mismo afan de salir adelante algun dia, Dario se daba a la tarea de llegar a la meta que se ha puesto, ahora segun sus calculos le habrian de faltar por vender unos cinco periodicos mas, los cuales no los traia para dicho efecto.- Espero haber calculado bien, para el lunez habre de pedir cincuenta para en la mañana y veinte para en la tarde.- En su mente calculadora, empezo a manejar los numeros mas rapido, se decia.- Cincuenta por tres, son, son, cincuenta, mas cincuenta, mas cincuenta, son cinco diez quince y le agrego un cero me da ciento cincuenta pesos.

Este dinero es para mi, de los periodicos de la mañana, ahora faltan los de en la tarde que son veinte, esta, esta mas facil, son veinte por tres, dos cuatro seis, mas un cero, son sesenta pesos, ahora sumo ciento cincuenta mas sesenta, a ver son cero, cinco mas seis, (contaba con los dedos) seis, siete, ocho, nueve, diez, once.- uno y llevo uno, mas uno son doscientos diez pesos.

Seis y media a doce y media son seis horas, mas tres de la tarde son nueve horas trabajando, esto me quiere decir que no se vale, necesito vender muchos periodicos, para lo que quiero hacer.- Asi pensaba Dario, su meta priomordial, que ya tenia pensado si no encontrara a los padres de Camila, volver a la escuela juntos.- Claro que ella tendria que ir a primero y yo trataria de entrar al tercero, buscando una escuela que se prestara a mis horas de trabajo.

Dario estaba dejando su niñez en las calles y ahora junto a Camila que ya se estaba acostumbrando a su compañía, y pensaba también en e futuro de ella.

En la ultima cuadra, mientras vendia sus periodicos, Dario asi le daba vueltas sus pensamientos, pensaba y vendia al mismo tiempo, sacaba sus cuentas, no tan rapido como el hubiera querido, pero al fin las resolvia a su manera.- El ultimo de la mañana y nos vamos.- Señor me dice la hora por favor?...Preguntaba como siempre al primero que se encontraba a su paso.- Doce diez, le contestaban con gusto.- Gracias.- Repetia la hora.- Las doce y diez, me faltan que?...veinte minutos creo en este tiempo bien podria vender cinco mas.

Mientras Dario regresaba a la redaccion, Don Miguel en su escritorio revisaba papeles, facturas, noticias enviadas por fax, llamadas por telefono, ocupado como siempre, era rara la vez que pusiera su Mirada en las ventanas cuando estaba muy ocupado, hoy fue de esas veces raras, mientras atendia llamadas, leia las noticias que llegaban a la redaccion, un par de ojos hambrientos de una inocente victima de la pobreza se asomaba pegando su rostro en los cristales con sus manos sobre las cienes, dejando su huella en el vidrio con el vaho de su respiracion agitada.-

En ese momento, Don Miguel no se daba por enterado y aquella mirada se perdia, por caminar de un lado y otro, despues aquellos ojos volvian hacer lo mismo y sin esperar a que Don Miguel levantara su cabeza un momento, fue cuando vio aquellos ojos pegados en el vidrio de su ventana.- Le llamo fuertemente la atencion que sin esperar un momento, se levanto dejando unos segundos lo que estaba realizando para saber que pretendian aquellos ojos en esa carita de niña perdida en la profundidad de su pobreza.

Aquella niña al ver que el hombre se levantaba de su asiento, hecho a correr hasta perderse entre los carros que estaban estacionados.- Cuando Don Miguel abrio la puerta, se dio cuenta que habia desaparecido, regreso a su escritorio y al jalar la silla donde se sentaria para seguir con su trabajo, su mirada se clavo en los ventanales de la oficina que tienen una vista que atravieza hasta la acera de enfrente.

Fue alli precisamente en la esquina del edificio, donde vio a la supuesta niña que miraba a traves de los vidrios hace unos momentos y que no alcanzo a verla cuando salio a buscarla.

Dario caminaba a toda prisa, casi corria, no queria que se le hiciera mas tarde, su plan estaba hecho en su pensamiento, llego hasta la puerta de la redaccion sin percatarse de nada.- Buenas tardes, saludo con voz agitada.- Buenas tardes muchacho, como te fue?...

Me faltaron seis esta vez, creo que voy abanzando no cree Don Miguel...

Dario! ven acercate voy hablar contigo muy seriamente.- Que hice algo malo?...Al contrario, pero es bueno que lo sepas.

Empezaba a platicar, cuando uno de los reporteros se hiso presente e interrumpiendo la charla muy educadamente para informarle a su patron de un grave problema.- Señor, estan avisando de haber encontrado en el kilometro veintiocho, carretera que lleva al lugar conocido como el paraiso de las aves, un accidente automovilistico que al parecer ocurrio haces tres o cuatro dias, quiere que cubra la informacion.- Adelante Isidro, el Lunes hacemos los ajustes, entonces me voy a lugar de los hechos, compermiso.

Al retirarse Isidro Islas el reportero del Centinela, Don Miguel siguio la platica con Dario.- Hijo, te voy hacer una pregunta, alguien mas esta contigo?...Si! Contesto muy categoricamente, mi hermanita.

Como se llama tu hermanita?...Camila, dijo Dario, asi se llama, Camila.- Donde esta ella ahora? esperandome en el refugio que tenemos saliendo de la ciudad.- No es aquella niña que esta recargada en la pared de enfrente?

Dario voltio inmediatamente para comprobar lo que le estaba diciendo Don Miguel, y al ver que si era ella, Dario salio corriendo sin despedirse de Don Miguel, cruzo la calle volteando para los lados como rafaga de viento, cuando llego frente a ella agitado le pregunta.- Camila que haces aqui?...Tuve miedo de estar sola y quise venirme contigo y me pare aqui para que el sol me quitara el friito que tenia.- Todavia tienes frio?.. No ya se me quito pero tengo hambre, me puedes comprar un pan? Dario la abrazo con toda su alma.- Si si puedo, ven te voy a presentar a mi patron.

Mientras crusaban la calle.-. Desde la oficina, Don Miguel observaba aquel cuadro lleno de amor, de miseria y de hambre.

Una vez dentro de la oficina, Dario le presenta a Camila.- De manera que eras tu la que estaba viendo por la ventana, no es asi?... Camila.- Si Señor, es que buscaba a Dario.

Bueno ya que estan los dos aqui, les voy a decir esto.- Los espero en esta oficina mañana a las diez de la mañana, quiero llevarlos a casa, mi esposa nos va preparar un gran desayuno y quiero que la conoscan, estan de acuerdo?...

Don Miguel, noso.....No digas nada, le interrumpe.- Asi como andan esta bien, ya mañana Dios dira, no quiero que me fallen.- Dario, sigue diciendo Don Miguel.- Tu y yo vamos a platicar bastante, es Domingo y quiero que lo disfruten en casa con mi familia.

Esta bien, responde Dario, abrazando a su patron con mucha ternura, Camila ve aquel cuadro y se le bienen a la mente ciertas imagenes de sus padres cuando solian discutir por los errores de ellos mismos.

Vamonos Camila.- La voz de Dario la saca intempestivamente de aquellos recuerdos tristes.- Si, vamonos le responde sorprendida.- Hasta mañana Don Miguel, hasta mañana muchachos, recuerden que los estare esperando.

Al salir de la oficina, Camila vuelve hacer la pregunta.- Me puedes comprar un pan?...Ven vamos al carrito de los tacos para que comas los que tu quieras.- Camila abraza a Dario y a la vez diciendole, cuando sea grande te los voy a pagar.- Espero que sea cierto.- Deberas te lo prometo dice Camila.- Se te va olvidar contesta Dario.-Andale vamonos que despues cuando seamos grandes nos arreglaremos.

Mientras ellos se encaminaban a comer.- Isidro Islas, el reportero del Centinela, llegaba al lugar de los hechos, encontrandose solamente en ese instante con un Agente del Ministerio Publico, dando fe del accidente.

Al cuello una camara especial que cubria el gafete de Isidro, acreditandolo como reportero y al hombro una de video.- Buenas tardes soy del Centinela y deseo su colaboracion para redactar la noticia del accidente.- Buenas tardes le contesta el Agente del Ministerio, mi nombre es Wenseslao Torres.- Aparece en su placa y es un nombre que de pronto es impactante, le comenta el reportero.- Sabe cuales fueron las causas del accidente?...Segun el peritage que se hiso nos demuestra exseso de velocidad en una pendiente con una curva algo pronunciada que vira hacia la izquierda en un angulo cerca de los cuarenta y cinco grados, cuando se dieron cuenta del problema, intentaron frenar y el auto derrapo ocho metros, quedando dicho automovil enbancado a la mitad, pero el peso del motor logro sacarlo de balance y cayeron sin remedio, y la altura de este barranco es de aproximadamente quince metros como ves, si se asoma algunos arboles amortiguaron la caida, pero el peso del auto, con los golpes de los arboles con sus brazos lograron penetrar por el vidrio de enfrente y de los lados, de manera que no tuvieron manera de escapar.- El accidente es de hoy, o de ayer?... Por el estado en que se encontraron los cuerpos, y amarrados a sus asientos, los golpes que recibieron les produjeron la muerte instantanea por estallamiento de viceras.- Este accidente, sigue informando el Agente del Ministerio Publico, tiene de ocurrido hace cuatro dias y los cuerpos no lograron su descomposicion, porque los rayos del sol no pegaban directamente, ademas la temperatura, por el frio que ha estado haciendo, logro conservarlos un poco.- Cree que esten en condiciones de identificarlos, pregunta Isidro.

Definitivamente si, contesta el Agente del Ministerio, hace quince minutos los cuerpos ya estan en el anfitriato, y esperar que se haga la necropsia de ley, para saber que elementos toxicos pudieran haber traido en la sangre.- No se encontro algo en el interior del auto, que pudiera hacerle saber el motivo?...No! contesta el Agente.

Puedo acercarme al auto y tomar algunas fotos?...Antes de tomar esta pendiente, hay una desviacion, que lo llevara hasta el auto accidentado, le dice Wenseslao Torres, el Agente del Ministerio Publico.- Gracias Comandante, porque por las barras que trae en su placa al lado derecho es comandante, o me equivoco?...

Te equivocastes, esto quiere decir que soy el segundo de peritages de la Agencia a la que pertenesco.- De todas manera hoy aprendi eso.- Gracias y con su permiso, dice Isidro, quien se dirige al auto para regresarse hasta la desviacion que le habian indicado.

Siguio las indicaciones dadas por el Agente del Ministerio Publico, y se encontro con la realidad.

Una vez frente al auto que estaba practicamente desbaratado y que por lo aparatoso, tenia que ser imposible que hubiera sobrevivientes. –Isidro con camara en mano tomo pelicula en toda el area, desde donde se desbarranco y las posibles vueltas que este dio mientras caia, en un area de diez metros a la redonda del auto, inspecciono pedazo por pedazo de tierra, tratando de encontrar alguna evidencia, que fuera contundente para cualquier averiguacion, el sol estaba aun brillando a esas horas, el frio no estaba fuerte a pesar que estaba, casi bajo las copas de los arboles.- Siguio peinando el area antes de llegar al auto, movia ciertas ramas secas que se encontraban a su paso, siendo minusioso en este aspecto.

Un brillo tenue llegaba a sus ojos, al acercarse se dio cuenta que era un pedazo de vidrio de los que se esparcieron en toda casi el area al estrellarse las ventanas con los troncos y los brazos de los arboles, cada paso que daba Isidro lo estaba haciendo con cuidado, cuando menos penso su zapato del pie derecho se poso justamente rozando el brillante de un arête con corona, forjado en oro blanco.

Saco de su mochila un sobresito de plastico transparente y con unas pinzas lo recoge y lo deposita en esa pequeña bolsa.- No hace ningun gesto, su rostro mostraba todo su profecionalismo en la investigacion, se decia asi mismo.- Creo que los agentes no hicieron bien su trabajo, solo se dedicaron hacer el reporte.

Despues de esto que le costo tiempo, se dirigio con firmeza a los restos del que fuera un auto de la marca Volvina modelo 93, con placas de circulacion TMC31648 del estado de Mexicotlan.- Lo primero que vio fue que tuvieron que cortar con navaja los cinturones de seguridad y esto quiere decir que la muerte fue instantanea ya que los mismos cinturones con el golpe se ajustaron, sin tener ninguna oportunidad de librarse de ellos, de tal manera quedaron aplastados y con uno de los golpes el asiento donde venia la mujer alcanzo a desprenderse de los tornillos que lo sujetaban en la base de la parte de atras, pegando ella con su cabeza en el vidrio de enfrente, practicamente para desprenderlo totalmente con el impacto, fue alli cuando uno de sus arêtes se desprendio del pabellon de la oreja derecha, para salir volando y perderse entre la tierra y la hierva y que fuera encontrado por Isidro Islas, reportero del Centinela.

Despues de tomar algunas fotos para la edicion del lunes y algunos videos mas, se retira del lugar, con una oracion en su mente.- Señor sea grande tu misericordia.

Camila y Dario terminan su comida cena, son las cinco de la tarde y cuarenta y cinco minutos y estan camino al refugio.- Camila por su caminar se aprecia que las fuerzas le estaban llegando por cuenta gotas, su animo estaba ya recuperado.- Dario se da cuenta de ello y le pregunta.- Ya te sientes mucho mejor verdad?...Si! claro que si, ahora me siento que siento, que hablo y que te veo mejor que antes, pero ese animo se le apago de repente al recordar con mas fuerza aquel ultimo dia que se durmio para despertar sin ellos, sus padres.

No te preocupes porque los vamos a encontrar, solo recuerda por donde te venistes.- Ese es el problema, es que no me acuerdo, dice ella.

No te acuerdas del nombre de alguna vecina o de un amigo de ellos?...Recuerdas en que trabaja tu papa, que es lo que hace tu mama, no lo recuerdas?... Luego te vas acordar bien te lo aseguro, por lo pronto ya mero llegamos al refugio y mañana quien sabe que va pasar.

La rutina de siempre voltear para todos lados y entrar sin ser vistos.-Dario, dice ella.- que pasa Camila?...Quiero ir al baño, le dice con una carita de estar en apuros.- Te puedes aguantar un poquito, y esperar que oscuresca mas, para que puedas salir?...Es que creo que....Esperate, le dice Dario muy apurado.- Dejame ver para donde te encamino, ya se, ven apurate toma ese papel, porque los vas a necesitar.

Para un lado del refugio hay algunos monticulos altos de escombros alinieados, que serviran de retaque en alguna parte, por su altura puedo decir que era casi imposible que fueran ser vistos, mucho menos, por la estatura de ellos.- Sigueme, le dice Dario.- Cuando salieron del refugio, tomaron el lado derecho rodeandolo y caminando entre aquellos cerros de escombros, la llevo hasta uno que estaba escasos metros despegado de la barda que divide ese terreno con el otro.- Aqui nadie nos vera, dejame limpiar un poco el terreno, donde te vas a....bueno ya esta.- Te vas a quedar aqui?... pregunta Camila.- No te puedes quedar sola, contesta el.- Pero si quieres me voy mas para adelante.- Pero yo me puedo ir solita.- Esta bien, esta bien, nomas no te tardes mucho.

Simulando que se retiraba del lugar, Dario se hace perder de la vista de ella, en una de las vueltas de los escombros por donde habian pasado para llegar al lugar donde esta Camila haciendo, lo que tiene que hacer.-Despues de terminar, confiada, Camila se retira del lugar, y en la vuelta mensionada esta de pie Dario, observando las estrellas en la direccion por donde viene Camila.

Dario ve que al estar de frente, ella deja deja escapar un mal gesto en su rostro en señal de disgusto por estar alli Dario.- Me vistes?...Claro que no! contesta el, solo que me vine para aca y estar pendiente de cualquier cosa, eso es todo.

Vente vamonos para adentro ya esta empesando hacer frio, acuerdate que mañana tenemos una cita con Don Miguel., te tragistes el papel, si contesta ella.

Una pequeña luz de una ya desgastada vela en el Rincon del refugio, esta a punto de apagarse y aprovechan para acomodarse y taparse bien ya que el frio empesaria a caer pronto.- El sueño los alcanzo y quedaron profundamente dormidos.

ISIDRO ANTE LAS EVIDENCIAS DEL ACCIDENTE

En este mismo dia, serian las siete de la tarde cuando Isidro estaba ya en la sala de redaccion del Centinela, en la preparacion de la noticia que saldria el Lunes a primera hora, solo le faltaban algunos datos del medico forense del anfitiatro y que no tardaria en llamar, para complementar la noticia.

Siempre el destino es caprichoso para algunos y desgraciado para otros, una joven pareja que habia encontrado la muerte en un accidente en el km-28 por razones que sabriamos hasta el lunes que saliera la noticia, pensamientos que daban luz en la mente de Isidro para hacer la noticia con toda su realidad.

El telefono empezo a sonar, Isidro releia sus notas.- Toma el auricular y constesta.- El Centinelaaa Isidro, soy Ramiro Avelar del anfitiatro.- Digame Ramiro, cual fue su dictamen final de los dos cuerpos.- Bien, tienes papel y pluma a la mano?... Adelante, estoy como siempre listo.

El hombre se llamaba German Solis, manejaba bajo el influjo del alcohol en un 45% en la sangre, y fue lo que motivo el aceleramiento del sistema, al parecer problemas de pareja, ya que se encontro un alto nivel de adrenalina.

La mujer, su nombre era Priscila de Solis, en menor grado de alcohol con igual resultado de adrenalina sus principales causas de muerte se debio en el estallamiento de viceras, produciendole una muerte instantanea, por el cinturon que no se desprendio de su cuerpo y que le produjo algunas fracturas de costillas, perforando los pulmones, corazon, higado y riñones.

Ella además, con un traumatismo en la base del craneo, producido por el fuerte golpe en el vidrio de enfrente, partiendosele en dos la oreja del lado derecho, al mismo tiempo el cinturon le provoco asfixia, la herida producida en la oreja, alcanzo con el movimiento que su cabeza girara y parte de un pedazo de vidrio le hiciera una herida de dos pulgadas en el cuello, produciendole una hemorragea abundante, ya que el vidrio intereso vena yogular, el desangrarse, fue otra causante.

Esto es lo que arrojo el estudio, espero que te sirva para dar la noticia, le dice el galeno.- Gracias Ramiro, te agradesco el tiempo y toda esta informacion, estaremos en contacto, y que tengas una buena noche, dice Isidro despidiendose amablemente.

La noche habia alcanzado una temperatura de los 32' grados, de manera que el frio fue bastante, los primeros rayos del sol empesaban a llegar al pequeño tragaluz, y era cosa de minutos para que Dario los sintiera en su helado y casi cubierto rostro por los trapos que se habia puesto encima antes de dormirse.- Camila era la privilegiada, bien cubierto su cuerpo no sufria ningun daño, que fuera producido por el frio.

Ningun movimiento aparecia en ninguno de los dos, el calor de sus cuerpos, habian producido un calor termico que los hacia perderse en ese sueño, que pocas veces podian tenerlo mucho menos en ese tiempo de frio, que practicamente habia empezado.

Dario aprendio a calcular el tiempo con la luz del sol dentro del refugio, sabia que al despertar, serian aproximadamente las seis de la manana con diez o quince minutos y que era el tiempo que tenia que levantarse para salir corriendo por el periodico y venderlo, lo más pronto posible.

Sin embargo, sabia que era dia Domingo y no habia la prioridad, solo la de estar a las diez de la mañana con Don Miguel, en la redaccion del Centinela.

La luz estaba pasando por los trapos que cubrian parcialmente el rostro de Dario, sus ojos se abrieron cuando los rayos pegaron practicamente en ellos, se quedo inmovil pensando unos segundos, despues vuelve a cerrarlos, para quedarse nuevamente dormido calculando el tiempo que habria de estarlo.

En la residencia de propietario del periodico el Centinela, Don Miguel platicaba con

Danila su esposa, afinando los detalles para el compromiso que tendrian a la hora convenida, y pidiendole que cuando despertara Axcel, la preparara para la visita.

Axcel, una niña de catorce años, acostumbrada que le cumplieran los caprichos, ella la mas pequeña ya que dos hermanos mayores estaban estudiando en la capital del estado, Ulices estudiaba Ingenieria Ecologica y Abraham decia que su vocacion quizas la recibiera en su primer año pre-vocacional de un seminario Bautista.

Cuando Don Miguel penso que todo esta casi en orden, decidio retirarse a la redaccion y esperar a sus invitados, mientras como era su costumbre, porque asi lo merecia esa profecion, revisar cuando menos la mayor parte de la informacion que autorizaria para su publicacion del dia siguiente.

Habian transcurrido la hora veinte cuando de repente, Dario se sienta estirando sus brazos hacia arriba, tratandose de relajarse un poco, voltio para buscar la sombra que no estaba cubierta por la luz y dijo en voz alta.- Camila, Camila, ya es tarde tenemos que irnos, con su mano derecha la movia para que se despertara.- Yaaa, tan prontooo, que si un ratito mas, no seas malooo.- Ya levantate, Don Miguel debe estar esperandonos.- Y no puede esperar un ratito masss.

Camila, vamos y cuando nos regresemos, tenemos que acostarnos temprano, porque ya mañana tengo que trabajar, andale no seas tan floja, tenemos que correr un poquito para entrar en calor.- Dario, tu crees que nos invite a desayunar el Señor?...No se Camila, pero lo que si se es que algo va pasar.- Como que crees que vaya pasar?.- No se, le responde Dario.- Solo se que tienes que apurarte.- Dejame y me salgo de este monton de cosas que me pusistes ensima. No ves que casi no me puedo mover.- Tuvistes frio?... No se, no lo senti, responde ella.

Una vez que estaban de pie Dario y Camila, se miraban uno al otro.- Que me estas viendo?... pregunta Dario.- Tus zapatos tan feos, tus pantalones rompidos.- Rotos, corrige Dario.- Tu camisola toda sucia y tu pelooo, bueno tienes razon, no tenemos peines y cepillos, pero sabes, con tu mano has como que te peinas.- Mira tu, tu me estas diciendo eso, sabes como te veo?...Como?...pregunta ella.- No me habia dado cuenta bien hasta ahora, le dice Dario.- Que soy fea?.. Ya lo se, que estoy sucia tambien lo se, que me compraste esta ropa tambien lo se, los tenis que traigo, tambien y que soy.......Calmate no quise decir todas esas cosas que has dicho, calmate le dice Dario, yo queria decirte que aun con todo tu cabello desbaratado te ves bonita.

Lista para salir?... Le pregunta.- Cuando mi dueño diga.- Que digistes?...Pregunta el girando su cabeza hacia donde esta ella, y tomandola de su mano salen como siempre sin que sean vistos.

Una vez fuera del refugio, corren juntos un buen trecho.- Dario acoplandose a la velocidad de ella, para no dejarla atras, y mientras corrian Dario le dice a Camila.-En la proxima cuadra nos paramos en la esquina donde esta pegando el sol.- El sol?... o la luz del sol le corrige ella modestamente.- Ya estas aprendiendo rapido verdaaad que si chiquitaaa.

Faltaba poco para llegar al lugar convenido, la redaccion del periodico El Centinela.- Tres cuadras antes de llegar, se detuvieron como lo habian indicado, estaban cansados y ya entrados en calor, el frio habia aminorado bastante, los rayos del sol estaban fuertes esa mañana, el dia prometia estar con una temperatura agradable, sin frio ni calor.

Te cansaste mucho?...Pregunta Dario.- Estoy respirando muy fuerte, sientate un ratito.- Y por un ladito de la esquina los dos descansaban un poco.- Señor, me dice la hora por favor...? Peguntaba al primer transeunte que pasaba frente a ellos.- Son las nueve con veinticinco minutos, le responden.- Gracias contesta con amabilidad.- Ya es hora, tenemos que irnos, nos faltan tres cuadras mas.- Andale pues vamonos, dice ella, sin muchas ganas de seguir caminando.

Despues de un rato, los dos estaban frente a la puerta de la oficina de la redaccion tomados de la mano.

Si te lo puedes imaginar tu como lector, que deslizas tu Mirada sobre estas letras, podras ver en tu imaginacion un cuadro triste y conmovedor, dos niños harapientos, de pie esperando algo que ellos aun no lo entendian, en el reloj de la oficina faltaban diez minutos para las diez de la mañana.

Don Miguel estaba en la sala de noticias entretenido con la noticia de Isidro y mientras leia cada parrafo de la noticia, este movia la cabeza de pena y dolor.- Por inercia Don Miguel voltea a la pared y ve el reloj que esta por encima de una de las computadoras y se da cuenta que faltaban cinco para las diez.

Dejando todo en orden, se encamina a su oficna, quien al llegar se da cuenta que dos niños estan de pie frente a la puerta.- Alli estan gracias a Dios que estan alli, se decia muy dentro de si.

Apresurado saca las llaves para abrir la puerta, al hacerlo este dice.- Pasen, pasen, deben tener frio verdad?...un poco Don Miguel, le dice Dario.- Les voy a dar un poco de café mientras nos vamos, estamos de acuerdo? asi se les calientan las tripitas heladas que han de traer.- Don Miguel, su oficina esta calientita verdad Camila?... Si! contesta ella, pero si tomamos café, estaremos mas calientitos, no terminaba de decir esto Camila cuando Dario le da un ligero golpecito con el codo de su brazo izquierdo.- Esta bien asi Señor gracias, dice ella entendiendo el mensage.- El café ya esta recien hecho, todavia faltan cinco a las diez y mientras se lo toman yo terminare lo que estaba haciendo y sin decir nada, al fin que solo es media taza porque mi esposa nos esta esperando con un suculento desayuno, yo tengo hambre y mucha hambre, ustedes también?

Mientras les platicaba el café era servido y terminaba de revisar las cosas que se habia traido al escritorio de su oficina, de manera que los cinco minutos fueron nada.

Listos muchachos, vamonos a casa.

Cuando salieron de la oficina, Don Miguel tenía aparcado su auto casi enfrente de la redaccion, un automovil de modelo reciente de la marca Fordleta, de color guinda quemado brilloso, a control remoto abrio las puertas de enfrente derecha e izquierda, subanse aqui cabemos los tres ustedes caben en un solo asiento de manera que se ponen el cinturon, asi se amarran los dos.- Cual cinturon señor?... Pregunta Camila.- El que esta detras de ti Dario, jalalo y a un lado de ti Camila esta donde se va enganchar.- Andale! eso es, ya vez Camila?.. Te distes cuenta?...le dice Don Miguel.

Quien trata de encender el auto y este no responde, algo esta mal si no estan bien abrochados los cinturones el auto no va encender.- Falta el de usted, le contesta Camila.- Tienes razon, por estar platicando con ustedes olvide el mio, ya esta ahora si a casa.

Por primera vez en la vida de ellos, estaban experimentando cosas importantes, sensaciones jamas vividas, era claro que fuera asi, recordemos que Camila tiene seis años y Dario entraba a los ocho, la vida de ellos en la miseria material que Vivian era extrema de acuerdo a su condicion humana, pero se veia en ellos algo mas alla de una miseria espiritual a pesar de su condicion, ellos tenian dentro de sus corazones algo distinto que los distinguia de los demas de su condicion.

Sin hacer a un lado a otros que viven en la miseria, porque ellos deben tener algo especial que contar, un nacimiento a la vida distinto, es importante recordar que cada ser humano es diferente, como diferentes son cada dedo de nuestras manos, en esta ocacion y con todo respeto a todos y cada uno de los que viven en esa condicion, tambien tienen el derecho de salir adelante, asi como Dario lo estaba haciendo solo y sin nadie en su vida, hasta que conocio a Camila en las peores condiciones que otros.

Y sin embargo a el le toco darle la mano, ayudarle a vivir, cuando ella parecia que estaba muriendo de hambre y de frio, todos tenemos derecho a la vida y salir adelante, pensando y reflexionando que desnudos llegamos y alguien nos arropa, ya sea el mas pobre, como el mas rico.

El Auto de Don Miguel, su confortable interior les hacia parecer que estaban en las nubes, de pronto.- Ya estamos llegando muchachos y yo les dire cuando nos bajemos, una vez que estacione el auto, dentro de la cochera.

La casa de la familia de Don Miguel, era sencilla, a pesar de que podia tener algo mas que una residencia, la entrada de enfrente la dividia una pequeña barda de tres pies de alto y sobre ella un barandal de fierro hornamentado que la hacia lucir, a la derecha un porton automatico, que se abria a control remoto desde el interior del auto o de la casa, un jardin de dos piesas, porque estaba dividido por una primera entrada, una vereda hecha de piedra de rio hasta la entrada principal, una angel esculpido en cantera de aproximadamente medio metro con sus alas abiertas, su mirada hacia lo alto y sus brazos extendidos, como si estuviera dándole gracias a su creador.

La fachada de la casa estaba pintada de un color crema y las ventanas que eran cuatro en la parte de enfrente de color café claro que combinaba.- La puerta doble en la entrada principal café tierno y labrada, con vitral a colores en las dos piesas, un timbre al lado que sonaba como campanas de navidad.

Las puertas del auto ya estacionado en la cochera se abren lentamente.- Ahora si Camila, apachurra el boton que esta en tu lado izquierdo pegado a tu asiento para que se desprenda el cinturon de seguridad.- Este es Don Miguel?...ese mero Camila, andale ahora si.

Fuera del auto, Dario observa a Camila y esta a Dario, la Mirada de ambos se cuestionaban sin hacer articular palabras.

Podriamos imaginar que es lo que estaban pensando?...esto fue cuestion de segundos, Don Miguel le hablo, pero al estar en ese momento conectados mentalmente, no escucharon, hasta que por Segunda vez

Don Miguel, les dice con voz mas alta, sin llegar al grito.- Muchachos se esta haciendo tarde, nos esperan adentro.- Usted cree que estamos bien asi como venimos?...Para mi si Dario! nos tenemos confianza o ya se te olvido?...Esta bien, vente Camila y por favor no vayas hablar, solo lo necesario para no caer mal, le dice al oido.- Me lo prometes?...Te lo prometo, le contesta ella.

Caminan unos pasos hacia al frente para salir de la cochera y girar a su izquierda para tomar el corredor de la entrada principal, al llegar a la puerta, esta se abrio como si fuera automaticamente, pero no era asi, la esposa de Don Miguel, la señora Danila, fue la que estaba abriendola.

Dani, ya estamos aqui, te presento a nuestros invitados, el es....hijo dile tu nombre.- Me llamo Dario.- Ahora ella se....Me llamo Camila.- Es mi hermanita, se adelanta a contestar Dario.- Son hermanitooos, responde la sorprendida Dani.- Como la vez le dice su esposo Miguel.- Pero no nos vamos a quedar aqui parados, pasen, mi esposo los va atender mientras yo termino de preparar el desayuno, porque creo que no se han desayunado.- Dani, no seas ocurrente, andale ve y termina con lo que estas preparando.

Cuando se quedo solo con ellos, Don Miguel los invito que pasaran a un pequeño recibidor, donde el ya tenia su plan con ellos.

Miren, les dice Don Miguel, como yo no me he bañado, los invito a que ustedes tambien lo hagan y mientras nos bañamos y nos cambiamos, la mesa estara servida, que les parece?...No tenemos ropa, contesta Camila y el tampoco, refiriendose a Dario.- Y quien les pregunto si traian o no, porque yo no lo hice.- Y entonces nos ponemos lo mismo, esta bien?...Se contesta y se pregunta al mismo tiempo.- Si ustedes quieren pueden hacerlo.- Pero vengan les voy a mostrar donde se bañaran.- Primero tu Dario, esta recamara tiene baño.- Miguel lo encamina y se lo muestra, vez tu te quedas aqui y te das uno de los buenos.- Esta bien Don Miguel.- Ahora tu Camila sigueme, porque la otra recamara tambien tiene su baño.

Camila no se imaginaba de la sorpresa que se iva llevar cuando llegara a la mencionada recamara, alli la estaria esperando su anfitriona la hija pequeña de la familia Alcocer, para atenderla como si fuera la hermana menor de ella.

Llegaron a la puerta de la recamara, Don Miguel da tres toquidos y espera que abran, al hacerlo aparece el rostro de Axcel, la hija de Don Miguel.- Hija ella es.....Camila! le contesta su hija, ven pasale Camila, te voy a enseñar la recamara y donde esta el baño, para que te des una buena ducha, yo te espero para decirte que te vas a poner de ropa.

Camila triste, emocionada, con un sentimiento encontrado en su pensamaiento, no sabia muy dentro de ella, si reir, llorar, gritar de alegria o de miedo, no sabia que realmente estaba pasando, como de la noche a la mañana, el mundo le mostraria la otra cara del destino.- No seas timida le dice Axcel, luego te acostumbras, quieres ser mi amiga?...Tu amiga?...se sorprende Camila al escuchar esas palabras.- Que sera eso?.. Se preguntaba.- Si me dices que es ser amiga, te lo dire después.

Esta bien dice Axcel llevandola hasta el baño.- Quieres que te ayude a bañarte?...pregunta Axcel.- Camila observa el cuarto con detenimiento, la bañera tan grande donde podria jugar con el agua, la regadera que sale de la pared y que caeria el agua como lluvia sobre ella, la taza de un color rosado donde casi todos sabemos como se usa y para que es, el lava manos de mismo color de la taza, los toalleros ocupados con toallas blancas y rosadas, con estampados de preciosas flores al lado de un rio.

Las paredes del baño de un color rosa tierno, el piso un mosaico café claro, hacia la combinacion perfecta, el espacio tenia lugar para un taburete para sentarse, que servia para terminar de secarse las piernas y los pies, cuando el tiempo era suficiente para estas cosas de la belleza femenina, un traga luz Redondo era suficiente para iluminar el cuarto, sin tener que hacer uso de luz electrica.

Solo abre las llaves del agua que sale de la regadera, le pide Camila a su anfitriona Axcel.- Esta bien le responde abriendoselas y dejando una corriente tibia.- Sabes como usar el javon liquido para el cabello?... No, dice Camila.-sabes?... yo te voy ayudar para terminar mas pronto.- Esta bien contesta Camila.- Quitate la ropa, toda la ropa, conmigo no tengas verguenza, somo dos mujeres, toma este es el javon para el cuerpo, deja que te caiga el agua, para que el javon resbale sobre tu cuerpo, los brazos, tu estomago, las piernas y los pies, volteate, le dice Axcel, te voy a enjavonar la espalda y tus pompis.- Camila con cierta desconfianza axcede, sin dejar de sentir, como el javon que tenia Axcel en sus manos, le recorria la espalda hasta la cintura y despues las pompis.- Lista ahora deja que te caiga el agua necesaria para que te enguajes muy bien.- Ahora, pon tus manos juntas te voy a poner javon liquido especial para el cabello, ahora si llevatelo a tu cabeza y date con las yemas de tus dedos como massage.- Axcel le decia.- observa como lo hago, andale asi mero Camila, ya ves ya aprendiste, ahora deja de nuevo que el agua te enjuague el cabello.- Puedo cerrar las llaves?...si ya estas bien, cierralas.- Cuando dejo de caer el agua tivia sobre el cuerpecito de Camila, esta sintio el fresco del ambiente, a pesar de que la temperatura de la casa estaba a lo normal, esta reaccion es logica.- Ven, dice Axcel para que te pongas sobre tus hombres y te cubra la espalda esta toalla grande que casi te sirve de sobrecama.

Axcel cubre con la toalla todo el cuerpo de Camila, dejando la cabeza al descubierto, para con otra mas chica secarle el cabello que lo tenia hasta casi en los hombres.- Axcel, no se habia dado cuenta que Camila tenia los ojos azules y sus labios gruesos.- Sabes Camila?... Tienes unos ojos bien bonitos y tu carita tambien.- La reaccion de Axcel, fue de lo mas natural, sin envidias y sin recelos, sabia que Camila tenia solo seis años, todavia una niña sin ninguna preparacion.-Ya estas bien seca, ahora ponte estos chonitos.- Axcel la cubria de tal manera, simulando para que nadie le viera.- Te quedaron bien?...

Si contesta Camila, ahora ponte esta faldita que yo se que te va quedar.- Sabes cual es tu mano derecha?...esta contesta Camila levantando por intuicion su brazo correcto, alli hay un boton para que lo juntes con la otra parte de la falda.- Asi? Pregunta Camila.- Ahora la blusita, dejando por un lado la toalla que la cubria.- Esta, mira que bonita esta, te gusta?...Si esta muy bonita dice Camila.

De esta manera transcurrio el momento del baño, mientras ellas platicaban de sus cosas, Don Miguel, les tocaba la puerta indicandoles que las estaban esperando.- Ya vamos papa, estamos listas.- Esta bien no tarden que se hace tarde.

El papa de Axcel, no habia caminado diez pasos cuando ellas ya salian del cuarto, con direccion al comedor, donde ya estaban esperandolas.

Al hacerse presentes,Danila la esposa de Don Miguel, el mismo y Dario, se quedaron con la boca abierta cuando las vieron llegar.- Caramba! que guapas vienen las dos.- Tu eres.- Dice Don Miguel, la hermana gemela de Camila?...Yo soy Camila, Señor, es cierto lo olvidaba le contesta el.- Y ella dice que quiere que yo sea su amiga.- Y lo vas hacer?...pregunta Don Miguel.-Pues yo no tengo nada para que ella sea mi amiga, ademas Dario y yo vivimos en un.....los ojos de Camila se llenaron de agua, parecian dos presas a punto de desbordarse, no logro contener el sentimiento y dos lagrimas se le escaparon y que rodaron sobre sus mejillas.

Axcel, sintio que su corazon se desbarataba y con la manga de su blusa, acercandose a Camila, le seco aquellas gotas que rodaban.- Hija, no llores porque a mi tambien me vas hacer llorar, le dice Don Miguel, a la vez que Danila interrumpe tiernamente, invitandolos a desayunar.

Todos, alrededor de la mesa, Don Miguel que fue educado con valores cristianos, les dijo.- Vamos a pedirle a Dios que bendiga estos alimentos.- Señor, tu que sabes de nuestras necesidades y las necesidades de otros, te pedimos que bendigas estos alimentos que vamos a tomar y dales pan a los que tienen hambre, y dales hambre de ti, a los que tienen pan. Amen.

Dario y Camila se veian cada instante, habian estado sentados uno frente del otro, Axcel a lado de Camila, mientras que Don Miguel y Danila en lados opuestos.

Mientras saboreaban el desayuno, el cual jamas de los jamaces ninguno de los que estaban alli reunidos lo olvidarian.

Despues que sigue?...se preguntaba en su pensamiento Dario, viendo a Camila que saboreaba los ricos panquequis bañados de miel y mantequilla.

Ese rato, entre el silencio y alguna que otra pregunta sin importancia de Axcel a Camila, terminaba el desayuno.- Bueno que les parece si nos haceamos la boca y despues los invito a centarnos un rato en el jardin, necesito hablar contigo Dario, le dice Don Miguel.

Ven conmigo Camila, dice Axcel, para que te laves los dientes, mientras ellos hacen lo mismo. Yo lo hare despues de levantar la mesa, dice Danila.- Mama, puedo salir a caminar un rato por la banqueta con Camila?...Nada mas no se vayan muy lejos por favor.- No mama, gracias.

Por el pasillo venian Dario y Don Miguel, que salian directamente al jardin a sentarse, junto a una mesa con la sombrilla sin desplegarse, no era necesario hacerlo, el sol apenas empesaba a calentar las pocas horas del dia.

Dario, seguia las instrucciones de su patron sin contradecir en nada, Dario hubiera preferido haberse quedado en su refugio, o bien seguir buscando a los papas de Camila, que ya le estaba mortificando, no lo daba a notar pero ese asunto lo tenia en su pensamiento.

En que piensas Dario?...en muchas cosas, le responde.- Y que son esas muchas cosas?...Muchacho, voy a decirte esto y por favor escuchame, esta bien?... Si don Miguel, contesta viendolo a su ojos, para despues dejarla caer lentamente y agregando a su conversacion.- Mire Don Miguel los padres de Camila, ya tienen tiempo que se fueron y no le importaron dejarla abandonada y sin nada que comer.- Y tu como sabes eso?...Porque ya salimos a buscarlos y no los hemos encontrado, le dice Dario, ademas ella no se acuerda ni por donde viven, he tratado de hacerle recordar por donde paso, cuando me la encontre tirada en una banqueta.- Tirada en una banqueta?... Si casi medio muerta de frio y de hambre y como la iva a dejar que muriera alli sola.- Nadie le ayudaba le sacaban la vuelta, creian que estaba dormida o no se que, pero nadie le ayudaba.- Y tu como te diste cuenta de eso de que estaba como tu dices.- Porque quise levantarla y su cuerpo se me escurria, hasta que senti que se podia mover un poco y fue cuando no podia abandonarla y luche por que reaccionara y gracias a Dios mire aun esta viva.

El dueño del rotativo se quedo de una sola piesa, Don Miguel no imajinaba como le habia hecho Dario para lograr esto.- Sabes como se llaman los papas de Camila? ¡No! contesta Dario.- Y ella?... vuelve a preguntar Don Miguel.- Es provable que si, le responde con mucha inseguridad Dario.

Dices que hace ya algunos dias que se fueron y no ha sabido mas de ellos?...Asi es, le dice Dario.

Esperame aqui sentadito, no te vayas a mover regreso en un momento, mientras, descansa viendo lo que tu imajinacion quiera ver.

Don Miguel se levanta y se dirige a su estudio, una pequeña estancia con todo lo que una oficina requiere, se sienta a su escritorio, toma el telefono y marca el numero de su reportero Isidro Vetancourt, lo deja sonar hasta que.....Bueno!.- Isidro! habla Miguel.- En que le puedo ayudar Don Miguel?...En mucho, quiero que me mandes via fax, los nombres de los accidentados en el kilometro 28, las causas y aproximadamente los dias que permanecieron en el lugar del accidente, estoy haciendo una investigacion muy cercana a la tuya, despues te lo explico.- Muy bien, en cinco minutos las tiene.- Gracias Isidro, nos vemos muy temprando.

Despues de colgar el auricular, vuelve nuevamente a donde Dario, parecia adormecido por los rayos del sol que calentaban esos momentos.

Te estas durmiendo muchacho?...Creo que si, le contesta Dario.- Tengo la certeza que las cosas no estan muy bien, solo espero que nada sea cierto y que la noticia sea diferente, pero eso lo sabremos mas adelante.- Que noticias?...pregunta Dario.- Despues que las tenga te las explico.

Estaban en eso de la noticia, cuando Axcel y Camila se acercaban donde ellos permanecían sentados y Axcel solicito a su padre le diera unos centavos para invitar a Camila a la tienda de abarrotes que esta a la vuelta de la cuadra.

Momento que Don Miguel aprovecho para preguntarle a Camila.- Hija te acuerdas del nombre de tu papa y de tu mama?...Mi mama se llama Priscila y mi papa Solis, respondio Camila con cierto balbuceo.- Te acuerdas de ellos?...Quisieras encontrarlos?...Si! respondio con mucho gusto.

Toma estos centavos hija, y mucho cuidad con los carros, cuida muy bien a Camila, avisale a tu madre que vas para la tienda.- Si papa.

Habian pasado poco mas de los cinco minutos y de nuevo Don Miguel dice a Dario.-Hijo ahorita regreso, por favor no te muevas, solo voy a recoger unos documentos.- Esta bien Don Miguel le dice Dario, quien se queda sentado esperando.

Una vez dentro de su oficina Don Miguel se apresura a recoger los documentos que ya estaban en el Fax, eran tres hojas tamaño carta con toda la información que había requerido, cuando poso sus ojos sobre una de las hojas, parecian desorbitarse, la intuición de periodista le había dado la razón una vez mas, los nombres que estaba leyendo, eran precisamente los mismos que Camila había dicho apenas unos momentos.

Dios mio, hubiera querido que la noticia fuera otra y no esta, - El corazón de Don Miguel latia aceleradamente, creia que le traicionarian sus fuerzas, respiro profundamente para aminorar los latidos y salir con la verdad por delante.

Con los papeles en la mano, sale de su oficina hacia donde esta Dario, que sin darse cuenta del tiempo, no se percata que Don Miguel ya se había sentado a su lado.- En que piensas Dario?...Don Miguel, no lo senti, le dice Dario asombrado.- Que son las noticias para mañana? Vuelve a preguntar.- Malas hijo, muy malas.- Y cuales son esas tan malas, puede decirmelas.

Un silencio era prioritario para Don Miguel, necesitaba ordenar los pensamientos y las palabras para decirlas de una manera que no lastimaran el corazón de Dario y a su vez al de Camila, sabia que tenia forzosamente que decircelo porque al dia siguiente, el se enteraria por las noticias en todos los periodicos.

Hijo, se que eres fuerte, que tienes una mentalidad muy abierta y ademas persistente.- Que es eso de persistente pregunta Dario.- Quiero decir que eres un niño muy terco, y a la vez muy resistente y que no te cansas para decirte todo esto, se que eres ademas un jovencito muy inteligente.- Usted cree Don Miguel?.....-Si lo creo, porque lo veo, lo siento y muy pocas veces me he equivocado.

Dario...un breve silencio, se dejo notar en el pensamiento de Don Miguel, daba la impresión que estaba engranando las ideas, para que fuera menos el peso de sus palabras al darle la nocticia.

Hijo.- Lo que te voy a decir, quiero que lo tomes con toda serenidad, con la calma necesaria, quiero que no te sientas desilusionado de todo el esfuerzo que has estado haciendo por Camila, ahora ella mas que nadie, va necesitar toda la ayuda que se pueda.- Porque me esta diciendo esto Don Miguel?...pregunta Dario, imaginando que algo anda mal.

Usted cree que los papas de Camila ya no volverán? que se olvidaron de ella? que se murieron? Lo ultimo Hijo, lo que acabas de mencionar le dice Don Miguel.- Que se murieron?...y como se murieron? En un hospital, en la cruz roja?...En un accidente, le responde Don Miguel.- En un accidente de hace tres o cuatro dias y de eso te quiero platicar, pero esta platica prometeme que sera entre tu y yo, ella no lo debe saber, dejemos que se haga la ilusión de que sus padres se fueron de viaje y que algun dia habran de volver.- Crees que puedas cumplir con esta promesa?..

Dario, con la cabeza inclinada hacia el suelo, como viendo sus zapatos, sus manos puestas sobre las rodillas con dos lagrimas que se escaparon y corrian sobre su rostro, no emitio ningun sonido, solo el silencio le embargaba el alma.- Don Miguel respeto aquel silencio, esperando alguna respueta afirmativa.

Al fin pronuncio estas palabras.- Que va ser de ella.- Don Miguel le proporciono una muy buena respuesta.- Te gustaria seguir estudiando?...le pregunta con entusiasmo.- Si, si me gustaria estudiar, pero tengo que trabajar y ayudarle a Camila para que ella también estudie.- Entonces, le dice Don Miguel.- Les gustaria quedarse con nosotros en esta casa, claro que tu trabajarias como todos los dias, venderias tu periodico como siempre y por la tarde vas a la escuela.

Camila iria por las mañanas y ya en la tarde nos juntariamos a cenar, que te parece Dario?...Don Miguel, interrumpe Dario, quien le dice.- Y su esposa y su hija nos van a recibir? Claro hijo, claro, no ves que ya mi hija tiene a una hermanita en la casa y se llama Camila, ahora tu seras el hombre de esta casa, porque mis otros hijos estan lejos, no nos han olvidado, nos hablan que estan bien y que todo va bien, y el dia que lo sepan, se que les dara mucho gusto y que van a querer conocerte, pero también se que no vendran cuando lo sepan, de manera que.- Cual es tu respuesta hijo?...

Dario, no sabia que pensar, el destino pareciera que estaba jugando con el y con Camila, se que no sabria identificar el sentimiento adecuado en el, la incertidumbre, en alguna de las veces nos hace pensar hasta dos veces antes de tomar una decisión, después de una breve pausa, Dario le dice.- Por favor deme la oportunidad de pensarlo hoy en esta ultima noche en nuestro refugio, dejeme acariciar de nuevo la miseria donde vivo para que jamas se me olvide de donde he salido, y hacia donde voy caminando, siento que la vida nos juega rudo y que en algunas veces nos da la oportunidad de ganarle y hoy no quisiera darle ese gusto al momento sin antes de prepararme mas en mis pensamientos, y como hacerle saber de todo esto a Camila.- De lo otro tenga la seguridad que no lo sabra hasta el momento indicado si es posible y si existe el momento.

Esta bien, le dice Don Miguel, ven vamos para adentro, te invito un café o un refresco, que prefieres, o si quieres ver un rato la televisión.- Su esposa esta allí dentro verdad?..

Pregunta Dario.- Si, contesta Don Miguel, ella es maravillosa, siempre esta pendiente y ahora lo estara mas de todos nosotros, que te parece.- Nunca se enoja, no grita como otras mamas y no dice malas palabras?...vuelve a preguntrar Dario.- No, después la conoceras poco a poco si te decides, le dice Don Miguel, quien le sigue diciendo, veras, no te puedo decir lo que hay dentro de nuestros corazones, tu los iras descubriendo y cuando te des cuenta de todo, aquel mundo que tuvistes, lo tendras pero diferente.

Cuando llegaron a la estancia donde esta la televisión y un librero pegado a la pared, con un buen surtido de libros de muchos autores, junto al librero una pecera grande como de dos pies de ancho por cuatro de largo, una variedad de peces que hacen la delicia al estarlos observando, una manera de relajarte al escuchar la musica clasica popular de diferentes directores.- Dario no se cansaba de ver el espacio cuando escucho los pasos de Danila, la esposa de Don Miguel, que en sus manos traia dos vasos con refresco para Dario y su esposo.- Aquí tienen para que sigan platicando, y si se les ofrece algo de comer solo me dicen.- No te procupes mujer por ahora, sera el dia de mañana el principio de una larga jornada, le dice su esposo.- Si es asi, es porque Dios asi lo quiere le contesta Danila.

Mientras mas atenciones recibia Dario, mas sus pensamientos entraban en una encrucijada, la duda le asaltaba de si es una realidad, o es solo un espejismo del cual esta envuelto y piensa como salir de el.

No te sientas mal, le dice Don Miguel, se lo que estas pensando, lo que estas sintiendo, estas viviendo una realidad, una verdadera realidad que salio con el esfuerzo de mi trabajo, asi como tu lo estas haciendo, algun dia podras tener algo mejor de lo que estas viendo y ofrecerle a Camila lo que jamas hubiera imaginado tener, pero esto se debe al esfuerzo, al sacrificio, a la tenacidad para hacer los planes y realizarlos y tu hijo, se que los tienes, solo que eres reservado en estos momentos de grandes desiciones, pero yo tengo confianza en ti, y se que tu la tienes en mi.

Un mundo de recuerdos que llegaban a la mente de Dario, y que internamente luchaba por no hacerlos presentes, solo le interesaba el presente y el futuro, pero también tenia que estar interiormente seguro.

Hacia el esfuerzo por salir de ese trance sentimental, cuando unas voces se dejaron escuchar, venian de la parte de afuera, eran las de Camila y de Axcel que saboreaban una rica nieve.

Mientras ellas se dirigian hacia la cocina donde estaba Danila preparando la comida, en el cuarto donde estaban Don Miguel y Dario, se respiraba un aire de multiples acuerdos y compromisos que cada vez, Dario quedaba mas sorprendido.

Era claro que asi sucediera, un niño de escasos ocho años, de una mentalidad precoz a esa edad, le hacia sobresalir en asuntos de madurez absoluta, cada vez que Don Miguel conversaba con el, se quedaba aun mas sorprendido en la manera de abordar cualquier asunto, en los que Dario podría responder con claridad por su naturaleza intelectual, pertenecia a una normalidad, donde razonaba con firmeza, y actuaba con un esmerado empeño, en su mente estaba cifrando de una manera muy concreta, el futuro de los dos, sabiendo que si Dios queria lo podría lograr.

Bueno, al fin Don Miguel lo saca de ese silencio abrumador.- Ya has pensado demasiado hijo, creo que no tienes que hacerlo tanto, solo debes confiar en nosotros y nosotros confiaremos en ti y veras como todo funcionara, imaginate siendo tu mismo el propio patron de tu negocio en la venta de periodicos, yo no te voy a forzar que tu lo seas, seras tu hijo, el que maneje tus propios intereses, eso si, tendras la obligación de rendirme cuentas al final de tu jornada, porque sere yo quien este pendiente de tu empresa que se, la haras grande, tan grande como tu lo desees.- Se escucha bonito esto verdad?....

Hasta donde queria llegar Don Miguel con Dario? Abriendole los horizontes de una manera contundente, estaría tratando de prepararlo desde ese momento para el futuro?...Daba la impresión, que los hijos estando lejos de ellos sus padres, habian alcanzado sus metas y volver, seria solo para estar un fin de semana si fuera posible, de lo contrario, es crudo tener que mencionarlo, pero la realidad que ellos viven es otra y no volverian, quizas hasta el final donde sus padres ya no pertenescan a este mundo.

Don Miguel y su esposa Danila, tenian ya casi los siete años que los hijos salieron de casa para estudiar en otro estado de la republica, la comunicación con ellos no era muy frecuente, se podría decir que una o dos veces al mes y en otras ninguna en los dos meses, el maestro de los años, les había dado una hija, es por quien viven, sabiendo que los tiempos venideros en una mujer son diferentes si no son preparados desde la raiz.

Don Miguel, veia en Dario un niño con una perspicacia tan natural, que tendria que aprovecharla para hacer de el, lo que tanto habria querido para uno de sus hijos que estan fuera de casa, lo tuviera.

Con estos pensamientos muy profundos en la cabeza de Don Miguel, daba inicio a una nueva etapa en la educación de sus nuevos hijos y que los adoptaria aun sin papeles, solo con el consentimiento de Dario, que era para el como un verdadero documento en blanco, y firmado por un hijo que la madre naturaleza se lo había enviado.

La comida esta lista.-Se deja escuchar la voz de Danila desde la cocina, mientras ella anunciaba esto, Axsel y Camila prepraban la mesa colocando los individuales y todo para la comida que había preparado Danila con mucho entusiasmo, se trataba de una carne al horno, acompañada de papas guisadas, con ensalada verde y con un aderezo estilo a la italiana, asistida de agua fresca de limon.

Tienes hambre Dario.- Pregunta Don Miguel.- Si! creo que si tengo hambre, contesta con cierta timidez, esta es la segunda vez que siente esa fuerza extraña en el y sabe que tendra que acostumbrarse a ella, ya que su decisión la había tomado y tendria que seguir adelante.- Yo le sigo, le dice Dario a Don Miguel.- Como tu quieras hijo, ya te iras acostumbrando y te sentiras mucho mejor, yo te entiendo y comprendo por lo que estas estudiando en tus pensamientos, solo relajate, nos lavaremos las manos y después te puedes sentar en el lugar que tu quieras, estamos de acuerdo?...

Los cinco sentados alrededor de la mesa, percibiendo el aroma de lo que estaba preparado, Camila enfila su mirada hacia la de Dario y una leve seña imperceptible para sus anfitriones, daba el consentimiento a seguir esperando la autorización.

Danila, una mujer de valores muy cristianos, decia.- Vamos a bendecir los alimentos.- Señor bendice estos alimentos que vamos a tomar, te pedimos por nuestros hermanos que no lo tienen, para que tu misericordia infinita se los haga llegar, Amen.

El tiempo paso rapido, la comida fue la primera en la vida de Dario y Camila y sabian que no lo olvidarian jamas, se habian repetido varias veces, la costumbre los sacaba de las verdaderas normas en el arte de alimentarse, usar las manos para llevarse el bocado es inusual, eso la familia de Don Miguel lo entendia y poco a poco, Axcel y Danila explicaban como hacer uso del tenedor y cuchillo.

La tarde daba sus primeros pasos, habian salido los cinco a caminar por el jardin de casa como en familia, Camila corria de un lugar a otro con Axcel por un lado, que pareciera que ya se había acostumbrado a ella.- Las ves como se divierten ellas hijo, hacia mucho tiempo que no veia a Axcel correr por el jardin, solo encerrada en su cuarto viendo televisión.- No te dan ganas de correr también y dejarte caer en el césped?...Si tengo muchas ganas, pero por ahora creo que no, le dice Dario mientras seguian caminando.

Don Miguel, Señora Danila.- Decia Dario.-Pareciera que daba inicio un corto dialogo entre ellos.- Hoy nos vamos a nuestro refugio, quizas sea el ultimo dia allí y quisiera que.....Que es lo que quisieras?.- pregunta Danila a Dario, quisiera, agrega Dario, si fuera posible me prestara alguna cobija para tapar a Camila en la noche, lo que tenemos no alcanza para los dos y el frió se nos cuela.- Y porque no se quedan desde ahora con nosotros hijo, creo que todo esta listo verdad Miguel?...

Danila no sabia lo que pretendia Dario, Don Miguel aun no se lo había dicho en todo este tiempo, no habian cruzado ninguna palabra de manera que aprovecho el momento y le dijo los pensamientos de Dario.- Danila trato de convencerlo diciendole mira hijo....la voz de Don Miguel interrumpio esa intencion y le dijo.- Dejalo asi de esta manera mujer, el sabe muy bien lo que esta haciendo, algun dia el te lo explicara, no es asi Dario?...

Axcel, hija, ven por favor.- Voy mama, le grita desde donde estaba platicando con Camila.- Dime mama, hija busca una cobija gruesa, la mas gruesa que tengas guardada y la tienes lista, se la vamos a prestar a Camila para que no tenga frió en la noche donde ellos viven.- Axcel, quedo paralizada de la noticia.- No se va quedar con nosotros?...Hoy no hija, sera hasta mañana cuando esten los dos aquí en la casa.- Al escuchar esta noticia, Axcel corre hasta donde esta Camila sentada en el césped, al llegar a ella, la abraza con tal fuerza que Camila emite un quejido sin reproche de nada por el fuerte abrazo.- No te vayas Camila, quedate conmigo, por favor no te vayas.- ven vamos a platicar con mi papa.- Axcel, tomando de la mano a Camila, llegan frente a Don Miguel.-Papa, Mama, yo quiero que Camila se quede conmigo.-

Dario al escuchar esto, nuevamente sus pensamientos emprenden el vuelo, seria posible quedar solo nuevamente, aunque sea por esta noche?...

Tu que dices Dario?...pregunta Don Miguel.- Creo que no hay problema, contesta Dario, sabiendo que ya no sufriria el frió de la noche y la incomodidad del refugio.- Dario se separa de ellos unos pasos y hace una seña a Don Miguel para que le siga.- Una vez juntos, Dario le dice.- creo que es mejor asi, que ella se quede primero, al fin que no se acuerda de sus padres, y sera mas facil empesar por ese lado.

Por otro lado, creo que sera mejor que guarde esos documentos Don Miguel, no vaya ser que los vean y todo se nos venga encima.- Tienes mucha razón hijo, mañana me los llevo a la redaccion y los archivo.

La tarde pronosticaba una temperatura relativamente fresca, pero agradable, se acercaba el momento de la despedida por esa tarde, no sabia por donde empesar, si por Camila, o por Don Miguel, con Danila o con su hija Axcel, la emocion de saber que al dia siguiente seria con su nuevo amanecer, el principio de una nueva vida.

No lo penso de nuevo y su decisión fue firme,- Me voy Don Miguel, Señora Danila, Axcel, gracias por todo creo que hoy durante mi ultima noche en el refugio, habre de repasar todo cuanto quiero para nuestro futuro.

No se le había olvidado despedirse de Camila, al contrario la estaba dejando para lo ultimo y fue cuando le llamo.- Camila, acercate un momento, le dice con mucha ternura.- Dime Dario, le dice ella.- Hoy te vas a quedar aquí con ellos.- Y tu?...pregunta ella desesperada.- Por mi no te preocupes estare bien, mañana nos volveremos a ver y sera para siempre, estas de acuerdo?.- Pero porque no te quedas?... mañana me voy a quedar y estaremos juntos otra vez, le dice Dario, quien le sigue diciendo.- Portate bien, no se te olvide que estas en casa de Axcel, dejame darte un abrazo.- Mientras la abrazaba, le decia al oido,- Hoy no tendras frió y eso me da mucho gusto, hasta mañana Camila.

Don Miguel, como quedamos, no vemos a la misma hora, porque desde mañana debo doblar mis acciones, debo irme porque tengo desde ahora cosas importantes que hacer.- quieres que te lleve en el auto Dario?...Le pregunta Don Miguel.-Gracias, caminar me hara bien, para poner todo en orden.

Don Miguel y su esposa, Axcel y Camila, lo ven como si ya nunca lo volvieran a ver, Dario atravieza el jardin y al salir para tomar el camino hacia su destino, levanta la mano derecha en un gesto de hasta luego.

Al perderlo de vista, se retiran hacia el interior de su casa, Axcel toma de la mano a Camila y la invita a ver televisión mientras llega la hora de ir a dormir.- Danila se dirige a preparar un rico chocolate, mientras que Don Miguel, recordando las palabras de Dario sobre los papeles, estos los guarda en su maletin y lo lleva a su recamara, previendo cualquier incidente.

Dario caminaba a paso lento, traia en su mente algo que le daba gusto compartir con alguien de su misma condición hasta esos momentos, con alguien que en verdad pudiera aprovechar esta que es una oportunidad de tener algo donde refugiarse, en su mente trataba de recorrer las imágenes de sus conocidos, pero no daba con ninguno de ellos.- Debo encontrar a alguien, se decia, debo dar una vuelta por la placita donde vendo mis periodicos, quizas logre encontrar a alguien.- Apresuro el paso y cuando llego al lugar, la placita ya estaba prácticamente sola, la tarde empesaba verse triste.

Recorrio el lugar, fijando su mirada sobre las bancas del parque, parecia como si este dia lo contradijera.- Ahora no vas a encontrar a nadie.- Dario no se daba por vencido, al dar la vuelta por la parte posterior de la placita hacia lo mismo, bancas vacias.- No lo puedo creer se decia, camino hasta la esquina, donde un arbol de gran follaje cubria parte del lugar, no lo considero importante, de manera que estuvo allí quieto por unos instantes.

Al ras de la banqueta, viendo pasar los automóviles que ivan y venian, sintio que alguien husmeaba en sus zapatos, al bajar la mirada se da cuenta que es un perrito de la raza chihuahua que es quien le hacia mil faramallas, tratando de llamarle la atención, Dario se inclina hacia el animalito para acariciarlo y este se aleja de el corriendo, Dario se queda pensativo.- No creo que este perrito este solo.- Al darse cuenta que el animalito pego la carrera para atrás del tronco del arbol donde Dario estaba de pie, decidio seguirlo y saber por curiosidad que pasaba con el perrito, al llegar al lugar que es por la parte posterior del tronco del arbol, el animal ladro como tratando de decirle aquí estoy.- Dario se quedo sorprendido cuando descubrio que el perrito, trataba de animar a su dueño, para que se levantara sin conseguirlo.

Hola, estas bien?... Sentado en el suelo y recargado sobre el arbol, con sus rodillas pegadas al pecho, estaba Ulices temblando de hambre y de frió.- Es tuyo el perrito? Pregunta Dario.- Si, le contesta con voz temblorosa.- Tienes hambre verdad?... No, lo que tengo es frió, le contesta.- Por eso, pues, es que tienes frió, porque tienes hambre, sigue diciendo, tienes donde dormir?...Si, le contesta con firmeza, puedes decirme para llevarte y comprarte algo para que comas tu y tu amigo.- Cual amigo pregunta Ulices.

Que no es tuyo el perrito este?...No, le contesta asombrado, no es mio.- Pues el me trajo hasta aquí, pues si no es tuyo, entonces sera mio.- Pero no me has dicho, donde esta tu casa.- Mi casa esta debajo del cielo, el cielo es mi techo y la tierra el piso de mi casa, mmm, no tienes donde dormir, penso en silencio Dario, y esta es mi oportunidad.- Sabes, el techo de tu casa esta muy alto, y el piso esta muy helado, ven, te voy a llevar a mi refugio, quieres venir conmigo?...Tu tienes donde dormir?...Si y veras que te va gustar, puedes caminar ya?.... Creo que si, contesta Ulices.- Bien vamonos por aquí, para comprar pan y leche.

Ulices. Que había estado buen rato sentado en esa posición, se levanto con dificultad, sabia que estaba un poco o mucho entumido, al estar de pie como que se quiso ir de lado pero Dario lo detuvo a tiempo tomandolo del brazo derecho.- Orale que traes, calmado, allí quedate no te muevas hasta que te compongas.- Ulices hacia caso de todo lo que decia Dario, después de un rato empeso a caminar despacio y después mas rapido, asi caminaron hasta llegar a la tiendita de la esquina y el nuevo compañero tras de ellos.

Dario entra, compra algunos panes de dulce y un litro de leche, con esto alcanza para los tres se dijo asi mismo.- Recargado sobre la pared de la tiendita, estaba Ulices con el perrito a un lado, atentos a que saliera su nuevo amigo Dario.

Una vez fuera y con ellos, emprendieron el camino hacia el nuevo hogar de Ulices, al que durante el camino le explicaba todo cuento tenia que hacer para que conservara el lugar, mientras algun dia alguien contruyera en esa parte.

Mira, allí esta lo notas bien, lo puedes ver bien?...Parece un monton de ramas secas, bueno pues allí sera tu refugio si lo quieres, que te parece.- Ahora mira para todos lados y fijate bien que nadie te vea cuando entras.- Listo dice Ulices, entremos dice al instante.

Cuando estuvieron dentro del refugio, Ulices se sorprendio y le pregunto.- Aquí has vivido y nadie te ha descubierto?...Mientras tu puedas evitarlo, no tendras problemas, nadie te debe acompañar, solo es para ti, y de ti depende cuanto te dure.

Ven toma esa caja y sientate junto a la mesa, vamos a comer algo.- Dario saca de la bolsa el pan y la leche, toma de los frascos que tiene como vasos y sirve la leche, en una tapadera de los frascos, también le sirve al perrito que aun no tiene nombre.
El pan de dulce nos caera bien al estomago, ya veras, sera menos el frió que tengamos esta noche.

Ulices, hoy es mi ultima noche en este lugar y el techo de tu casa, te puso en mi camino, y quiero que este lugar lo conserves hasta el final, de repente te voy a venir a visitar, porque de veras me encariñe mucho, porque fui yo quien lo construyo de rato en rato, mira, como hoy es mi ultimo dia yo me voy acostar en este lugar, porque tengo mi despertador allí.- Dario le señala el techo del refugio con su mano derecha.- por allí pasa la luz del sol que me despierta cuando me da en la cara.

La luz de la vela, empezaba a parpadear, es la señal de que hay que acomodarse, de manera que no nos entre tanto el frió, y tu chiquita vente conmigo, ven dejame taparte para que durmas calientita, mañana te quedaras con tu amigo, porque yo tempranito espero salir y no volver, me estas escuchando Ulices?...Al no tener respuesta, dedujo que ya se había quedado dormido.

Una vez bien tapadito, Dario empezaba a navegar con sus pensamientos, creo que el futuro nos espera, pero también nos espera un gran agradecimiento para con Don Miguel y su esposa y también con Axcel, fue también buena idea que se quedara Camila desde ahora con ellos, así no tendría que pensar de cómo le haría en la mañana, si se quedaria dormida o vendría conmigo tan de mañana, pobre, por su mente no corre la idea de tan siquiera que piensa hacer de mañana en adelante, aun cuando me vea que llegue por la tarde, después de terminar con mi trabajo.

Dario pensaba y pensaba y así quedo en solo pensar, sin imaginar que se quedaria de pronto dormido, con la chiquita entre sus brazos.

La noche estaba fria, no como otras, pero aun así parecia que el mismo frió se colaba por entre las hendiduras de la puerta vieja y carcomida, eso ya no les importaba, habian provado bocado y el estomago no estaría vacio.

El tiempo cuando mas queremos que se haga largo, siempre se hace corto, pareciera que habria dormido cinco minutos y ya la luz del sol empezaba acariciar el tragaluz, que despertaria a Dario de un momento a otro.- La luz caminaba al compas de los segundos del reloj, era automatico que avanzara sin detenerse, al fin pego de lleno y traspasando al mencionado tragaluz, los rayos ya acariciban el rostro de Dario, que despertaba sin hacer el menor ruido, hasta la perrita que durante la noche buscaba mas calor, estaba bajo los trapos a los pies donde dormia su benefactor.

De la manera de cómo se acosto a dormir, así se levanto, se enjuago la boca y salio sin el menor ruido, al salir del refugio, solo dijo.-Dios ayudame y hecho a correr.

Lo fresco de la mañana lo obligaba a correr para entrar en calor mientras llegaba a la redacion del periódico, aquella rutina seria la ultima, se decia mientras corria, de mañana en adelante seria diferente, eso espero, se contestaba el mismo.

Había avanzado tres cuadras y ya el cuerpo le estaba respondiendo, el calor le hizo aminorar la velocidad y solo se concreto a trotar, al fin que solo quedaban dos mas para llegar cuando vio que estaba ya cerca, solo camino para hacer descanar el cuerpo y no llegar con una respiración cansada y agitada.

Fue la puntualidad de Dario, la que admiraba Don Miguel a pesar de ser un niño voluntarioso, con un carácter que se estaba definiendo y dandolo a conocer, a quien estaba dispuesto a compartir los años que le quedaban de vida.

Para Don Miguel, y su esposa, tomar esta decisión en sus manos y la vida de estos dos pequeños, era parte de sus grandes valores morales y espirituales que llenaba sus corazones.

Empezar de nuevo pero de una manera diferente en la educación de dos niños que formarian parte de esta familia, Don Miguel y su esposa, lo consideraban como una nueva bendicion, acostumbrados a participar en acciones altruistas, esta seria una mas, solo que seria constante y definitiva.

Frente a los ventanales de la redaccion, Dario esta de pie esperando que Don Miguel procediera abrir la puerta y poder entrar a lo calientito.- Habian pasado dos o tres minutos de haber llegado y la puerta se abria.- Pasale hijo, veo que te estas entiesando.- Ven tomate un cafecito para que entres en calor.- Gracias Don Miguel, creo que si me lo voy a tomar.- Claro que te lo vas a tomar.- Mira te traje unos burritos de huevo con papita, todavía estan calientitos andale, come, porque de ahora en adelante quiero que seas mi ayudante.- Su queee.- Responde Dario con asombro.- Que quiero que seas mi ayudante.- Don Miguel, mis clientes me estaran esperando y no les puedo fallar y son ventas seguras, porque no lo dejamos para otra ocacion, sabe porque?... Porque Dario...

Dario había premeditado toda la noche en querer poner un puestecito de periodicos a un lado de la tiendita en la esquina de la plaza.- Al comentarle el plan que traia, Don Miguel se sonrio y movio la cabeza de admiración.

Hijo, esta bien, este sera el plan, quieres que te lo plantee.- Digame Don Miguel, a ver si me conviene.- Mira, la mañana hasta la una de la tarde sera para los negocios y de la una y treinta en adelante, sera para la escuela, te parece?...

Con la boca llena, Dario no podia contestar, de manera que Don Miguel espero que terminara, con el ultimo pedacito que le quedaba en sus manos.

Dario, mientras comia pensaba en el plan, sabia que le convenia, solo quería ver a Don Miguel, si insistia, al no hacerlo, después del trago de café que le quedaba en la taza, al fin le contesto.

Gracias por el desayuno, estaban ricos y el café también.- No tienes por que darlas, es parte de nuestro negocio, o ya se te olvido.- De ninguna manera, contesta Dario.- Podemos repasarlo de nuevo.

Don Miguel después de hacerlo una vez mas lo convence, solo que surgio otra pregunta.- Camila ira conmigo a la escuela Don Miguel?... Los tres iran a la misma escuela, solo que tu por la tarde, Axcel y Camila por la mañana, de manera que solo la veras un rato por la tarde, siento que va ser difícil para ti, con trabajo y escuela, solo tienes que decirme hasta donde aguantas, de acuerdo hijo?...De que aguanto, aguanto le contesta Dario entusiasmado.- Bueno si tu lo dices.

Aquí traigo el dinero para los periodicos de hoy, me llevo los convenidos y a la vuelta pago lo mismo, seguimos con esta rutina?... Don Miguel, veia la decisión de Dario en seguir adelante y sacando uno de los rotativos de ese día, le muestra las ocho columnas de la información.- Dario que lee a silabas, y con las fotos impresas en la primera plana, le era suficiente.

Las noticias de hoy, trae toda la información del accidente de los padres de Camila, le dice Don Miguel a Dario, y no quisiera, le sigue diciendo, que lo anuncies dando los nombres, solo anuncia.- Tragico accidente en carretera, estamos de acuerdo?.- Si Don Miguel, así se hara.- Muy bien hijo, entonces adelante, el negocio es tuyo, y aquí te espero.

La vida, siempre trae las dos materias consigo mismo, lo bueno y lo malo de nuestra existencia, en algunas de las veces, es mucho mas lo malo que lo bueno, solo que en raras ocaciones un poquito de lo bueno, logra compensar lo mucho de lo malo que se habria tenido en la vida, esta manera de filosofar, hace menos pesado nuestro diario vivir.- Dario era de esos niños, cuya inteligencia, no se sabe de donde o de quien la tomaria, lo que si sabiamos que podría llegar muy lejos, a pesar de su corta edad.

Con los periódicos en la bolsa al hombro que era su inseparable herramienta, además de que en esa bolsa guardaba celosamente aquel vestido con el que había encontrado a Camila el día que la conocio, en su mano derecha el periodico con el que daba los pormenores de las noticias mas sobresalientes, y como si nada hubiera pasado, el trabajo es el trabajo y no debo mesclarlo con mis sentimientos, se decia en sus pensamientos de niño, que muchas veces son ajenos al dolor.

La mañana le transcurrio con éxito, para eso de las once de la mañana, se le habian agotado los periodicos, la noticia había causado revuelo, entre los ciudadanos y los curiosos, hambrientos de las malas noticias.

Dario, se dispone regresar a la redaccion por mas que vender, solo que al llegar, Don Miguel, sabia que vendría por mas, pero esta vez, su mision había terminado, eran las once y media de la mañana y Don Miguel prefirio que se preparara mentalmente para ir a la escuela.- Mira hijo ya falta poco para las doce medio día, estas listo?...Siempre estoy y estare listo, responde Dario.- Muy bien, así se dice hijo, ven te voy a llevar a casa para que te des un baño, te cambies y llevarte yo mismo a tu escuela.

Don Miguel, le dice Dario.- Puedo yo ir caminando, para que no deje solo el changarro, ya sabe como son los empleados.- No te preocupes hijo, Isidro se hara cargo mientras vengo, el es el reportero de esta redaccion, es un buen hombre, también tu tienes algun día que confiar en alguien, así como tu me has enseñado a confiar en ti.- Yo le enseñe a confiar en mi?...pregunta Dario extrañado.- Salen de la oficina para abordar el auto de la empresa y todavía estaba viendo cosas nuevas.

También tiene un carro para el periódico? Una buena empresa necesita de un buen automóvil, para dar la imagen y seriedad que se necesita, así vez, como va creciendo tu negocio con profecionalismo.

Entonces todavía me falta un chorro de tiempo para lograr ser alguien, dice muy serio Dario.- Por algo se empieza hijo, quieres escuchar mi verdad de cómo es que logre este sueño?... Si contesta Dario emocionado.- Bueno sera otro día, porque hemos llegado a casa.- Me promete que me lo contara después, por favor.- De acuerdo, en el primer momento que tengamos libre, me recuerdas esta bien?.. Mas que bien dice Dario.

En la puerta de la casa, Danila ya los había visto por la ventana de la cocina que llegaban.- Ya llego el estudiante de esta casa?... Buenas tardes Señora.- Llamame mejor, bueno te gustaria mejor decirme Dani, hijo?...A usted le gustaria que así le llamara.- A mi si.- Dijo ella con su singular sonrisa.- Bueno aquí estoy Dani, solo espero la siguiente direccion.- Bueno, la direccion nueva es un buen baño, como la vez.- Si cree que es necesario, ni modo me lo dare.- Ven te voy a dar tu ropita interior que te compramos, espero que te guste.- Lo que venga de ustedes todo me habrá de gustar, no me voy a quejar se lo aseguro, le dice Dario.- Este es tu pantalón, espero no me haya equivocado de talla, haber dejame medirtelo, esta bien te va quedar bien bonito, la camisolita igual, tus zapatos negros.- Dejame te pongo el agua calientita y el javon.- Quieres que te bañe?...

Que vergüenza me veria todo! Creo que yo puedo solo, de veras?.- Bueno quiero oir que te estas bañando y cuando termines me avisas, voy a estar por aquí cerquita, para que comas algo antes de que te lleven a la escuela.- Don Miguel ya se fue?... pregunta Dario.- No!, esta esperando en su oficina.

Danila prepraba un pan tostado con mermelada, acompañado de un vaso con leche fresca para cuando Dario saliera del baño, un ligero bocado para que no se fuera con el estomago vacio, al fin que lo esperarian para cenar todos juntos.

En el baño, Dario se daba un ultimo enjuague en el cuerpo, veia todo a su alrededor como diciendo, es bueno ser rico, agua calientita, perfumes por todos lados, toallas grandes.- Una voz lo interrumpe en sus pensamientos.- Listooo? Pregunta Danila.- Cuando de pronto le abre la puerta Dario, para que lo biera que si se había bañado, en un momento me cambio y nos vamos, le dice.- Muy bien contesta ella, encaminandose a la cocina con una sonrisa.

Toda la ropa que tenia sobre un taburete, le quedo como anillo al dedo, perfecto, cuando se vio en el espejo que tenia frente a el murmuro diciendo.- Eres tu, o quien soy yo.- La puerta del baño se abrio, era Don Miguel que lo estaba viendo y al final le dijo.- Hijo que no se nos haga tarde, ven para que comas algo.- Don Miguel, dice Dario.- Creo que el murio, para que yo naciera.- Que cosa dices Dario.- Le contesta Don Miguel.- Juntos caminan hacia la mesa donde estaba el pan con mermelada y un vaso con leche.

Después de comerse el pan y tomar la mitad de la leche, Danila le dice que se lave los dientes, a lo que Dario accedió, corriendo al baño, donde también un cepillo para el lo esperaba.

Los dos, despidiendose de Danila, se marchan al fin con rumbo a la escuela, esto seria para Dario una nueva experiencia, no sabia en que grado lo aceptarian, o posiblemente empesaria de nuevo, todo seria cuestion de la Directora del plantel.

Después de estacionar el auto en el area permitida del plantel se dirigen hacia la direccion, atravesando la puerta de entrada al colegio, una flecha indicaba la oficina correspondiente hacia mano izquierda, pareciera que la directora ya los estaba esperando, a lo que para Dario, le fue muy familiar el saludo y eso le agradaba, pensando que tendría como se dice ahora, vara alta con la directora.- Este es el niño del que me hablaba Don Miguel?... Si, es el, su nombre es.....Me llamo Dario Escalante, se apresura a decir su nombre, y a sus ordenes, termina diciendo.- Bien, vamos te voy a decir donde estara tu salon de clases a partir de hoy, agrega la directora.-Despues de caminar hacia el frente de la direccion, pasando el area de entrada, hacia la derecha en la segunda puerta, en la parte de arriba sobre el marco decia 3er Grado.- La directora con su mano derecha alzandola y señalando el grado, pregunta a Dario.- Sabes que grado es este?... Si, es el tercero.- Muy bien.- Tocando levemente la puerta la directora, espera que la maestra abra, para presentarle a su nuevo alumno.

Una vez abierta la puerta del salon de clases y presentar a Don Miguel y Dario su nuevo alumno, lo hace entrar indicandole que tome asiento en el numero cuatro, que esta pegado a los ventanales que dan hacia el area de recreo, donde se puede apreciar el asta donde cada lunes se hiza la bandera.- Tomado su asiento correspondiente, el futuro para el daba inicio, y levantando su mano derecha, Don Miguel se despedia de Dario, indicandole, que a las seis en la puerta de entrada.

De regreso a la redaccion de su periódico, Don Miguel pensaba en su nueva responsabilidad y tenia que tomarlo con mucha calma.

Empezar de nuevo, seria algo relevante en esta familia, la ausencia de sus hijos dejaron un hueco, que solo lo llenaba la soledad, una soledad que crecia cada vez mas, la comunicación de sus hijos, se tornaba mas lejana.- Don Miguel y su esposa entendian quizás, que el mundo de las fantasias de sus hijos, los habían envuelto en un torbellino de aventuras, conjugandolas supuestamente entre el estudio y por logica relaciones con alguien, que el mundo de la pasion se las haya presentado, de que otra manera podria haber sido.

En el ultimo intento por conseguir vinieran a pasar un fin de año en casa, por cierto fue el año pasado, el pretexto que pusieron sus hijos fue el de estar preparando una excursión con sus amigos y pasar precisamente esos dias en las cabañas de la montaña pico blanco.- De esa vez y hasta la fecha, Don Miguel y su esposa, dejaron de remitirles, las mensualidades para los estudios, cosa que no les causo sorpresa, ya que aun así sus hijos no habian reclamado absolutamente nada, faltandoles entre comillas solamente dos semestres para terminar sus carreras.

Cuando los hijos entran en la mayoria de edad, regularmente tienden a separarse de la familia con una naturalidad impresionante, esto mismo sucedió con los hijos de Don Miguel y su esposa Danila, donde lejos de ellos, creyéndose muy independientes han hecho su vida muy a su estilo.- Cual realmente seria ese estilo de vida?....

Los pensamientos, son en ciertas veces como los hijos que bienen y se van, no siempre los pensamientos se marchan, en algunas veces esos mismos pensamientos se quedan y son los que te ayudan a sobrellevar la carga de aquellos que se fueron.

De esta manera Don Miguel meditaba sobre el tiempo que tuvo la gracia de que los hijos estuvieran a su lado y disfrutarlos en la medida del amor que ellos como padres se lo demostraban.- No siempre las semillas del amor, caen en tierra fértil, termino pidiendole a Dios bendiga a sus hijos donde quiera que se encuentren.

NUEVE AÑOS DESPUES

El ir y venir de la vida, la rutina constante del que hacer y dejar de hacer, hace que el tiempo pase con la inevitable huella del correr de los años, donde van dejando acumular tristezas y alegrias, donde se aprende el lenguaje claro de los proverbios, como el decir que un clavo, saca otro clavo.

Estos nueve años que se fueron, dejaron un sabor dulce en la vida de Don Miguel y Su Amada Danila, una pareja como todas que en verdad luchan por la felicidad de uno para el otro, un pareja que se encontro para siempre, en una kermes de la escuela donde estudiaron ellos, sus hijos y sus otros hijos Dario y Camila.

Ahora en la vejez de ellos, Don Miguel, nombra a Dario como representante legal de la empresa el Centinela, Axcel a su edad, parece haber descubierto su vocacion por la ciencia de las comunicaciones, mientras que Camila, con estar al lado de Dario, su ilusión estaba en ser, reportera del Centinela.

No en vano fue el esfuerzo y la dedicacion de Don Miguel y Danila, con los tres hijos que los vieron crecer con la madurez que hubiera querido, en aquellos que salieron sin regresar, y aun así, en sus corazónes aun latia la esperanza de algun día volverlos a ver.

Eran los dias de otoño en la vida generosa de esta gran pareja, descubriendo su felcidad cuando ven a sus tres hijos llegar a casa al final de una jornada más, iluciones que no fueron en vano, pasiones que forjaron nuevos cimientos, pilares que se mantuvieron firmes en el verdadero arte de amar, corazones que renovaron sus ilusiones, por aquellas que sin mencionarlas fueron amargas desilusiones, decepciones que solo en el corazón de Danila y Don Miguel quedaron sepultadas, porque desde el Cielo Azul, a través del tiempo inesperado, le había traido al ceno de la familia, dos nuevos regalos envueltos con papel sucio y arrugados por los vientos contrarios en la vida de una sociedad desconocida.

Así de esta manera llegaron, y el amor de Danila y Don Miguel le dieron vida, para llenarlos de nuevas iluciones, de renovadas esperanzas en un nuevo caminar en sociedad, esa que abrió los brazos para recibir sin condición alguna el regalo que habían recibido del cielo, para llenar el vacío que había en sus corazones, que dejaron la infamia y la mal agradecida acción de sus hijos que los abandonaron.

Ahora brillaba en las almas de Danila y Don Miguel, la gracia venida del cielo convertida en gozo verdadero, al estar cumpliendo con aquella promesa que se había hecho realidad.

Axcel, era la primera en llegar, después Camila y por supuesto el joven de diez y siete años de edad, convirtiéndose en un empresario, llegaba una hora más tarde, la hora que siempre Don Miguel respeto para estar temprano en casa, ahora Darío hacia lo mismo.

Como van las cosas hijo pregunta Don Miguel.- Muy bien, Padre, dice Darío.- Hoy es el cumpleaños de Isidro, nuestro reportero y no se acordó usted?....Tienes mucha razón hijo, me pasas el teléfono para hablar con el, por favor?...Mientras marcaba a la redacción, seguro que allí encontraría a su fiel empleado, Darío se encaminaba a la cocina, el lugar preferido de Danila, con toda su ternura en el corazón, lleno de agradecimiento se acerca a ella, la abraza y le estampa un beso prolongado en la frente, toda la manifestación guardada en el corazón lleno de amor para ellos.- Axcel y Camila en el cuarto verdad?... Hicieron la tarea?- Ya la hicieron y están viendo su programa de Adivíname y Gana, le dice Danila, que al mismo tiempo le ofrece un vaso con limonada fresca,- Esta es para ti y no digas que no, ok.- Ok, me la tomo responde Darío con una sonrisa, que ahora es Danila quien lo abraza diciéndole, sabes cuanto te quiero?....

Creo que no tanto como yo a usted adoro, le dice Darío volviéndola abrazar, ojala nunca me faltara, le susurra al oído.- Don Miguel que había terminado de felicitar a Isidro, se da cuenta del amor que brotaba de Darío para con su esposa, no quiso interrumpir ese momento de felicidad para ella, y regresa hacia donde estaba con un profundo agradecimiento a Dios, brotándole sin tratar de detener, lagrimas que rodaron sobre su rostro.

Siempre existe algo que interrumpa los momentos mas sabrosos, eran los gritos de Axcel y Camila que decían.- Ganamos, Ganamos, salieron corriendo del cuarto donde estaban y se encontraron con ese sublime momento.- Mama!, decía Axcel.- Darío!, lo dice Camila.- Pasa algo?...Don Miguel al escuchar este alboroto, se levanta de nuevo y se encamina a la cocina para enterarse que estaba sucediendo.-

Si! si pasa algo contesta Danila muy contenta, pasa que si no se sientan a cenar, lo que tengo en el horno se va a quemar y entonces su padre, nos va tener que llevar a cenar a algún restaurante, eso es lo que sucederá, de manera que creo, que no quieren que su padre gaste dinero, y mejor cenamos aquí.

Un estofado al horno se había terminado de preparar, cuando Darío la interrumpía con aquella expresión de amor hacia ella.- Y pensando en ese momento, eso precisamente se le había olvidado momentáneamente, es la razón por la que hacia esa referencia, de que si no se sentaban a cenar, eso que estaba en el horno se quemaría.

Entre la cena y el reposar de ella, se dejaron venir los recuerdos, Axcel tuvo la ocurrencia de mencionar que pronto Camila cumpliría sus quince años y si le harían fiesta como se la hicieron a ella.- No te preocupes por eso le contesta Camila.-Con todo lo que nos han dado a Darío y a mi, es mas que suficiente y lo mas que suficiente, lo es todo para nosotros.- Pero yo quisiera que te hicieran una fiestecita, responde de nuevo Axcel.- Deja que el tiempo nos lo vaya diciendo dice Don Miguel a su hija.-Pues yo creo que el tiempo les va decir que si., responde Axcel entusiasmada.

Hijo, quisiera ir contigo mañana a la redacción dice Don Miguel.- Padre.- Le contesta Darío.- Quisiera ir, o en verdad quiere ir.- Ni quisiera ni quiero le responde Don Miguel con mucha elocuencia.- Voy a ir, en afirmativo hijo, en afirmativo.

De manera que estaré listo para acompañarte, pero primero llegaremos a la panadería y después al Centinela.- Sus ordenes, Padre.- serán cumplidas, responde Darío dándole un abrazote al hombre que respetaba con toda su alma.

A quiennn le tocannnn losssss tra-stes, con una tonadita insinuante lo hacia Darío.- A miii, me tocan loss tra-stes, le reviraba Camila, quien se le levantaba para recoger la mesa, sabiendo que Axcel le ayudaria, para esto Axcel dice a sus padres que las noticias van a estar muy buenas, para que fueran a verlas, y viéndose de reojos Don Miguel dice.- Vente mujer vamos a sentarnos un rato, a ver qué hay de noticias.

La relación familiar, fue de lo mas natural como en todos los hogares, donde se respira confianza, seguridad, armonía, paz, y sobre todo el amor que pocas veces se logra construir en un ambiente que sabemos y no es valido pensar de esta manera, porque el Amor no tiene diferencias donde los

Hijos no lo son, como tampoco son los padres, viéndolo desde un Amor que es Puro.

Sin embargo, es posible enderezar los renglones de la vida en alguien, como sucedió en esta historia.- El Amor, no dejara de funcionar jamás, cuando se lleva en el corazón del alma y no guardado en la maleta, como parte del equipaje en nuestro paso por este mundo.

Don Miguel, había experimentado en parte, no fue algo similar al de sus nuevos hijos espirituales, la separación de sus padres cuando el ya había pasado su adolescencia, su juventud fue afectada por algún tiempo, no fue como otros jóvenes que se dejan caer en la mediocridad.

Miguel logro fecundar en sus pensamientos, cada palabra que salía de la boca de su madre, cuando su insistencia mayor era la de ser un hombre de provecho y no un parasito de la sociedad.-

Recuerda siempre Hijo, el Hombre Vale por lo que hay en su Corazón, y no es por quien se cree que vale.

La separación de sus padres, se debió a la constante ausencia en el hogar, por supuestos repetidos viajes de negocios que realizaba dentro y fuera del país, promoviendo ventas importantes de todo tipo de estupefacientes,- Miguel fue, de esas veces afortunadas en la vida de una madre sometida a los caprichos del que cree que todo lo puede, creyendo que someter a una mujer a sus deseos desde hacerla cometer un delito, tan solo para hacerle saber, que quien tenia la palabra era el.

Miguel, a pesar de su corta edad, ver sufrir a su madre de quien recibió toda la ternura, el cariño y el amor en todo su cuidados, le hacia sentir que sus entrañas se calcinaban una por una y sabia que el día tenia que llegar pronto.- Y así fue, a un padre jamás se le desea algo malo, porque cuando esta en esos caminos, es de saber que eso, le habrá de suceder.

Después de recibir una sentencia de 25 años de cárcel sin derecho a fianza, estaba marcando la automática separación de una manera definitiva y la vida de Esmeralda y Miguel, tomaba otros rumbos, porque con los ahorros que logro reunir su madre del dinero que en ocasiones le tiraba sobre la mesa, después de alguna noche entre la infelicidad de la intimidad con ella.

En una ciudad diferente donde empezar de nuevo fue esta, la misma casa que le dejo su madre antes de morir, en la actualidad guarda ciertos recuerdos, porque Miguel fue modernizándola poco a poco hasta convertirla en esto que es una moderada elegancia, ya que su profesión durante todos estos años se los ha permitido.- Su carrera de Licenciatura en Comunicación, lo llevo a descubrir su vocación por todas estas vías, que fueron también el eje que le movió para establecer una verdadera Imprenta, que le permitiera realizar toda la información a través de su rotativo El Centinela.

Creo que ya es tarde mujer, es mejor irnos a dormir.- En la cocina sentado a la mesa, Darío estaba repasando cierta información para mañana.- Padre, puede venir un momentito?....Voy hijo, responde Don Miguel mientras se levantaba de su sillón.- Dime, Estaba pensando si cubríamos la noticia de las elecciones de la Universidad, ahora en los cambios de la nueva dirección.

Porque creo que será relevante y aumentaríamos por supuesto un poquito más la venta entre los estudiantes.- Tendríamos primero que entrevistar a los representantes de la mesa, antes que otros puedan imaginar lo que tu estas pensando, le comenta Don Miguel, agregando que seria bueno.- Y tu me ayudarías?.- Con sus contactos lo podríamos lograr, dice Darío.

Bueno, mañana como quedamos, y en la oficina de la redacción platicamos con Isidro y entre los tres redondeamos todo el plan, que te parece hijo.- Prometido Padre?...Prometido Hijo, hasta mañana, hasta mañana.- Que descanses hijo.- Fueron los deseos de Danila

Así transcurrió esa tarde con su noche.- En realidad no es el modelo perfecto de una familia, es algo mas, que la mente del hombre quizás no lo pueda asimilar, se trataba de una verdadera semejanza de lo que podría haber sido y no fue. "Lo Entiendes"

La mañana estaba fresca, el reloj de la cocina marcaba las seis y pareciera que no habían dormido, todos ya estaban de pie, Danila con Axcel y Camila desayunaban, mientras Don Miguel y Darío tomaban café recién hecho, los clásicos comentarios, como amanecieron los jefes de esta casa?...

Con un tono de ternura que le salía a Danila del corazón preguntaba.-Si lo dices por mi, mujer estoy mas viejo y si lo dices por él, que ės mucho más joven, contesta Don Miguel con una satisfacción marcada en su rostro y sigue diciendo.- Ustedes tres amanecieron muy guapas esta mañana, que están pretendiendo hacer?...Habrá clases hasta medio día y nuestra madre ira por nosotras y nos iremos al mercado, verdad Camila?...agrega Danila, de manera que ustedes trabajan y nosotras nos iremos de compras, pero no se mortifiquen, no gastaremos mucho dinero, termina diciendo.

Bueno niñas a la escuela y nos se les olvide donde nos encontraremos y ustedes señores a trabajar, que yo tengo mucho trabajo también que hacer en esta casa, o se quedan para que me ayuden.- Que tengas buen día mujer, Darío se le acerca al oído de su madre y le dice.- Se compra un bonito vestido, unos zapatos preciosos, y a las chicas lo que quieran.- Ya veremos le contesta ella con una gran sonrisa.

Camino a la imprenta, Darío hace un alto en la panadería El Pan de cada Día".- No te bajes del auto, ya se lo que voy a escoger, se adelanta Don Miguel.- Dos minutos bastaron y de vuelta al auto que aun estaba encendido, se dirigen a la redacción de periódico.

En casa, mientras Danila depositaba la ropa en la lavadora, pensaba en todo lo que hacia falta en la alacena y otras cosas que necesitaba para sus tareas de diario en el hogar, sus pensamientos viajaron con el tiempo.- Así como cuando tu vida esta tranquila, satisfecha, con solo la mínima preocupación de quienes te rodean, para darles todo el cariño y apoyo que necesitan para seguir adelante.- De repente la imagen de sus hijos, no quería pronunciar esa palabra en su pensamiento, pero le brotaba, no por resentimientos, sino por ingratos y no por ella, por su padre que les dio todo para nada.- La conexión del tiempo con el presente, materializa en algunas ocasiones los pensamientos que se fugan de donde nacen, y vuelven para hacer en ocasiones daño, o el bien que se espera sin ningún interés.

Escribía en una hoja de recetario lo que necesitaba, estaba concentrada en esa tarea y de pronto da un sobresalto, el timbre del teléfono hace que cometa un rayón sobre el papel al sacarla de sus pensamientos.- Con toda normalidad y sin apuros, se dirige al auricular, lo levanta y contesta.- Buenoo, quien habla?...Mama, somos nosotros, solo para decirles estamos bien y nos vamos a Francia de vacaciones con amigos y amigas.- Y la escuela?- Pregunta su madre.- Ya la dejamos, pero no se preocupen, no está yendo de maravilla.

Al menos sabemos que están vivos, cuando Vienen?...O cuando regresan de donde van?...Creo que estaremos un tiempo fuera del país, dicen que el fin de año por allá es maravilloso.- Pues entonces que tengan un feliz año, porque nosotros lo tendremos mejor, que se diviertan en su mundo.- Adiós mama, y el teléfono enmudeció.

Por primera vez en muchos años, Danila no sintió que sus sentimientos la hicieran débil, fue todo lo contrario, la indiferencia recibida aun de esa llamada producto de un recuerdo que se escapaba de sus recuerdos, ahora solo recuerdos, mas que un anhelo no deseado.

Danila no permitió que su corazón se marchitara, como la flor sin agua de un día para otro, la fuente inagotable del Amor, sabia le daría de beber de la esperanza, de la fe, para tener fortaleza y seguir adelante, luchando contra el pasado de sus hijos ingratos, sin permitir que le arrebaten el presente, el verdadero presente que los ha hecho felices, con lo increíble que la misma vida les ha dado.- No mas lagrimas por ellos, no mas mortificaciones, no mas nada.- Sabe Dios el sentir de corazón que como madre no podré jamás mentirle, porque lo siento desde lo mas profundo de mi ser.- Sabiendo que algún día habrían de salir de casa, pero no de esta manera.- Solo bendícelos Señor.- Y a nosotros no nos olvides en la tarea que nos has dado.

Con renovado valor, Danila se levanta de donde había estado sentada, meditando todo esto y luchando por ordenar nuevamente sus pensamientos, tal y como estaban desde el principio, así lo hizo, levantándose va directamente a la cocina y enciende la radio que esta por debajo de los gabinetes, lo sintoniza en la única estación sin comerciales de la banda FM, con música instrumental, al estilo de las grandes orquestas.

En las oficinas de la redacción del Centinela, Isidro, Darío y Don Miguel, hacían planes para cubrir toda la información que emanara de la Capital de la Cultura, en las próximas elecciones en la mesa de todas las responsabilidades.

Don Miguel, sin perder un ápice de sus habilidades, dice a Isidro.- Te vas ahora mismo con el Rector de la Institución y trata de hablar con el y le haces saber del interés del Centinela, haciéndole prometerte una cita lo mas pronto posible, mientras.- Yo voy a platicar con el presidente de la mesa directiva y tu hijo busca en tu imaginación, como seria el titular que cubriría toda la información, ahora sigue diciendo.- Nuestro tiempo para realizar esta meta, es de esta semana y buscaremos además, los espacios que patrocinen toda la información solo en esta columna.- Y creo, sigue diciendo.- Que será un éxito para la misma sociedad estudiantil, cuando se enteren de todo y hasta de lo que no se imaginan.

Entre la corriente informativa que llegaba por los medios de comunicación hasta la redacción, como siempre los teléfonos no dejaban de timbrar, para reportar, dar, o simplemente para solicitar costos por la edición de algún aviso.

Leslie Anderston, la secretaria del diario, empezaría a tener mucho mas trabajo, si esto de cubrir las nuevas elecciones de la Universidad, por las incontables llamadas que habría de recibir de los estudiantes, queriendo reportar, informar, o simplemente solicitar información de cómo están las cosas, y hasta pedir una suscripción del Centinela y estar al tanto de cómo están corriendo los acontecimientos.

Después de mucho rato, estar meditando en los títulos del encabezado de la futura plana en exclusiva para este fin, y estar informando lo hechos más relevantes de estas elecciones, Darío encontró en sus ideas esta que la pondría en consideración de los demás.- "La Vía Di Verdatis"

"La voz de la verdad"

Un titulo, para una etapa revolucionaria en el buen sentido de la palabra, dentro del recinto magisterial de la misma Universidad.- Elecciones que prometían ser una de las mas discutidas, en muchos años, ya que la discriminación racial, fue una de las muchas razones, que se tuvieron que afrontar en el pasado.

Varios títulos repasaba en su mente y no había uno que le agradara, la idea original tenia que ser de impacto, para que tan solo al leer el encabezado de la segunda plana de importancia, marcara la primera impresión y al mismo tiempo los invitara a tener que leer la columna y se enteraran de la primicias de siempre en cuestión de noticias emanadas de la capital del estudio, refiriéndome a la Universidad, que pronto estaría envuelta en grandes diálogos políticos y por consiguiente la sociedad estudiantil deberá estar mucho mejor informada.

Las horas corrieron como un rió, cuya serenidad en la superficie, no demostraba que las corrientes internas estaban arrastrando una serie de ideas y problemas que solo ellos lo sabían cada quien en su cometido.- Isidro en la tarea de concertar una cita con el Director de la casa de estudio, Don Miguel con el presidente de la sociedad de padres y maestros y Darío con su brazo izquierdo cruzado sobre su vientre, mientras que el brazo derecho apoyado sobre la muñeca y su mano frotaba la frente en posición de inquieto por no poder alcanzar la idea correcta que quería.

No se habían comunicado, desde que cada quien opto por llevar a cabo su plan, el trabajo en el Centinela fue de lo mas normal, ningún incidente importante logro sacarlos de sus propias tareas.- Leslie Anderston, tenia bajo control el tiempo para que ellos se ocuparan de lo ya previsto.

La tarde caía y no había rastros de Isidro y de Don Miguel, Darío seguía sumido en sus ideas, los papeles hechos bolas en el cesto ya lo rebasaban y rodaban al suelo, de pronto un sobresalto intempestivo, hizo que arrojara al aire el lápiz que jugaba entre sus dedos, esto lo trajo a la realidad de nuevo, su celular vibraba en la funda pegada al cinto de su pantalón.

Bueno, contesta.- Soy Darío a sus ordenes.- Deberás estas a mis ordenes?...Escucha la voz al otro lado de la bocina de su teléfono.- Camila!.. donde estas?...pregunta el...Mama esta preocupada, no se han reportado en todo el día, esta pasando algo?....No!, creo que no, solo que hemos estado muy ocupados y el tiempo ha pasado rápido.- Van a venir a cenar verdad?...pregunta Camila con una voz de ensueño.- Dile a Mama.- Dice Darío.- En cuanto llegue mi padre prepárense.- Para que?...pregunta Camila.- Como que para que, para cenar todos juntos.- De acuerdo yo se lo digo.

Al cerrar la llamada recibida, Darío pensó un momento en Camila y este pensamiento lo llevo a otro y a otro y otro y los recuerdos se volcaron en su materia gris, hasta llevarlo a desencadenar y salir de la prisión lagrimar, dos gotas cristalinas que rodaron instintivamente.- Y recordó igualmente el día que dejo aquel refugio dejándolo en manos de Ulises, que lo había visto por ultima vez hace aproximadamente cinco años, cuando le comento que ya había dejado el refugio porque los propietarios empezarían a construir un almacén.- Caramba que pasaría con aquel Sr. Rodrigo Fuentes, recuerdo que le dije que algún día le pagaría el favor.

Darío se comunica con Leslie para pedirle el favor de buscar en el directorio el nombre de Rodrigo Fuentes, o si es posible pedir información, a manera que lo haga como una investigación particular.- Si Señor empezare a indagar su paradero y una vez que tenga algo de información se la hago saber de inmediato.- Súmalo en tu agenda de servicio para que no quede sin atenderse.- Si Señor.- Después de colgar el auricular, Darío lleva su mirada hacia la muñeca de la mano izquierda para consultar la hora, quince a las cinco, lo dice pensando a la vez de estar articulando la frase, esperare quince minutos mas antes de empezar a investigar donde están.

La puntualidad de Don Miguel, no se hizo esperar, habían pasado tres minutos y estaba abriendo las puertas de la oficina.- Como estas hijo?... Ya estaba a punto de empezar a hablarles, Isidro donde esta, allí viene tras de mi.- Después de saludar a Leslie, Isidro sigue de frente hasta la oficina donde le estaban esperando.

Una vez más sentados frente al escritorio donde estaba Darío, daban sus primeros resultados.- Don Miguel decía que la primera entrevista con la Sociedad de padres y maestros, será una media hora mas tarde, después de haber terminado con su sesión y esto esta pactado para diez días a partir de hoy.- Estamos hablando dice

Darío, que seria para el día veintiuno de Julio.- Isidro inmediatamente da su resultado.- Dos ocasiones de espera de hasta de hora y media la primera y la segunda por cuarenta y cinco minutos, sin embargo concrete una audiencia privada con el Director para la semana que entra a las seis de la tarde en su oficina.- Esta vez hablamos del día diez y ocho, perfecto dice Darío.- Tres días antes para estar frente a la Sociedad de Padres y Maestros, de manera que tenemos ese tiempo para reflexionar sobre la primera.

Bien quiero que vean esto lo analicen y me den sus respuestas, se vale cambio de opiniones, todo es para mejorar la imagen de un estudiantado que se siente frágil, ante la situación que prevalece por la mala política que existe.

Darío les muestra la portada de la segunda plana con el título abierto sujeto a cambios si existiera alguna duda o recomendación de sus colaboradores.

La Vía Di Verdatis-----La Voz de la Verdad, como la segunda frase de mayor importancia, comenta Isidro, pero eso de La Via Di Verdátis?... Es algo así como, le dice Darío.- Como el dulce que lleva el pastel de boda o de quinceañera, que te llama la atención y que quisieras probarlo y que al hacerlo te gusta y lo alcanzas a saborear, porque lo que esta debajo de ese dulce o turrón, es lo mejor y lo mas sabroso y al convencerte que esta bueno, decides comerte un buen pedazo.

Así es para mí la frase esta de La Vía Di Verdatis, después con un molde mas pequeño de letra, viene la segunda frase como La Voz de la Verdad.- Al estudiante, sigue diciendo Darío, es importante darle algo que les llame la atención para que estén enterados de todo cuanto vaya a suceder, claro con el animo de no encender conciencias perturbadoras y en lugar de hacerles un bien, los incitamos a revueltas que es lo menos que no se debe de hacer.

Padre, que me dice de esto?... Nosotros estamos detrás de ti apoyándote, creo que es buena tu visión, no lo crees así Isidro?... Pienso en lo único que podría no estar de nuestro lado, es la verdad con la que se emita toda noticia y tendríamos que darle un matiz algo diferente.- No estoy de acuerdo le responde Darío, con toda serenidad y sigue diciendo.- Reconozco que es un nuevo reto para difundir la verdad y el tener temor a ello, nos hace vulnerables como reporteros y como periodistas debemos estar en medio de la acción, y llevar este reto de una manera muy profesional a una sociedad que de por si esta fragmentada, y ahora es cuando podemos realizar una acción de apoyo al mundo juvenil y educativo para que alcance sus propias metas, este es mi deseo, solo les pido que lo consideren y actuemos con toda responsabilidad, sin ofender con la mentira, solo la verdad será capaz de encontrar el camino de su justicia misma y aquel que la disfrace, la conciencia sola se encargara de ejercer su veredicto, cuando lea, escuche y vea por los medios de comunicación todo cuanto sucede en el medio donde estos se desenvuelven.- En todo caso seré yo quien ejerza la responsabilidad y este frente de ella.- Yo me refería, le responde Isidro al escuchar los comentarios de Darío.- A lo que me refería no fue precisamente de ocultar la verdad, creo que no me di a entender, no ser sensacionalistas y llegar hasta el escándalo amarillista es a lo que mas bien esa era mi intención.

Bien dice Don Miguel, creo que estamos de acuerdo en todo este objetivo, y mañana primero Dios estudiaremos la primera impresión sobre el primer mensaje a la Sociedad Estudiantil, para que estén en la espera de los primeros acontecimientos y esto dará resultados positivos.

Faltaban solo minuto y medio para la hora de salida y Darío recibe una llamada de Leslie.- Adelante.- Supiste algo?...pregunta el.- Ella le responde.- Negativo Señor, la primera fase fue solo de eso, mañana iniciare la segunda, donde me habré de enfocar, pensándolo bien en los afiliados del seguro y posible con hacienda.- Esta bien Leslie, que tengas buenas tardes, nosotros haremos lo mismo y nos veremos mañana.

Isidro, supiste del accidente de carretera que sucedió ayer ya un poco tarde, saliendo a Pueblo Grande en el kilómetro 3, cerca de la estación de gasolina El Filón?....No.- Responde Isidro.- Te lo encargo parece ser que colisionaron dos autos y perdieron el control con resultados fatales.- De acuerdo dice Isidro.- Es mas en este momento me dirijo al departamento de Policía y pedir información.

Bueno nos retiramos, mañana será otro bendito día que tendrá que ser mejor que el de ahora, termina diciendo Don Miguel, saliendo ya de la oficina.- Nos vamos hijo?... Creo que nos han de estar esperando para cenar.

En el auto camino a casa, Don Miguel que venia en el asiento del copiloto permanecía en silencio, no sabia si definitivamente ya estaba viejo o si el mundo había evolucionado a su lado con la compañía de Darío y Camila.- El Centinela, estaba dando cambios muy bruscos pero positivos desde que hicieron estos nuevos proyectos.

La voz de Darío interrumpe el silencio.- Se siente bien padre?...Si, si.- Responde Don Miguel.-Es que no ha articulado palabra desde que salimos de la imprenta.-Hijo, venia pensando, si se hubiera presentado esta oportunidad cuando tenia tu edad y existiera este problema y si yo fuera reportero, lo tomaría o no, y en eso venia pensando.

Y ya que toco el tema, cree que estamos en el camino correcto?... Lo que si te puedo decir es que donde nace la noticia, es el lugar correcto para estar, tomarla, verificarla y mandarla al aire lo mas y mejor editada posible, para generar adeptos a las mejores noticias del Centinela.

La platica se fue asiendo mas interesante, Darío quería sentirse completamente seguro del apoyo de su Padre y lo que acababa de escuchar, hizo que su corazón sonara como una campana de alguna Catedral llamando a misa.- Estaban llegando a casa y vieron a Danila, Axcel y Camila sentadas fuera bajo el pórtico.- Daba la impresión, que estaban esperando llegáramos para estar juntos en la hora de la cena.

Una vez fuera del auto, las tres los estaban observando como caminaban dirigiéndose hacia ellas, en la mente de Danila surgió una melancolía de Amor, acompañada de una gran sonrisa que dibujaba en su rostro fácil de ver.- Axcel experimentaba a flor de boca el cariño que sentía por su hermano Darío, el hermano que nunca tuvo.- Camila, jamás ha soportado el como se aceleran los latidos de su corazón que parece salirse de su pecho, en su corazón esta todo el sentimiento, el mas maravilloso que pueda sentir una mujer por un hombre, el hombre que respeta con la madurez con la que creció al lado de Darío desde el principio, y el amor así le nació, desde ese principio.

Cuando llegaron a ellas ya pueden imaginarse el saludo de Danila para con su viejo y su hijo, el de Axcel con su padre y su hermano, Camila con su padre y el abrazo fuerte y arrebatador con Darío, que al oído suavemente le dice.- Cada vez te extraño mas.- Y en el mismo tono el le dice.- Me creerías si te dijera que yo también?...Los brazos como tenazas hace que Darío sienta el mas furtivo abrazo, que escondido lo tenia hace tiempo para dárselo.

La cena esta lista, anuncia Danila.- Cuando quieran después de lavarse las manos, los espera un pollo a la parmesana y Linguine Alfredo, creo que les gustara.- Quien lo preparo?...pregunta Don Miguel, recibiendo una respuesta al unísono las tres dijeron yooo.- Bravooo exaltado dice Darío.

La bendición de los alimentos la empieza Camila y la termina Axcel, una manera de alabar a Dios por el pan de cada día, oración que Danila se las inculco desde su niñez.

Después de un buen rato de sobremesa con platica muy amena entre ellos, se disponen a levantarse, mientras que Danila recoge los platos, Axcel y Camila fieles ayudantes hacen lo mismo para hacerle menos pesada la tarea.- Don Miguel se retira al cuarto de televisión y Darío observa a las dos con detenimiento, y eso lo hace reflexionar en todo cuanto han recibido de ellos.- Axcel se da cuenta como Darío las estaba viendo y le pregunta.

En buena onda, como dicen los muchachos en la escuela, pregunta ella.- que onda.- Onda de que le contesta Darío.- Bueno es que estas de mirón en lugar de ayudar le dice ella.- Ya hicieron la tarea? Ya estudiaron? Pregunta Darío, esperando una respuesta afirmativa.- Así es, ya hicimos todo para mañana, porque? Preguntan las dos al mismo tiempo.- Quisiera invitarlas al cine.- Quisieras o quieres invitarnos al cine, como si estuvieran bien sincronizadas hacen la pregunta.- Bueno, quieren ir o no, porque yo.....hace una breve pausa y les llama a las dos en silencio.- Una vez juntas les dice.- Vamos al cine, a la nieve o a donde sea, para que estén los dos, creo que han de tener que platicar entre ellos, sin que nosotros nos enteremos, de manera que les voy a pedir su permiso para retirarnos esta bien?.- De acuerdo dicen ellas alborotadas con el hermano y con el amor de un corazón que todavía esta en silencio.

Darío se dirige a su padre que está viendo las noticias y le dice el plan de salir con las muchachas un rato.- Hijo.- Dice Don Miguel.- Todavía es temprano, para que lleguen temprano.- Gracias padre ahora con mama a ver que dice.

La respuesta de Danila fue mas que positiva.- Disfruten la tarde, como ustedes quieran disfrutarla, nosotros esperamos su regreso.- Gracias.- Muchachas nos vamos?...

Ya están listas?... La respuesta no se hizo esperar, Axcel y Camila se dirigieron con su padre y su madre, para depositarles un beso, en el bello rostro de ellos.

Cuando están saliendo de casa, Don Miguel se pone de pie, se encamina a la puerta seguido de Danila quien lo abraza con una enorme ternura.- Que piensas?.- Pregunta ella con un tono que hace se le atragante la garganta.- Pienso, lo que no quiero pensar, porque de imaginarme lo que no quiero imaginar, seria fatal a mi existencia.- Danila aun con el dolor escondido de aquellos ingratos, ahora solo pensaba en los que tanta alegría les han brindado, verlos juntos y ver como se quieren, eso me da todas las fuerzas perdidas del pasado, le dice ella con un espíritu renovado desde hace muchos años.-

Ellos, sigue diciendo.- Han sido los pilares de nuestra vida, ellos apuntalaron las ilusiones y las esperanzas, ellos le dieron el sabor a nuestra vida.- Estas muy melancólica mujer, le responde su amado compañero, quien le da toda la razón a sus pensamientos.-

Ven te invito una tasita de café que ya esta listo, dice ella entusiasmada.- Los dos viejos sentados a lado de la mesa saboreando el recién hecho café, cultivado en las montañas, según la etiqueta del envase.

El dialogo lo principia ella, ahora si con mucha tristeza en su corazón, sabia que tendría que hacerlo, su corazón estaba padeciendo dos elementos que ha sabido sobrellevar sin dar muestras de flaqueza, había sufrido una herida, sin embargo la cicatriz que le dejo, no cerro del todo bien, la conexión del pensamiento corazón de una madre jamás cierra, solo si esta fuera una desnaturalizada, cuyos pensamientos están fuera de orden sin ningún ápice de moralidad.- Pero en el caso de Danila, saberse madre de dos que aparentemente para ellos han muerto, no deja de recordar sus ingratitudes, estaba absorbiendo la energía de esos recuerdos, para que su amado viejo no los sintiera como ella los sentía, hasta esos momentos.

Creo adivinar en lo que estas pensando, le dice Don Miguel a Danila y si me equivoco dímelo, porque estas pensando en tus ingratos hijos verdad? Nuestros hijos le responde ella.- Mira mujer y escucha bien.- Los hijos, seguirán siendo los hijos, y cuando ellos deciden salir de casa, es porque han decidido hacer la vida como ellos quieren, no les importo que les cortáramos las remesas de dinero que supuestamente era para el colegio, no les importo todos estos años de sacrificio que tu hiciste para ellos, no quisieron saber de nosotros en ninguna de las navidades, no supieron recordar tus cumpleaños y el mió, mucho menos de su hermana la única y menor, ya no me pregunto como viven, que hacen, que tienen, tendrán hijos se habrían casado que se yo.- Todo eso antes me preguntaba, ahora no, porque ellos me han demostrado que realmente no nos necesitan y que no vale la pena estar mortificándonos, quizás algún día cuando Dios apriete la hebilla de su cinturón, quieran saber de nosotros, hablen o simplemente vuelvan, pero en verdad te digo desde ahora, para ellos será demasiado tarde.- Nuestro tiempo esta de prisa pasando mujer, y es necesario empezar hacer de los que muchos le temen hablar.- Ya se, quieres hablar del testamento verdad? Responde Danila con voz calmada.- Y es lo correcto sigue diciendo.- Y como vas a dividir los pocos bienes que tenemos?

Debemos pensar bien estas cosas, para no hacerlas al vapor, tenemos que considerar muchos detalles y a la vez ponerlas en la balanza de la razón y de justicia, no crees?...Danila, solo le dice.- Lo que tu corazón te dicte, es igual para mi, porque creaste lo que tenemos y yo solo he luchado por mantenerlo, dándole vida, de la misma vida que tu me has dado.- Entonces voy a pensar bien esto y luego te lo hago saber como estará todo.

Parece increíble que el tiempo que estuvieron dialogando Don Miguel y Danila, hubiera pasado tan rápido, cuando voltearon hacia el reloj de la estufa para ver la hora, se dieron cuenta que ya faltaban quince minutos para las nueve de la noche, en ese momento un auto se estacionaba bajo la cochera, eran ellos los hijos que venían muy felices, creyendo que ya estarían cuando menos en su recamara, pero no fue así, al abrir la puerta entraron en silencio y una voz desde la cocina los saco de esa manifestación.

Como les fue pregunta Danila, creo que muy bien, llegan riéndose no se de que, por otra parte comenta Don Miguel.- De la película que nos llevo a ver su hijo, dice Axcel.- Que película fueron a ver? Pregunta Danila.- Anda dile a mama a donde nos llevaste, dice Camila todavía riéndose de las puntadas de la película.- Bueno, dice Darío.- Fuimos a ve la película El Diario de una Solterona, fue cosa de estarse riendo con este personaje, aclaro no tiene nada de vulgaridades, termina diciendo.

Bueno, les gusto o no les gusto, pregunta Darío a las muchachas.- Si contestaron ellas al mismo tiempo, estuvo chistosa como tu y se volvieron a reír.- Se están riendo de mi o de la película.- Camila le dice, de veras quieres que te digamos de quien nos estamos riendo.- Si! Contesta Darío, díganme.- Axcel y Camila, dándole un beso a los viejos y otro a Darío, solamente ellas dicen Buenaas nocheees, hasta mañana y mientras se retiraban Camila gira su cabeza hacia Darío, guiñándole un ojo, diciéndole muchas cosas desde dentro de su corazón, el con una sonrisa bien marcada en su rostro le da su contestación, aquella que siempre ha esperado Camila se haga realidad.

Las miradas de Don Miguel y Danila se encontraron con una sonrisa de agradecimiento hacia ellos, viéndolos como habían hecho renacer el amor en esta casa.- Y tu hijo no te vas acostar, recuerda que mañana tenemos mucho trabajo, dice Don Miguel.- Si, ya me voy a descansar y creo que ustedes también harán lo mismo, recuerden que mañana tenemos mucho trabajo, déjenme darles un beso y decirles que los quiero de aquí hasta el cielo.- Nosotros también hijo que descanses, hasta mañana.

Con el amor de madre bendice su sueño.

Revisando las puertas de casa este bien cerradas, se retiran a su recamara llenos de satisfacción por los años que han sabido pasar con ellos, haciendo renacer el amor que vive y sale del alma y cada vez que Darío se expresaba así, sentían lo inexplicable de una alegría interna, donde el espíritu se regocijaba de tal manera que darle gracias a Dios, era lo primordial.

Quiero que sientas lo que yo siento, que veas lo que yo veo, dice Don Miguel a Danila, habías pensado alguna vez encontrar un amor de esta naturaleza?, has analizado porque las hojas caen y otras nacen, simplemente ver como hay unos hijos que se van y se pierden y otros que llegan y se quedan? Dime ahora de que lado crees que esta la balanza de la que te hablaba en la tarde?...Que pesa mas, lo malo o lo bueno, la ingratitud o la gratitud, la indiferencia o la esperanza, el amor o el odio, esta noche he resuelto lo del testamento, dice con firmeza a su amada Danila y a los ingratos hijos, solo habremos de dejarles mil pesos a cada uno, como un capital activo, para que empiecen como nosotros lo empezamos verdaderamente agradecidos de la fortaleza que Dios nos dio.

Mientras esta platica se llevaba a cabo, ambos se disponían apropiarse de la cama, en la manera rutinaria de ellos cada quien en su ladito y apagando la luz de la lámpara que esta sobre el buró del lado de ella, ambos bendicen sus sueños diciendo.- Señor en tus manos dejamos nuestro espíritu, para que lo guíes hacia a ti., Amen.

Un día con su noche a la manera de inolvidable, sucedieron cosas y casos que habrán de quedar en la agenda de asuntos pendientes para el jefe de la familia, armar un testamento, es algo de suma importancia, porque de esta manera el orden de las cosas tendría su propio mandamiento, del cual no habría manera de reclamar porque la ley lo ampara en estos casos, donde pudiera existir una desavenencia entre los beneficiarios.- Darío y Camila, a su edad ya habían experimentado muchas cosas que la vida les ha dado, una brutal miseria extrema y ahora disfrutando de los dones del Amor, solo faltaba de ellos dos verdades, realizarse como pareja y formalizarse en el compromiso de llegar al matrimonio.- Axcel estaba creciendo demasiado rápido, para el año próximo ya cumpliría sus diez y ocho años, Camila entraría a los diez y siete, mientras que Darío cumpliría sus veintiún años, Don Miguel llegaría a sus ochenta y seis y Danila ya cumpliría ochenta y tres años.- De manera que el año próximo estaríamos festejando a dos mujeres, con carreras profesionales.

Si observáramos de lejos, la residencia de esta familia, estuviéramos viendo como se va quedando en tinieblas, porque las luces de las recamaras, se van apagando una por una, pensando a la vez que dentro de ese hogar vive el amor, un amor que tardo en realizarse y que al fin, como en todas las cosas cuando se realizan de buena voluntad, se obtiene la recompensa que la vida da, a quien la sabe administrar usando los verdaderos valores, que mantiene viva la célula familiar.

El velo negro de una noche más o menos fría cubría toda la ciudad, solo las estrellas que brillaban con sus destellos en lo alto del universo, mientras que la luna viajaba indiferente a causa de estar en su etapa creciente, eso daba margen de una oscuridad persistente hasta llegar a la nueva y después inaugurarse como luna llena y disfrutarla por la luz que emana de ella, iluminando los parajes y transformarlos en un escenario de gozo para las almas que saben disfrutar de esta maravilla cósmica y llenarse a la vez de una energía positiva ya filtrada por la oscuridad del espacio exterior, motivando los sentimientos de cada ser humano por la influencia misteriosa que posee sobre el ser humano, que es sensible de naturaleza.

Así termina la noche y llega el maravilloso día con un despertar optimista para nuestros protagonistas, el desayuno siempre es una sorpresa para todos.- Danila y su temprana rutina hace de la mañana siempre una delicia que halaga al paladar de sus seres muy amados.

Y como siempre, después del suculento desayuno, Axcel y Camila al Colegio, Darío y Don Miguel, a la redacción para seguir con los planes pendientes y Danila, la fiel esposa y madre, se queda con todo el trabajo de casa para empezar el día.

Viernes, hoy es viernes, decía Danila, al fin llega y lo dice con un profundo suspiro alentándose de esta manera, porque sabía que al día siguiente tendría la ayuda de sus hijas y serian ellas quienes prepararan la comida o la cena, de manera que.- Con un poco de música instrumental de su gusto se lanza a su tarea.

Don Miguel y Darío llegaban a la oficina y a la manera usual de los buenos días Leslie, como esta todo?...Le tengo noticias señor.-Dice ella... Buenas o malas, le contesta Darío.- Buenas, le responde ella.- Dime, le dice Darío con esa amabilidad que siempre le ha caracterizado.

Señor, su encargo del Sr. Rodrigo Fuentes, es el siguiente.- Esta incapacitado de por vida para desarrollar algún cargo, esta siendo atendido en la Clínica Española y tiene ya tres meses en esa clínica, su numero de cuarto es el 216-B en el segundo piso, sufrió quemaduras de segundo y tercer grado, con un traumatismo de múltiples consecuencias al volcarse e incendiarse el automóvil en que viajaba hace tres meses.- Investigue su situación económica por favor.- Ya lo hice Señor y se cree que lo trasladaran a otro lugar llamado La Casa de Paz, y esta ubicada a espaladas de La Clínica, por razones que convienen a la misma ya que su terapia será larga.- Leslie, gracias hiciste un buen trabajo dice Darío.- Gracias Señor siempre será un placer, contesta ella con amabilidad.

Es buena la muchacha verdad hijo?...Le comenta Don Miguel, dándole crédito de su eficiencia.- De veras que si lo es y si sigue así, tendrá una oportunidad mas adelante.- Así se habla dice Don Miguel, que es bueno de corazón y humano con el alma.

Al llegar a la oficina, solo esperarían a que llegara Isidro, para repasar todo lo acordado el día anterior.- Cafecito hijo.- Lo invita Don

Miguel.- Acabamos de tomar en casa.- Y! Cuál es el problema, de todas maneras mientras llega Isidro lo voy hacer.- Esta bien, responde Darío con su voz en un tono de aceptación.

Isidro entra, saluda a Leslie y se dirige a la oficina central donde están esperándolo.- Buenos días, saluda, abriendo su portafolio para sacar un poco de información del accidente ocurrido un día antes.- Averiguaste sobre lo que paso ayer en la carretera?... Efectivamente, quiero que lo revisen y editarlo para la noticia de mañana, aquí están las fotos, están fuertes pero creo no es necesario publicarlas para evitar cualquier escándalo de la sociedad.- Mándalas a la redacción para que la preparen y seamos los primeros en dar esta noticia.- Muy bien responde Isidro, colocándolas en un sobre amarillo oficio para llevarlas a su destino.

Siento, Dice Darío.- Que es mejor empezar con hacer el formato del aviso a la columna que habrá de contener todo lo sobresaliente a las elecciones y que estarán por salir en las próximas semanas, una vez que se den a conocer los candidatos.- Solo espero que estén de acuerdo con el encabezado de la sección a la que nos hemos estado refiriendo.- La Vía Di Verdatis, es la que nos señalas verdad? pregunta Isidro y sigue diciendo.- Ya estuvimos de acuerdo y es mejor trabajar en su contenido.

Tres cabezas piensan mejor que una y eso le da una mejor realización al texto de entrada que debe ser impactante para los estudiantes, esta notificación estará por única vez en la primera, dejando saber que todo lo relacionado al punto de referencia estará en la primera de la segunda plana, será allí donde con letra negra gruesa y cursiva aparecerá esta sección de La Vía Di Verdatis.

Estaban los tres entregados en sus pensamientos y un movimiento de papeles donde estaban los tres escribiendo sus ideas, hizo que Darío recordara algo que no quería pasara el día sin realizar esa visita que había programado un día antes.- Es necesario que salga en este momento, creo que voy a tardar en regresar cuando menos en una hora, voy a estar en la Clínica Española, por si algo se necesita, el móvil no funciona dentro de los hospitales.- De acuerdo dice Isidro, mientras que Don Miguel le recomienda revise el tablero de los que están internados y pregunte a la persona que esta en referencias si alguien por accidente en carretera esta internado.

Darío solo llevaba en su mente la gran idea de visitar a un personaje que jamás había olvidado, al Sr. Rodrigo Fuentes, aquel hombre de buena fe, que el destino puso frente a el, aquel niño que buscaba afanosamente la idea de ser alguien en la vida y que con solo setenta pesos que había recibido como gratificación por la ayuda que le brindo cuando su auto en que viajaba había sufrido un problema eléctrico y con solo ayudarle a empujar el auto a la orilla de la banqueta, basto para que aquel niño se hubiera ganado el aprecio y la bondad de Rodrigo.

Darío estacionaba su auto en el lugar exclusivo para visitas, baja del auto y se encamina a la entrada, que son dos puertas grandes de cristal con marcos de aluminio ornamentado que se abren automáticamente para ceder el paso a los visitantes, al entrar se dirige a la barra de información.- El Sr. Rodrigo Fuentes, en que sección esta internado?...Amablemente recibe la respuesta.- Cuarto No.
216-B segundo piso señor.- Cree que pueda verlo ahora?... vuelve a preguntar, recibiendo una respuesta de igual manera en amabilidad.- Solo la enfermera que esta a su cargo le puede dar esa respuesta.-Gracias de veras, responde Darío quien se dirige a las escaleras.

Decidido en verlo, casi corriendo las sube, una ves en la segunda planta recorre con su mirada los pasillos donde esta la numeración que corresponde a cada cuarto.- Me voy por el lado derecho lo menciono en su pensamiento.- Un pasillo con diez pies de ancho y de largo aproximadamente cien metros, donde encontraría a la mitad de este trayecto una oficina de información, y su respectiva estación de enfermería con personal especializado al cuidado de esa sección de la clínica.

Al llegar al modulo de información, detrás del mostrador, una enfermera menos simpática y menos amable que la primera de nombre Matilde, lo recibe sin el cordial saludo que identifica la cordialidad y la sencillez de una supuesta profesional al servicio de los familiares y amigos de los pacientes que están internados en la clínica que ella representa y que a la vez creo que ignora que de ellos depende la situación económica que prevalece en su hogar, si es que es un hogar donde ella vive.

Se siente usted bien Señorita Matilde?....pregunta Darío en el plan de hacer que su interlocutora, reaccione con humildad.- Me siento perfectamente bien, responde ella con tono de voz medio altanero.- Señalo esta palabra como arrogante.- Que familiar tiene usted internado en esta sala.- Al escuchar esta palabra, rápidamente reacciono y su respuesta fue.- Tengo un familiar que no sabia que estaba internado, y esa es la razón.- Cual es su nombre.- El mió o el de mi pariente responde Darío.-

Esta respuesta hace enfadarla mas.- Me refiero a su pariente cual es su apellido.- Para no tener un altercado con esta mediocre recepcionista, le dice.- Su apellido es Fuentes y Rodrigo su nombre.- Quince minutos nada mas y esta en el 216-B de frente cuatro puertas a la derecha.- Es usted muy amable Matilde, se lo dice con cierto sarcasmo, de manera que ella sienta algo, de la misma maldad con que ella lo atendió.- Su paso fue lento hasta llegar estar frente a la puerta, de ahí hace una exploración con la mirada, y en la cama primera la encuentra vacía y sigue recorriendo la habitación y observa detrás de las cortinas que separan una cama con la otra, que en esa si hay un paciente.- Al ver esto, avanza lentamente sin hace ningún ruido con los zapatos hasta llegar a los pies de la cama.

La curiosidad por descubrir que efectivamente fuera Rodrigo Fuentes quien estaría postrado en esa cama, y hacer que recordara aquel incidente, seria más que grandioso, con pausados movimientos fue llevando su mirada sobre el espacio que ocupaba en la cama hasta llegar al rostro y ver que estaba todavía parcialmente vendado de la cara y ciertos vendajes en los brazos.- En esos momentos confirmaba la noticia que le había dado Leslie Anderston, la secretaria del Centinela.

Con un ojo medio abierto, como queriendo ver a su visitante, hacia el esfuerzo por abrirlo aun mas, cosa que no podía conseguir.- No se esfuerce en querer abrirlo, se lastimaría sin necesidad le dice Darío con voz triste.- Nos conocemos?... pregunta Rodrigo, quien podía articular perfectamente bien las palabras, aun cuando la hinchazón cubría parte del labio superior izquierdo.- Yo si lo conozco a usted, responde Darío, a pesar de que nos vimos solo una vez y esa vez basto para que mi agradecimiento lo alcanzara, esta es la razón del porque estoy aquí frente a usted.

Le gustaría recordar un detalle, ese detalle del porque estoy hablando con usted?... Tengo muchos detalles en mi vida hijo, que no se si me acordara de ese que quieres contar, le dice Rodrigo como desconfiado de esa repentina visita.- Como te llamas?... Darío.- responde con firmeza, ha conocido en su vida a un Darío?... Creo que con ese nombre no, para ser sincero le contesta Rodrigo, quien le pide suba mas el respaldo de la cama.- Así esta bien?... Si gracias.- Yo soy Darío y de nuevo me da mucho gusto volverlo a encontrar, le dice extendiéndole la mano derecha para su saludo y que a la vez Rodrigo saca de la sabana que le cubría la mano para corresponder al saludo.

Y cual es tu cuento que me quieres relatar?... No es cuento, es parte de la vida real de usted y de mí, dice Darío con mucha tranquilidad optimista.- Cuantos años tiene usted Rodrigo?... Debo de andar pegándole a los sesenta, le responde con cierta inseguridad.- No creo que no recuerde sus años? Le contesta Darío, dudando de su capacidad mental.

Si estas para cuando venga una de las enfermeras a su rutina de visita, pregúntale mi fecha de nacimiento, ella consultara la papeleta que trae y que corresponde a cada inspección que se me hace.

En el modulo de información, solo me dieron quince minutos de visita, de manera que tengo que ser breve en cada comentario, dice Darío.- No te preocupes por eso, solo que ella venga y te saque del cuarto y que además yo no lo permitiría, porque le diría que estoy dictándote mi testamento, de acuerdo?.- De acuerdo dice Darío, mas seguro.- De manera que ahora empieza a contar tu historia.

Hace doce años más o menos, un niño sufriendo frío por una temporada invernal, que dormía entre papeles y pedazos de trapos, que bestia una ropa vieja y remendada, con zapatos sin calcetines y sin suelas, recorría las calles, no para pedir limosna, sino para encontrar algún trabajo cualquiera, para ganar más que andar mendigando limosna.

Una de esas mañanas frías, salio corriendo de su refugio, para que su cuerpo entrara en calor y tratar de llegar a la placita, pasando por el periódico el Centinela, que no podía hacer que el dueño de ese negocio le diera crédito para vender sus matutinos.- Cuando llegaba a la altura de la plaza se encontró con un automovilista que tenia su automóvil a media calle, por fallas mecánicas y que desinteresadamente ese niño, con el afán de ayudar, logro con la ayuda del dueño del auto empujarlo hacia la orilla de la banqueta, evitando así un congestionamiento de autos en esa área.- Una vez resuelto el problema, así como se acerco para ayudar, de la misma manera se retiro del lugar, no sin antes de perderse entre la gente, escucho que alguien le llamaba por el apodo de niño.

Al darse cuenta que era a el, a quien llamaba, se acerco preguntándole si se le ofrecía algo mas, y el dueño del automóvil le dijo.- Solo quiero darte las gracias y darte unos centavos por haberme ayudado, quiero que los tomes, porque te los has ganado.

El dueño de ese automóvil era usted, Rodrigo Fuentes y aquel niño, soy yo ahora con usted platicando, cumpliendo con aquella promesa que me hice muy dentro de mi.- Cual promesa? Pregunta Rodrigo ya emocionado con la plática.

Después de despedirme y ver lo que tenia en mi mano me dije.- Espero que algún día pueda regresar este enorme favor.- Y Aquí estoy, poniéndome a sus ordenes para cualquier cosa que se le ofrezca.- Muchacho eso es ya cosa del pasado, y si me recuerdo muy bien esa carita de niño que me lleno de ternura y sentimiento, la mente hizo ablandar mas mi corazón para darte lo que traía en mi bolsillo del pantalón en ese momento, y si mal no recuerdo creo que traía uno de cincuenta y uno de veinte pesos, esa fue feria de cien pesos, por los treinta que use para ponerle gasolina al auto.

Ya ves como me acorde, dice Rodrigo lleno de emoción.- Trece minutos habían transcurrido y como si le hubieran llamado a la enfermera, se hacia presente.- Darío al verla, recordó de inmediato lo que acababa de decirle Rodrigo sobre la edad.- Perdone, haber déjeme ver su nombre en el gafete.- Tamara, dice en voz alta Darío.- Si, ese mi nombre responde ella gentilmente.- Estaba preguntándole a su paciente si había perdido algo de su memoria, y la respuesta fue esta, pregúntale la edad a la enfermera sin que yo lo escuche, y después yo te digo lo que estoy pensando y así corroboremos lo que piensas.

La enfermera toma la boleta de ingreso que esta en el historial medico del paciente que trae las nuevas indicaciones a suministrar.- La boleta nos dice que usted nació el día 8 de Septiembre de 1943 y que ingreso a esta clínica hace dos meses.- Muchas gracias Tamara, por esa información.- Espere estoy a punto de retirarme y solo quiero que escuche esto.- Rodrigo, cuantos años crees que tienes pregunta Darío.- Este año si llego a el, cumplo los cincuenta y ocho, estoy correcto?... Bien la señorita te va atender en estos momentos, voy a salir del cuarto y cuando ella se retire entrare por dos minutos mas, de acuerdo?...No se tiene que salir, le responde Tamara, quien solo estaba para tomarle la presión y darle a tomar dos pastillas para el dolor.

Su presión esta cada vez mejor.- Dice la enfermera, si sigue así en dos tres días, será trasladado a otro pabellón para su completa recuperación, termina diciendo Tamara, quien agrega, sigan platicando mientras viene el Doctor para examinarlo, con permiso, y se marcha viendo de reojo a Darío.- Rodrigo que no deja de ver por el ojo bueno, observa totalmente esa mirada de Tamara para con Darío, que no se da cuenta de cómo lo estaba viendo desde que ella llego a revisarlo.

Le caíste bien a la enfermera, comenta Rodrigo en voz alta.- No dejaba de verte y si no hubiera sido así, no te da la información que pediste.- Eso es lo de menos le contesta Darío y le pregunta.- Tienes donde ir cuando salgas de todo esto?.... Terminando la frase, entraba a la estancia una jovencita bien vestida con una falda de color azul, por debajo de la rodilla, con una blusa blanca que no transparentaba y con su bolso a la cintura de tirantes al hombro, su cabello suelto y ondulado de color castaño con lucecitas tenues le daban una personalidad interesante.- Buenas tardes papa, como amaneciste, pregunta que le hace con mucha fuerza de realidad.- Bien hija, muy bien, con una compañía inesperada, te presento a Darío un viejo amigo del ayer.- Mucho gusto soy Judit.- El gusto es mió, mi nombre ya te lo dijo tu padre.

Mientras Judit se acercaba a su padre para depositarle un beso en la mejilla, Darío sacaba de su cartera una tarjeta de negocios y tomándola entre sus dedos, espero terminara el saludo, para despedirse, no sin antes entregarle la presentación de su negocio.- Mira Rodrigo, esta es mi tarjeta, cuando sientas la necesidad de algo o de alguien, no dudes en marcar el numero que esta en esta tarjeta, el tiempo nos gano y me hubiera gustado ahondar en nuestras vidas, pero en otra ocasión, créeme que me dará mucho gusto encontrarte y se que pronto estarás bien.- Señorita recuérdele a su padre que allá fuera, entre las gentes de la ciudad existe un amigo.- Con su permiso, espero me hables.- Lo haré te lo prometo le contesta Rodrigo, viéndolo salir de la habitación.

El es tu amigo?... pregunta Judit asombrada.- no sabia que tenias amigos tan jóvenes.- Es una historia que algún día sabrás, le dice su padre, haciendo un esfuerzo por reacomodar su cabeza sobre la almohada.- Déjame ayudarte.- Dice Judit, preguntándole con cierta curiosidad.- Como dices que se llama.- Aquí esta su tarjeta léemela por favor.- Dice su padre.- El Centinela – La voz de la verdad.- Sigue leyendo Judit.- Presidente- Darío Escalante-TEL- 828-33-43-03 Fax-828-02-09-10 Correo Electrónico elcen&voz.com.mx, 24 horas de información.

Es reportero, periodista y propietario de un Periódico, suena interesante, es el periódico que compro y el destino me puso a su dueño frente a mi, termino diciéndole a su padre, que ya estaba a punto de quedarse dormido.- Me escuchaste papa?.- Si hija.- Quieres que me vaya para que descanses?...Lo que quiero es que me dejes la tarjeta, dice Rodrigo a su hija.- Al lado derecho de su cama había un pequeño buró.- Aquí te la dejo, no te la vayan hacer perdidizo, porque ya sabes como son los hospitales.- No te preocupes hija.- como esta todo en casa, pregunta su padre.- Bueno, que te puedo decir no has trabajado dos meses, vas para tres y no se cuantos mas y lo que yo gano en el salón de belleza, no alcanza para todos los gastos, pero allí la llevamos, la compañía de seguros no ha dicho nada, y espero que no lo haga, cuando menos por un buen tiempo.- La has estado pagando? Pregunta su padre.- Claro es lo primero que hago con el cheque, pero hay veces que por hacerlo, no me queda nada para mis gastos personales.- Has visto a tu madre últimamente?.- Esta enojada conmigo, porque me quede contigo y me grita que tu eres un alcahuete y es mas su berrinche, cuando no le escucho.

Crees que podrás aguantar hasta que salga de este lugar hija?.... Si tu pones todo de tu parte, ya veré como la hago para seguir adelante.- Ya me voy papa, de aquí voy para el salón.- Cuídate por favor, le hace esta recomendación su padre.- No te preocupes, cuando salga de trabajar derechito a casa, tengo muchas cosas que hacer, lavar, alzar, planchar y todo lo demás.- Te quiero hija.- Y yo a ti papa, hasta mañana.

Rodrigo se disponía a cerrar sus ojos para descansar de su vista, cuando entra una enfermera para avisarle que el doctor ya estaba visitando a sus pacientes y que estaba por estar con él.

Rodrigo, no alcanzo a escuchar el aviso y se quedo profundamente dormido, no hacia cinco minutos que la enfermera informara de la llegada del especialista y el doctor ya estaba entrando para revisar a su paciente.- Rodrigo, como sigue tu animo, pregunta el doctor sin recibir respuesta.- Con el estetoscopio en la mano, hace su rutina de buscar signos vitales en el área del corazón, con movimientos leves de su cabeza, estaba indicando que algo no estaba bien, después de tomarle la presión para corroborar su análisis, dice a la enfermera que esta detrás de el.- Esta sufriendo un paro respiratorio, el oxigeno inmediatamente.- Se encendió la luz de emergencia en el marco de la puerta de entrada, indicando una salida de inmediato al quirófano, habría que practicar una rápida traqueotomía, para evitar se asfixiara y ayudarle con esta, no dejara de recibir oxigeno el cerebro y se complicaran mas las cosas.

Mientras hacían el traslado, el medico revisa el expediente para ver a que hora le habían hecho la ultima visita de inspección.- Bien todo esta bien, esto es una complicación inesperada comenta el medico a la enfermera.- Que me avisen cuando este listo, mientras me voy a preparar para la operación.- Muy bien doctor, dice la enfermera, que al revisar la habitación, se da cuenta que sobre el buró hay una tarjeta, la toma y se la lleva al bolsillo de su uniforme.- Una vez inspeccionado el lugar, se dirige al modulo de información y le entrega la tarjeta a la encargada para que la deposite en las pertenencias de Don Rodrigo Fuentes.

Los altavoces de la clínica, anuncian la presencia inmediata del Dr. Samuel Lozano en el quirófano, el doctor ya estaba en camino cuando escucho su nombre.- Mientras apresuraba su paso, comentaba muy dentro de si., que no sea demasiado tarde y alcance a sacarlo de esta.

Cuando entro a la sala de operaciones y vio a cada uno de sus asistentes, su corazonada le había dado la respuesta que no quería ver y escuchar.- Rodrigo Fuentes había fallecido cuando estaban preparándolo para la operación.- Un paro respiratorio acompañado de un repentino al- miocardio había terminado con su vida.

En la sala estaba Tamara, la enfermera asistente del Doctor quien se encargaría de avisar a los familiares.- La autopsia de ley no era necesaria, el medico extendería la boleta con la declaración de las causas del fallecimiento, solo había que avisar a la funeraria para recoger el cuerpo y hacer los tramites correspondientes.

Todo esto sucedía cuando Darío estaba en su oficina sin imaginarse jamás nada de lo que ocurría, el buen y agradecido corazón de Darío, solo pensaba en corresponder en algo por aquel milagro que había recibido de parte de Rodrigo, recordaba sus propias palabras.- Algún día corresponderé este gran favor.- No estaba muy lejos de cumplirse, solo que alguien le avisara de lo que había pasado, sin embargo el estaba seguro que el día de mañana volvería a visitarlo.

Esa tarde, como todas paso con la rutina del día entre las noticias que sacuden a la ciudad y las que alientan a la comunidad entre las cosas y casos que suceden en este diario vivir, en un mundo convulsionado por la misma humanidad.

Al siguiente día, después de haber llegado a la redacción, Darío dice a su padre, que estará en la clínica visitando a un viejo amigo.- No te preocupes estaremos esperando a tu llegada para lo siguiente del programa le dice Don Miguel.

Al llegar al segundo piso y dirigirse a cuarto 216-B, se encontró con el cuarto estaba vació en dos secciones, y dirigiéndose al modulo de información para saber de su amigo, le dan esta noticia.- El Sr. Rodrigo Fuentes falleció a los diez minutos que usted se había retirado.- Señorita, puedo hablar con la ayudante del Dr. Ella es Tamara, dice Darío con tristeza.- Un momento por favor voy a llamarla.- Por el intercomunicador la recepcionista del modulo.- A Tamara de la Cruz en el modulo de información por favor.

No habían pasado dos minutos y estaba llegando al lugar, cuando Darío la observa caminando de prisa.- Tamara, el Sr....Darío, le dice el a ella.- El Señor Darío quiere hablar contigo.

Dígame en que puedo servirle?... El paciente del 216-B
Murió ayer de un paro respiratorio, no alcanzamos a practicarle una traqueotomía, porque le sobrevino repentinamente otro problema del corazón que fue que termino con la vida de su amigo, dice Tamara con tristeza.- Puede darme información donde encontrar a su familia?....Claro con mucho gusto dice Tamara.- Vero, que así le

llama a la recepcionista.-Dale la dirección y teléfono de su hija por favor.

En un momento se la doy dice Vero.- Muchas gracias por todo el esfuerzo que hicieron con el por salvarle la vida, dice Darío a Tamara.- Con todos somos iguales dice ella con mucho estilo profesional, No creo dice el, conozco ciertas gentes involucradas con ustedes y no son del todo profesionales, de manera que no es como en todas partes, siempre hay elementos buenos y malos, unos que traen la vocación a flor de piel y se les nota su carisma, mientras que en otros que creen tenerla, pero en sus facciones y en el primer contacto visual, te das cuenta que los invade la mediocridad profesional.- Que le puedo decir, le responde Tamara con amabilidad.

No hace falta que me responda, mientras su vocación la haga brillar con mas fuerza, mas grande será la satisfacción de su espíritu con el corazón.- Me dio mucho gusto conocerla Tamara.- Igualmente, estamos para servirle, dice ella.- Pero no aquí le contesta Darío con una sonrisa.- Aquí tiene la información que pidió, los interrumpe en ese momento Vero.- Gracias Señorita, dice de nuevo Darío, despidiéndose.- Hasta luego, adiós.

Mientras caminaba por el pasillo y tomar las escaleras hacia el primero, observaba con detenimiento, teléfono y dirección de la casa de Rodrigo.- Creo que será mejor conducir a la dirección anotada, de manera que abordando su automóvil se dirigió, pensando en como abordar el tema del día anterior.

De hecho es posible que tenga casa llena de familiares, amigos y curiosos, se podría acordar Judit de mi, cuando fue solo unos momentos que la tuve enfrente.

Pensando en todo esto, al dar vuelta hacia la derecha en la siguiente esquina que es la Avenida Constitución y el numero de la casa el 708, por consiguiente al lado derecho casi a la mitad de la cuadra, observaba que no había autos estacionados, de manera que con mas ganas decidió estacionar el suyo, bajar de el y llegar hasta la puerta tocando el timbre y esperar que alguien le abriera.

Por segunda vez aprieta el botón del timbre y sigue esperando, trataba por tercera vez, solo que antes de hacerlo escucho que alguien abría al fin la puerta.- Judit?... Si, dice ella.- Soy yo Darío, no se si te recuerdas el amigo de tu padre.- OH si, ya lo recuerdo,. Quiere pasar por favor, lo invita ella con toda confianza.- Gracias, responde Darío.- Judit, sigue hablando el.- Vengo del hospital y me confesaron todo lo de ayer y traigo una gran pena, lo siento tanto, como si no hubiera podido cumplir mi promesa con el.- En el rostro de ella, estaba marcado el verdadero sufrimiento por esa perdida inesperada.- No creí que estuviera tan mal, si solo se estaba tratando las quemaduras que ya iban de salida.- De nuevo los ojos se llenaron de lagrimas que estaban a punto de desbordarse por sus pálidas mejillas, que en ese momento las mostraba, como prueba de no poder conciliar el sueño en toda la noche.- Creo que debes descansar, tratar de dormir para estar despierta cuando llegue el momento mas duro, no crees, dice con mucha ternura Darío, quien también no podía creerlo.

No puedo dormir, no puedo, porque parece que lo estoy viendo en la cocina, en la sala, en el cuarto de la televisión, en su escritorio, en el teléfono, saliendo, entrando, siento que escucho sus pasos tan marcados cuando llegaba a casa, ya sea cansado o con ganas de jugarme una broma como lo hacia a veces.- Su angustia le hacia aseverar todo esto, sin saber que un suceso inesperado, siempre deja huellas en el pensamiento, que creemos verlas, sentirlas y escucharlas y ella en esos momentos, estaba siendo victima de ese fenómeno natural.

Me atrevo a decirte que si quieres descansar, podría rentarte un departamento o un cuarto en un buen hotel, donde pudieras divagar todos esos pensamientos y hacerte mas liviano el peso de tu dolor, cuando menos no estarías viendo por un tiempo cada huella de los recuerdos que dejo tu padre, mientras como te digo, recuperas tus fuerzas y ya puedas ver las cosas con mucha mas claridad?...Que te parece, puedes pensarlo, quiero que confíes en mi y creo que tu padre se sentirá orgulloso donde quiera que este, del apoyo que te quiero dar, en recompensa por no haberle cumplido a el mi palabra, pero al hacerlo contigo, creo que habré hecho lo mismo con el y contigo.- Lo aceptas?...

Ya te dieron la información de sus servicios?... Lo van a cremar.- Dice ella, esa fue siempre su voluntad y después cristiana sepultura.- Vas a tener gente mas tarde con toda seguridad, recíbela con toda la fuerza que tengas, demuestra fortaleza y quizás te apoyen con algunas viandas, que no podrás rechazarlas, agradéceles todo cuanto apoyo recibas de tus amistades y vecinos, de hecho mañana se publicara en el periódico el Centinela, donde saldrá toda la información y algunas anécdotas de su vida.- Tu lo vas a publicar?... pregunta ella con cierta admiración.- Si, contesta Darío, porque?...

no se, en realidad no se que haces, a que te dedicas, solo nos vimos unos minutos en la clínica y luego me tuve que ir a trabajar, le responde ella con ciertas dudas de su capacidad intelectual.

Lo voy a publicar porque el periódico al que represento es de mi padre y soy escritor y lo haré porque simple y sencillamente lo quiero hacer con mucho respeto, a manera de un homenaje a su sencillez y humildad, te parece bien Judit?... Terminaba de hacerle este comentario, y ya se veían algunas personas acercarse a la casa de Rodrigo.- Darío le dice de nuevo, aceptas lo que te dije anteriormente sobre estar sola, pero en otras condiciones?.... Tengo tu tarjeta, me la dieron junto con las cosas personales de mi papa, te puedo hablar mas tarde, creo que me voy animar y después que se vayan las gentes te marco, estas seguro de lo que me propones? ya han pasado tantas cosas en pocos meses y sufrir una decepción mas terminaría con mi vida.

Judit, una mujer con algo que contar, su historia no es muy halagadora, a pesar de ser el único vínculo familiar que existía entre Rodrigo y su ex Esposa Amalia.- La separación de los padres de Judit ocurrió cuando ella cumplía sus once años.- Ella fue el principal motivo para que Amalia y Rodrigo formalizaran su compromiso en el Matrimonio, sin embargo no funciono, porque la razón no era esa precisamente el objetivo, Judit fue el producto de una noche de copas en un bar conocido como El Venecia, donde celebraban el cumpleaños de uno de los amigos.- Y lo demás, ya te puedes imaginar, la invitación al departamento de Rodrigo, que la platica, la critica de los compañeros, que la mala administración de la compañía y todo ese protocolo de cómo ir ganando el terreno para lo que seguía, que el calor, que te puedes quitar tu abrigo, que yo me quito el mío que me pesa. Hasta quedar vestidos casualmente.

Después todo quedó a oscuras, el silencio solo era interrumpido por el profundo respirar de ambos entregados en una aventura de amor, las horas siguieron hasta llegar el nuevo día, donde Amalia sin imaginar que despertaría en un departamento al lado de Rodrigo, su compañero de trabajo.

No deberíamos de haber hecho esto Rodrigo, le dice ella con cierto resentimiento.- Las cosas se dieron solas Amalia, jamás fue mi intención cometer esta locura, pero las copas, la platica con el buen ambiente, broto la simpatía y la simpatía nos gano, de eso tenemos que estar claros Amalia.- Y que vamos hacer si salgo embarazada, pues que vas hacer, no se que te puedo decir.- Dije que vamos hacer Rodrigo, tu y yo, que es lo que vamos hacer.- Pues no se, deja que pase el tiempo, no puedes saber si en realidad estas o quedaste con tan solo una vez, no crees?...

El dialogo entre ellos no se torno grave, lo que si paso, fue que ambos aceptaron ese gran error de dejarse llevar por los instintos, en fin adultos que o quien los podría juzgar.- Amalia al salir del departamento de Rodrigo, antes de despedirse y cerrar la puerta, se da la media vuelta y vuelve a decirle.- En tres semanas consultare al doctor y los resultados lo sabrás de inmediato, estas de acuerdo?... Y que voy hacer, responde Rodrigo con una sonrisa dibujada en su rostro.- Ya sabes lo que tendremos que hacer, contesta ella cerrando la puerta.

Siempre las apariencias engañan, por lo regular se cree que estamos seguros de las cosas cuando sentimos y creemos que el amor esta dentro de uno, pero no es así.- La atracción de la pareja se da de muchas maneras, solo es cuestión de estudiar el modus vivendus y saber como encontrar el camino para llegar sin tener que devolverte, el ser persuasivo, da un buen resultado para lograr lo que se quiere.- Es aquí, donde no se miden las consecuencias de las cosas que se hacen por esa razón, es aquí, donde en muchas de las veces surge el arrepentimiento y se cometen muchas locuras, producto de la ignorancia de ellos y de los padres, si existe ese lazo familiar, y si no fuese así, fueran otros los resultados.

La tarde avanzaba y en la redacción, Darío platicaba con su padre y con Isidro sobre lo ocurrido, recordaba, el nombre de Rodrigo Fuentes en voz alta.- Quien? Pregunta su padre.- Rodrigo Fuentes, el Señor que ayer fui a visitar a la Clínica del que ya te había platicado.- Pero nunca me dijiste su apellido, responde Don Miguel con toda su calma.- El fue Ingeniero Agrónomo, responsable de los Ejidos, San Patricio y los Laureles, estos están sobre lado derecho de la carretera que va hacia el poblado de San Jacinto el Alto, hace mucho tiempo que no visito esos lugares, por cierto.- Y vas a escribir algo de el?... pregunta Don Miguel.- Lo he pensado varias veces, porque el fue quien puso la primera piedra en mi vida, para que usted padre construyera sobre ella.- Como esta eso hijo, vuelve a preguntar Don Miguel.

Siéntense un momento por favor, a grandes rasgos voy a platicar algo sobre este señor que hizo algo que jamás pensé fuera yo, quien estuviera en ese momento, y a esa hora para ayudarle.

Después de un buen rato de relatar parte de la historia, historia que Don Miguel Alcocer, el padre espiritual de Darío y Camila no lo sabía del todo, mucho menos Isidro, el reportero del Centinela.

Todo lo que estaba repasando en su mente Darío, ahora en ese momento actual frente a ellos, sentía que gruesas gotas querían brotar de sus ojos y disimuladamente trataba de evitarlo, Isidro y Don Miguel, no pudieron contenerse para decirle.

Darío si tienes que hacerlo, hazlo, nos has envuelto en un mundo de tristeza, al menos a mi, dice Isidro.- Que nunca había escuchado esa historia de la vida de Darío.- Suelta esas lagrimas, déjalas que corran libres, deja que tus ojos se desfoguen y queden limpios y serenos, le dice su amigo y Padre Don Miguel.

Al fin dos lágrimas se escaparon para seguirlas otras, sin intentar detenerlas esta vez cayendo sobre su camisa de color azul cielo, fueron momentos de un gran sentimiento salido del alma, el estaba haciendo la diferencia del ayer con el presente.

Cuando en el ser humano existe la nobleza encerrada en su corazón y las ventanas del alma se abren para dejar ver la realidad, esto es lo que sucede en las entrañas del ser que siente pena por muchas cosas, hasta de si mismo cuando recuerda como le trato la vida en un principio y como lo esta tratando en la actualidad.- Sus lagrimas estaban demostrando eso precisamente una pena y una felicidad al mismo tiempo.

Disculpen esta fragilidad mía, dice Darío.- Estamos contigo hijo, dice Don Miguel e Isidro al verlo agobiado por esa situación.- Si quieres irte a casa a descansar hijo, o salir para que divagues un rato adelante, necesitas reponer tu estado de animo.- En un rato mas se me pasa, voy a dar una vuelta a la cuadra para que me dé un poco de aire.

Una vez fuera del edificio del Centinela, Darío comenzó a caminar lentamente, todo le parecía gris, su primera experiencia en el fallecimiento de alguien le había hecho mella en sus sentimientos y no podía engranar sus ideas.-

En casa de los Alcocer, Camila pareciera que estaba conectada con los pensamientos de Darío, se podría pensar que la comunicación de pensamientos entre ellos era perfecta.- Camila estaba recostada en una sola inclinación, la de comunicarse con Darío.- Intempestivamente se incorpora y toma el teléfono de la cocina, marca el numero deseado.- En la otra punta de la línea telefónica hay una respuesta.- Darío que caminaba a su paso lento, sintió que la cintura estuviera sufriendo un terremoto, eso lo saco de todas las cosas que traía en su cabeza.- Era el teléfono móvil que lo traía en vibrados movimientos, lo toma y contesta.- Bueno, es lo único que alcanzo a pronunciar, la voz de Camila suave y dulce penetro en todo su sistema auditivo que lo dejo mas que perplejo.- Darío, porque no me has hablado, estoy pensando que algo sucede contigo, puedes decírmelo?...Recuerdas al señor del que te platique hace ya mucho tiempo?.- Te refieres al Sr. Don Rodrigo?...dice ella.- Si, ese mismo.- Que sucede con el?...Murió ayer, supe de el muy tarde, ya estaba delicado de salud y no alcance a cumplir mi palabra.- Pero no te debes sentir mal, ayer tuviste la dicha de platicar con el y eso te debe ayudar, tu visita fue mas que buena para el, reconociendo tu buena voluntad.

Creo que tienes razón, necesitaba las palabras de alguien para que me ayudara a pensar en eso, como es que me hablaste?... Primero porque te quiero tanto, que mi corazón esta conectado a tus pensamientos que son los míos también.- Darío, tu me quieres?... Tanto como tu, esperando sin desesperar el momento mas oportuno para nuestras vidas.- Voy a tener una reunión en la sala de redacción y al terminar nos vemos en casa, que te parece?.- Como lo diga mi dueño.- Que dijiste?...Te acordaste de algo verdad?... Te quiero, los esperamos temprano en casa.- Con estas palabras quedo mudo el celular de Darío, ella había terminado de hablar con el.

De regreso en la oficina, en el trayecto vuelve a vibrar su móvil, en esta ocasión le estaba hablando Judit.- Como te sientes, pregunta Darío.- Bien, creo que me quedo en casa, debo dominar mis sentidos y aceptar esta realidad, como tú dices.

Estas palabras lograron acomodar las ideas de Darío, termino su angustia y volvió a la realidad, estaba tomando las mismas palabras que le había dicho el a Judit, cuando la visito en su casa.

Te felicito, eres valiente y vales mucho, y si en algo algún día te puedo ayudar, no dudes en llamar y ya sabes donde encontrarme, te repito que estés bien.- Hasta luego Darío, me dio mucho gusto conocerte.

Un nuevo brío se le reflejo en su rostro y al fin ya dentro de la oficina, Darío le da instrucciones a Leslie, para que investigue cual será el saldo de la clínica por la estancia de Rodrigo y si existe algún seguro que le haya cubierto y cual es el porcentaje que resta.- Muy bien señor, hoy mismo indago esa situación.-Gracias Leslie.

Darío sigue de frente hasta la oficina de redacción, allí estaban todavía Isidro y Don Miguel, haciendo ajustes en las noticias que deberán aparecer al siguiente día siguiente.- Como te sientes hijo, pregunta Don Miguel.- Ya traes otro semblante, dice Isidro.- Si, ya me siento mejor y creo que vale mas seguir con el programa.

Las horas se fueron rápidamente y Leslie no había conseguido la información, había quedado pendiente para recibirla por vía fax en la mañana, mientras que Isidro, padre e hijo se retiraban dejando ya toda la información de noticias en los tableros para que la editen a ocho columnas.

En la puerta de salida, ya para retirarse a descansar el celular de Isidro timbra-. Contesta dice Don Miguel.- Un momento por favor déjenme ver.- Si dígame.- Una larga pausa sucedió en ese momento

Padre e hijo tenían una mirada de preocupación.- De pronto.- Voy para allá inmediatamente, contesta Isidro.- Que esta pasando o que paso pregunta Don Miguel.- A mi esposa le pincharon con un pica hielos los dos neumáticos de enfrente unos sujetos que los vio correr cuando lo estaban haciendo.- Y los reconoció, pregunta Darío.- No se, les platico después de acuerdo.- Cuidado Isidro, cualquier cosa nos hablas.- Gracias dijo, mientras corría hacia su auto.

En el auto camino a casa, Don Miguel quiso llegar a la panadería, se acordó del día de santo de su esposa y no quería llegar sin nada en las manos, Darío se estaciono frente a la panadería y los dos optaron por bajar del auto y entrar al expendio para ver si de los pasteles que estaban en el estante, había uno que les agradara para comprarlo.- Don Miguel, sabiendo los gustos de Dani, se inclino por uno de tres leches con almendras.

Cuando llegaron a casa, en silencio abrieron la puerta de enfrente, calcularon que ella estuviera en el cuarto de televisión, las muchachas en sus cuartos con las tareas.- No encendieron ninguna luz, apenas eran las seis cuarenta y cinco minutos de la tarde y ya estaba oscuro, prácticamente el fin de año estaba cerca, solo faltaban tres semanas para celebrar la Navidad y el Nuevo Año.

A paso muy lento, los dos como ladrones sin hacer el menor ruido, se encaminaron hasta la cocina pero, a querer y no Darío alcanzo tropezar con su pie en el marco de la entrada, llegando el ruido que había en la televisión donde estaba Danila, opaco ese pequeño detalle y siguieron sin problemas.- Así como estaba de oscura, se las ingeniaron para colocar el pastel en medio de la meza.

En silencio, ambos jalaron las sillas para sentarse y permanecer allí, hasta que una de las tres, por algún detalle tuvieran que ir a la cocina y al encender la luz los vieran muy sentaditos, sabían que cualquiera que habría de ir, se llevaría un tremendo susto.- El motivo era la sorpresa y todo estaba listo, solo faltaba que alguien los descubriera.

No habían pasado cinco minutos y la puerta de una de las recamaras se habría, era la de Axcel que salio gritando.- Mamaaa, Mamaaa, donde estas?... Llego hasta la cocina, encendió la luz y el grito llego Ayyyy Ayyyyy Sentía que el corazón se le quería salir.

Al escuchar esos gritos tan desaforados, Danila se levanto donde estaba placida viendo un programa, que pasa hija?... porque esos gritos.- Cuando llego, también se quedo muda al verlos muy sentaditos.- Padre e hijo, solo movían la cabeza en dirección donde ellas estaban.- Solo faltaba que Camila apareciera y lo hizo después de Danila.- Que sucede?... Pegunta ella con ciertos nervios.

Ellos se pusieron de pie y juntos al mismo tiempo.- Felicidades, creías que se me iba a olvidar?... Pues no! decía Don Miguel abrazando a Danila, para depositar un beso en la frente.- Después Axcel hacia lo mismo y le decía.- Felicidades muchas felicidades mama.

Darío y Camila, uno al lado de otro, observaban aquel cuadro maravilloso y en la mente de ellos volvían los recuerdos, Don Miguel, viéndolos les adivinaba cada latido de sus corazones y con su codo izquierdo le daba una señal a Danila, quien dándose por enterada rápidamente sin pausa alguna les habla y como si fuera una conjunción de pensamientos, Darío y Camila tomados de la mano abrazan a su Madre Espiritual, con un amor inconcebible, era de tal manera por todo cuanto guardaban sus corazones de cada detalle que recibieron, desde aquel primer día.

Don Miguel y Axcel, presenciaban aquel maravilloso cuadro lleno de ternura, a dos voces unidas en un solo saludo de aniversario le dicen.- Que cada día que pase Dios la bendiga y la conserve por muchos años, Camila con lagrimas en los ojos le recuerda.

Jamás dude del cariño que hay en nuestros corazones.- Las manos de Danila se elevaron y acariciaban el rostro de Camila, como si fuera una hija mas salida de sus entrañas, no puede mas y la abraza con la ternura de una verdadera madre.

Don Miguel con su brazo derecho abrazando a Axcel, interrumpe ese momento con el pretexto de partir el pastel.- Bueno, dice.- Se hace tarde y queremos que lo partas antes de que se haga mas tarde.- Camila abrazando a Danila, la aproxima a la mesa para repartir el pastel.

Fueron momentos de un intenso sentimiento, pareciera que los de Danila fueran encontrados por el dolor tan secreto de su corazón que como madre sentía, era lógico, su pensamiento la traicionaba, pero su descarga emocional, la hacia en el momento mas oportuno y con alguien a quien no quería por querer, sino que amaba de tal manera, que en ellos encontraba todo lo que hubiera querido tener de aquellos que son sangre de su sangre y huesos de sus huesos, pero que el destino se los había alejado para siempre.

El momento estuvo de los mas acogedor, el café se convirtió en chocolate caliente, era apropiado al celebrar un acontecimiento como este, Dani era especialista en este arte de preparar chocolate, saborearlo era su especialidad y hacerlo compartir con ellos quienes le rodeaban, era mucho muy importante.

La tarde, y la noche se fue volando en los recuerdos en cada uno de ellos, no hubo ya mas lagrimas sino risas, al recordar alguna anécdota de ellos, después el sueño los fue venciendo hasta que decidieron ir a descansar.

Una nueva sociedad habrá de necesitar el mundo en unos cincuenta años mas, comenta Isidro al platicarles sobre el suceso de ayer, una vez los tres en la oficina al empezar el día.- Que fue lo que sucedió, tu esposa y los hijos están bien?... Pregunta Darío y su padre.- Al recordarle el incidente.

No fue el único auto que sufrió este percance, fueron algunos que estaban dentro del estacionamiento del Centro Comercial, unos hasta las cuatro ruedas y con el vidrio delantero estrellado, otros con tres ruedas y otros como el de mi esposa que las dos ruedas delanteras bien agujereadas, quienes los vieron comentaban que estaban drogados.- Me decía mi esposa que eran dos tipos muy raros que corrieron hacia la avenida siguiente.

Vamos a presionar a las autoridades para que den mas vigilancia en los centros comerciales, escuelas y hospitales, prepara un editorial para mañana, dice Darío a Isidro, dando su consentimiento Don Miguel.

La tarea mas importante en el medio educativo, es darse a saber la razón por la cual habrán de caminar en el futuro, esa razón es la que debe prevalecer siempre en la dignidad de cada estudiante que aspira a la rectitud de su propia formación.- La mentira habrá de estar hasta que la verdad salga a flote y descubra la falsedad, de quien la engendra y la hace engendrar.

No es otra nuestra intención, sino dar a conocer paso por paso, cada uno de los eventos más importantes que surjan a raíz de las próximas elecciones y la información que se genere en todo este proceso, la sociedad quedara enterada de la verdad con la razón de la verdad.

Creo que este será el informativo que habrá de salir en la próxima semana si es que estamos de acuerdo, comentando Darío les extiende a Isidro y a Don Miguel lo escrito.

Que les parece?....Hace la pregunta, pensando que le encontrarían algo incorrecto en el mensaje.- Bueno dice Isidro.- Creo que le falta algo, no cree Don Miguel?... Si hijo, tenemos que quitar y poner algo mas, que llene tu idea para complementarla.- De acuerdo, estoy de acuerdo.

Así fue la tarde entre poner y quitar algunas frases que parecían mal enfocadas, el debate finalizo de esta manera, haciendo los cambios pertinentes.

Entre el magisterio y la Sociedad de Padres, la tarea mas importantes en el medio educativo es darse a saber la razón por la cual habrán de de caminar en el futuro, esa razón es la que debe prevalecer siempre en la dignidad de cada estudiante que aspira a la rectitud de su propia formación.- Si se hace uso de la mentira, esta habrá de estar hasta que la verdad salga a flote y descubra la falsedad, de quien la engendra y la hace engendrar en mentes débiles, entre el misma asociación estudiantil.

Este será el editorial para la próxima semana, termino diciendo Don Miguel con mucha razón y creo que se complemento la idea original que tuviste, no lo ves así Isidro?.... Creo que quedo perfecto y será en definitivo un gran rompe hielos, cuando circule entre la homologa sociedad, es decir entre la sociedad del plantel y en la que fuera de ella estarán siempre a la expectativa.

A la mañana siguiente la noticia no podía esperar unos días mas, tendría que ser ya y así fue, después de las noticias internacionales en la página A-B en las estatales aparecía en grandes titulares.- El Futuro de la Universidad en las Próximas Elecciones.

La noticia no tardo en llegar al estudiantado y se empezaron a generar diversas opiniones, era el último semestre para Axcel y Camila, de manera que ellas ya estarían fuera de la casa de estudios para dedicarse a la profesión que estaba por terminar.

En casa, Danila se daba los últimos toques de belleza, habían planeado verse hora y media antes de la salida de clases para ir al centro comercial por las compras de la semana.- En el camino a la Universidad, planeaba lo que harían en aproximadamente tres horas, tendrían que estar antes para la cena, al salir de la calle y tomar la Avenida de la Universidad, mas adelante ya divisaba en la parada de autobuses de la misma Universidad a sus hijas que por lo que alcanzaba ver, pareciera que Axcel, estuviera practicando artes marciales, al llegar hace sonar la bocina del automóvil para que se dieran por enterado que llegaba.- Ya llegaron por nosotras dijo Axcel quien abordando la parte delantera del auto y Camila la parte de atrás, saludan.- Como esta todo mama?... pregunta su hija Axcel.- Al mismo tiempo su madre le hace este comentario.-

Te estaba observando desde antes de llegar y estabas haciendo faramallas con tus manos y brazos como si estuvieras discutiendo con Camila.- Nooo! Mama, le estaba comentando a mi hermana la manera de cómo quiere imponer las cosas el profesor que nos toco este día por la ausencia del titular de la clase y estaba repitiendo sus movimientos.- Decía que el solo aceptaba dos errores solamente de una misma especie, comprendes eso mama?...Que bueno que fue solo por este día porque no lo soportaría un día mas, imagínate a estas alturas en lo que nos queda del ultimo semestre y con estas cosas.- Danila se dirigía directamente sin hacerles saber de su destino, solo que Camila que es mas observadora, sin decir una sola palabra, su corazón sintió que latía mas fuerte, sabia que llegarían al Centinela, mientras mas se acercaban, mas se acercaban sus recuerdos del pasado y mientras su corazón latía apresurado, sus sentimientos hicieron que los ojos se le nublaran por dos espesas lagrimas, que disimuladamente se las desaparecía con su pañuelo desechable.- Vas a la Imprenta mama?... Axcel pregunta emocionada.- Si, vamos para allá, necesito que tu papa me de unos centavos, para completar lo que necesitamos comprar.- Hiciste lista para el mandado?... Que vamos a comprar!... Solo necesitamos algunas cosas hija, no te emociones.- Y tu hija, porque tan en silencio?...Venia recordando, el ayer y creo que muchas cosas no han cambiado todavía.- Te llenas de recuerdos cada vez que pasamos cerca de estos lugares verdad?... Si, y cada vez mas, mi corazón esta lleno, inmensamente lleno de amor, de agradecimiento y todas las noches pienso, en como vamos a pagar Darío y yo, todo este Universo de felicidad que hemos recibido.- Sabes como hija?....No, pero si quisiera tener un sola palabra para poder expresar todo esto que siento, que es algo como mas que un gozo interno, que Dios nos ha mandado a través de ustedes y mi corazón llora cada noche antes de dormir, pensando y pidiéndole que nunca nos falten, siento que es un miedo que no podría superarlo, saber que no los volvería a ver mas.- No pasaría nada hija, el tiempo nos ayuda a curar las heridas.- Hemos llegado, después seguimos esta conversación de acuerdo? De acuerdo, responde Camila.- Pero no se les vaya a olvidar a invitarme a esa platica, porque me interesa, esta bien?...dice Axcel.- Se van a bajar conmigo?... Claro madre, dice Axcel abriendo la puerta del auto.- Vente Camila, vamos a ver a papa y a Darío, que creo le va dar mucho gusto.- Espero que si dice Camila.

Delante de ellas, Danila se adelanta para abrir la puerta y al estar dentro, es Leslie Anderston, quien las recibe con un buenas tardes amable y a su manera.- Desean ver a Don Miguel?.- Que tal, Axcel, Camila, como va la escuela, ya mero se gradúan verdad?...Déjenme y le hablo.- Levanta el auricular y aplasta el primer botón, que es el directo a su oficina.- Sr. Su esposa y sus hijas están esperándolo, si muy bien.- Dice que en un momento esta con ustedes.- Gustan tomar asiento?- Les invito un refresco agua?.- Gracias, responde Danila.- El teléfono timbra, Leslie lo toma para contestar y se escucha.- Si Señor, en este momento.- Don Miguel quiere que pasen a su oficina, por aquí por favor.- Gracias contestan al mismo tiempo Axcel y Camila.

La puerta al abrirse, lo lleva por un pasillo alfombrado de un café claro, y es la primera puerta a la derecha, después es la segunda de Darío y la tercera de Isidro, al tope del pasillo un espejo a cuadros del mismo tamaño y ancho con dibujos realzados y en frente un jarrón grande con flores preciosas pero artificiales, al final del pasillo una puerta mas, que lleva a la redacción y al área de los talleres de las imprentas.

Leslie cierra la puerta al dejarlas frente a la oficina de Don Miguel y regresa a su escritorio.- La puerta se abre lentamente y se deja ver la figura de Don Miguel, todavía con algunos papeles que estaba revisando en sus manos.- Pasen, pasen, que vientos huracanados las trajo hasta aquí.- Bueno, dice Danila.- Venimos a ver como andaba el sistema meteorológico por esta región, para saber si podíamos adquirir unos centavos que nos hacen falta para hacer algunas compras, fue por eso que venimos, pero vemos que el ambiente es propicio, así como para sacar la cartera y bueno tu ya sabes.- Que política andas ahora vieja, estas bien, comiste bien, descansaste bien, lavaste bien, planchaste bien, o sea todo esta bien?... No todo, recalca Danila.- Ándale, dame dinero para irnos y no quitarte mas tiempo.

Mientras Danila convencía a su esposito, Camila no perdía de vista la puerta de la oficina de Darío, ya que la de Don Miguel quedo abierta, pensando que saldrían rápido, Axcel hacia lo mismo, pero no espero mas y se encamino para saber si estaba dentro.

Las cortinas de su ventana, estaban corridas, es decir prácticamente cerradas, de manera que decidió tocar, volvió intentar de nuevo y no respondió, no había nadie dentro.

Camila permanecía todavía en la oficina de Don Miguel, quien sacando su billetera le da dinero en la mano de su amada Danila.- Y si necesitas mas, mas voy a tener que trabajar.- Danila saca un pañuelo desechable de su bolso y se lo entrega.- Y esto para que es? pregunta Don Miguel.- Para que te seques las lagrimas, por llorón.- Vámonos hijas, porque no me gusta ver llorar, menos cuando se trata de dinero.- Ay tu mira quién habla, pediche eres mucho, pero no importa así te quiero.- Ya lo se y ya nos vamos.

Antes de salir, Camila pregunta por Darío a Leslie.- Sabes a donde salio Darío?.- Si! Salio a una entrevista que tenia pendiente para una publicación de plana completa, pero no debe tardar, yo le informo que estuvieron aquí, o si quiere marcarle a su celular.- No, responde Camila, para que molestarlo si anda ocupado, mas tarde lo voy a ver, solo quería verlo de pasadita sentado detrás de su escritorio.

La inteligencia de Danila sobre sale.- Pues no nos toco verlo hijas, en otra ocasión avisamos para que nos espere y con cafecito, que no?- Claro mama, nos lo merecemos y que nos tenga un cafecito recién hecho verdad Camila.- Habían salido de la imprenta y abordando el auto de nuevo para dirigirse al Centro Comercial, Danila espera que dejen de pasar los autos y salir del estacionamiento sin problemas.

Mientras Danila dejaba el estacionamiento, otro auto se estacionaba, Darío no se imaginaba que el auto que dejo libre el espacio donde estaciono el suyo, era su madre y sus hermanas.- En la oficina Leslie daba toda la información.- Dándole las gracias, se dirige a su oficina, toma el teléfono y marca el numero de su madre.

Solo faltaba dar la vuelta en la esquina para tomar la calle que los llevaría al Centro Comercial y en el bolso de Danila, se escuchaba el repiquetear de su teléfono.- Yo lo contesto mama, dice Axcel mientras lo sacaba.- Bueno, Camila atenta esperaba escuchar que fuera Darío.- Hermanooo, estuvimos en tu oficina y no te encontramos, si aquí esta y parece que se le ilumino el rostro, déjame y te la paso.- Es Darío mama, acaba de llegar a la oficina.- Camila sintió un revés, pero no lo demostró siguió igual, en la espera de tener la oportunidad de hablar con el.

Axcel cede el teléfono a su madre.- Hijo como estas, estuvimos por esos rumbos, oye te fijas si ya dejo de llorar tu papa, si es que fuimos a bajarle la temperatura económica, si! necesitábamos un poco de dinero para unas cosas que necesitamos en casa, no te preocupes ya nos dio tu papa, si hijo como la voy a dejar te quiero, aquí te la paso.- Con el teléfono en la mano, Camila regularmente le asaltaban los nervios, no por alguna enfermedad física, solo eran los síntomas de la atracción que sentía por el, desde aquel primer momento cuando la abrazaba para transmitirle calor, cuando la encontró tirada en la esquina de enfrente, donde Darío vendía su periódico.

Darío, solo queríamos verte de pasadita, si todo esta bien, claro que viéndote un ratito durante el día no es suficiente, pero gracias a Dios todo esta bien, no te voy a quitar el tiempo, se que estas trabajando, solo cuídate por favor, si yo también.- Con el dedo pulgar de su mano derecha cierra la línea de la comunicación aplastando el botón con el diseño en rojo.

Las tres en el Centro Comercial y a esas horas de la tarde, era fantástico sabían disfrutar los momentos libres con su madre.- Siquiera un día podamos venir todos y pasar la tarde viendo los aparadores, preguntando los precios, caminar tomar un helado o comer en alguno de estos expendios de comida.- Pronto andaremos por aquí buscando sus vestidos para la graduación, no se preocupen ya verán, ya verán.- Mientras caminaban entre toda esa gente que es asidua a visitar los Centros Comerciales, no para comprar, sino para hacer que el tiempo les pase rápido, no dejan de ser ciertamente un problema de inseguridad, de manera que entre estar atentos a unos y a otros, en ocasiones se hace divertido y en otras ya no te alcanzo el tiempo para lo que habías venido.

Danila tenía experiencia en esto, de manera que advirtió a sus hijas.- Con su brazo izquierdo y a la altura de su axila, sientan que abrazan su bolso y caminen seguras aunque vayan echando un vistazo a los aparadores de acuerdo hijas?- Si mama responde Axcel que seguía las indicaciones, lo mismo Camila.

Así se fue la tarde, una vez mas madre e hijas juntas, como grandes amigas que se confiaban entre si todas las cosas, entre ellas no cabía la mentira, las lecciones de su madre desde niñas fue la verdad, la misma verdad que descubrió Danila en Camila en el principio y aunque Axcel fuera hija legitima, no titubeo en darles el mismo ejemplo, ese del que Danila, dentro de si se siente la madre orgullosa de haber logrado algo en la vida de ella y para ellas sus dos maravillosas hijas.

De regreso a casa, con el tiempo medido para preparar la cena, Danila permaneció en silencio todo el trayectó, un silencio que notaron Axcel y Camila, y ellas viéndose a los ojos se hablaban y se contestaban entre si, por fin.- Te sientes bien mama?... Pregunta Axcel con preocupación.- Si hija, es solo que me empezó un dolor de cabeza muy fuerte.- Aquí traigo pastillas para el dolor mama, quieres una? Pregunta Camila también preocupada.- En cuanto lleguemos me las das hija, solo les pido un favor?... si dice Camila.- Ustedes hacen la cena mientras me recuesto un ratito para que me pase.- No te preocupes mama, nosotras hacemos la cena.

Ya en casa, Danila sentía el dolor mas fuerte e insoportable, es por eso que decidió irse a la cama., detrás de ella sus dos hijas le acompañaban, Camila con las pastillas y el vaso con agua.- Hija, me das las pastillas, aquí están madre.- No se preocupen luego se me va pasar, me despiertan si me duermo para cenar todos.- Después de tomar dos tragos grandes para pasar las tabletas, Axcel y Camila la acomodan con dos almohadas sobrepuestas para que su cabeza permanezca inclinada, Axcel toma del guarda ropa una sabana blanca y la cubre con ella.- Así ya estoy bien.- Y cualquier cosa mama, nos gritas, vamos a dejar la puerta entreabierta para escuchar cuando nos hables.

Pareciera que las tabletas hubieran hecho su efecto, Danila se desvanecía y poco a poco fue cerrando sus ojos, como quedando dormida profundamente.

4:45 PM Tomaste la hora Axcel? ¡S! Camila tenemos que estarla vigilando, esto se me hace bien raro, no sabia que mama padeciera de esos dolores, o al menos nunca había dicho nada.- Tienes razón Axcel, dice Camila.- No se había quejado, se me hace que mañana le ponemos una cita con el Doctor para que le de una buena revisada, crees que sea bueno hablarle a nuestro padre y avisarle a Darío?... ¡Si! hazlo ya, nomás no los alarmes para que no se vengan volando.- Muy bien dice Axcel, tomando el teléfono de la cocina.-Leslie?, me pasas a mi papa por favor, gracias.- Papa, mi mama parece que se siente un poquito mal, se pueden venir por favor, aaa ya venían?... bueno no se tarden.

5:15 PM.- Una ambulancia Alfa, trasladaba a Danila a la misma Clínica donde estaba internado su amigo Rodrigo Fuentes, tras la ambulancia Don Miguel, Darío y las muchachas la seguían, en el camino el padre hacia unas preguntas, las que fueron respondidas de inmediato.- Cuando salimos del Centro Comercial y veníamos a casa, mama guardo silencio, no comentaba nada, solo un dolor de cabeza que parecía le iba a explotar, eso fue lo que nos dijo, ojala no sea nada grave, dice Camila con una angustia muy grande, se acordó en ese momento de lo que había dicho a su madre.

Los médicos en turno ya esperaban al nuevo paciente y la ambulancia llegaba por lado de emergencia, donde una camilla estaba lista para hacer el cambio y llevarla de inmediato a revisión.- Sin perdida de tiempo, médicos y paciente desaparecieron del pasillo por donde corrían, la información recibida de los paramédicos de

Alfa, fue el motivo de esta rápida acción, que no sabremos hasta después que le hayan hecho todos los exámenes.

En la sala de espera, Don Miguel, Darío y las muchachas, solo caminaban de un lugar a otro, como queriendo adivinar que fue lo que paso.- Se me hace tan raro dice Don Miguel, jamás se había quejado de nada, nunca le note un gesto de dolor en su rostro.- Nunca le vimos nada dice Darío, mientras Axcel abrazaba a Camila como encontrando un consuelo y apoyo a su dolor.- Todo va estar bien, no te angusties le comenta Camila, ese dolor le va pasar, le tiene que pasar.

El tiempo les era interminable, habían pasado más de hora y media y ningún doctor y ninguna enfermera salía para dar alguna explicación, al fin Don Miguel y Darío sentados en el diván de la sala, permanecían con la mirada hacia el suelo, mientras Axcel y Camila seguían de pie, esperando, lo que no llegaba.

7:05 PM.- Dentro de la Clínica, no se sabia si estaba claro o si ya había oscurecido, todo había quedado atrás, la parte prioritaria era esta, la salud de Danila.- En esos momentos de tensión y desesperanza que asaltaban los pensamientos de ellos y ver que el tiempo estaba pasando y no había ninguna información, optaron todos por esperar solo media hora mas, de lo contrario Don Miguel y Darío irrumpirían en la sala de información o bien entrarían a buscarla hasta encontrarla.

Justo diez minutos, después de haber premeditado hacer lo planeado, por la misma sala donde llevaron a Danila, aparece por fin un Doctor, el Dr. Mohamed y su secretaria y enfermera Instrumentista de la sala de operación de nombre Rebeka.- Es usted el esposo de la señora que llego grave y que tuvo que ser intervenida de inmediato?... Si soy su esposo, contesta Don Miguel con toda su calma, dígame que fue lo que le paso?...Un tumor en el cerebro del tamaño de una canica que se mando analizar y los resultados estarán pasado mañana, este empezaba a bloquear la corriente sanguínea que riega la parte derecha, provocando no solo dolor de cabeza, sino estaba apunto de perder la visión de su ojo del mismo lado.

Axcel y Camila, solo escuchaban, mientras que Darío se atrevió hacerle una pregunta concisa.- Usted cree que estará bien?...En estos momentos esta en cuidados intensivos, tenemos treinta seis horas para ver si no hay reacciones secundarias, después entrara a la maquina escáner, que es un aparato de rayos x, que permite analizar el interior, dándonos resultados hasta un 95% de confiabilidad, por lo pronto ella esta dormida y sin dolor, el sedante le durara cuando menos dos horas mas y empezara a despertar, tiene puesto un suero alimenticio ya que se le encontró un poco de anemia.

Rebeka, estará pendiente de su evolución, ella estará bien atendida, solo necesitamos que den toda la información del paciente, para que si quieren permanecer aquí, o ir a descansar a casa, nosotros tendremos toda la información y cualquier emergencia estaríamos en contacto con ustedes, esta es mi opinión, solo ustedes pueden tomar decisiones, mañana temprano como a las ocho de la mañana deberá estar desayunando, le informo esto por si quisieran traerle el desayuno que ustedes saben que le guste, creo que esto es todo, gracias por su paciencia, con su permiso.

Más tranquilos, se pusieron de acuerdo y dejando en buenas manos a la progenitora de sus vidas, deciden retirarse con cierta resignación al no poder verla en ese momento.- El aliento vuelve a sus vidas y con más calma piensan en el día siguiente.

En casa fue imposible conciliar el sueño, sentados alrededor de la mesa, el dialogo sobre este sorpresivo problema de salud de Danila los tenia tensos, solo pensaban sin resolver por lógica absolutamente nada, porque ese nada no estaba en sus manos, esperaban que la ciencia en su avanzada carrera lograra el objetivo, de mantenerla en acción viva.

Por la mente de Camila solo pedía a Dios que la sanara, no quería que se hicieran realidad aquellos pensamientos que cada noche tenia de volverse a sentir sola.- Axcel la observa con ternura y se le acerca abrazándola.- La quieres mucho verdad?...Camila con mas fuerza la aprieta como una señal afirmando su pregunta.- No tienes idea de cuanto, responde Camila ya con lagrimas rodando sobre sus rostro.- No llores, estará bien, ya veras, mañana le llevaremos desayuno y para que nos vea.- La palabras de aliento de Axcel, aliviaron un poco el pesar de Camila.

Es necesario descansar, tenemos que ser fuertes.- Dice Don Miguel a sus hijos, oremos en nuestros corazones para que todo vuelva a la normalidad, hijo tu pones el despertador a las seis y estar todos listos para ir a verla.- Si papa, no tengas cuidado, también necesito hablar con Isidro para que este pendiente de todo en la Imprenta.

Una noche con su madrugada en limpio, ninguno de ellos aun cuando estaban en sus cuartos, no durmieron.

El despertador puntual como siempre, timbro innecesariamente, para entonces Axcel y Camila estaban más que listas, mientras que su padre y Darío ya estaban sentados en el sofá de la sala esperando que el tiempo les marcara la salida.

Camila sale del cuarto sin hacer ruido y se dirige a la cocina, instintivamente Darío se levanta de donde estaba sentado al lado de su padre y le dice.- Voy hacer un poco de café.- Hazlo hijo, responde su padre.

La sorpresa de ambos fue inusitada, esta sorpresa los llevo a darse un fuerte abrazo, como el que siempre había Camila deseado sentir.- Darío dejo que sus pensamientos marcharan muchos años atrás, Camila percibió eso mismo y se dejo llevar por un prolongado abrazo, no era necesario de darse de besos, porque eso forma parte de los artículos de utilería, necesarios para otro tipo de momentos llenos de intimidad en el verdadero marco del amor.

Ese momento era de dolor, de angustia y desesperación.- Voy hacer café.- Yo lo hago dice Camila, todavía falta una hora para salir, mi papa está en su cuarto?- No, está en la sala esperando el café que le prometí.- Que bien ahora lo hago.- Axcel ya esta lista?.... Si, responde Camila, estaba por terminar de arreglarse su cabello.- Aquí viene dice Darío.- Buenos días, les apuesto que no durmieron, porque yo no.

Ven, le dice Darío a Axcel.- Déjame abrazarte y decirte que te quiero y que eres una hermana tan maravillosa y una hija de la Señora que Camila y yo adoramos.- Y yo donde quede?...pregunta Don Miguel que estaba llegando a la cocina.- Siéntese papa, para servirle el café le dice Camila.- Gracias hija, porque este me dejo sentado en la sala.- Quieres tomar Darío? Si por favor.- Y tu Axcel?... Yo voy a tomar jugo de naranja, gracias.

De esta manera y poco a poco estuvieron los cuatro sentados alrededor de la mesa sin dejar de pensar en la mujer que aman y que ahora el destino les esta haciendo una dura jugada a sus sentimientos.

Creo que es hora de irnos, con tristeza en sus palabras, el padre de ellos se levanta con un peso sobre sus hombros quien trastabillo un poco al levantarse.- Se siente bien papa?... preocupada Camila le hace esta pregunta.- Si hija, estoy bien solo que de pronto se me vienen muchas cosas a la cabeza.- Ya, ya estoy mejor, ahora si nos podemos ir.- Déjame levantar las tazas dice Camila a Darío, mientras que ustedes llevan a mi papa al auto.

Camino a la Clínica Española, Axcel pregunto si le llevarían desayuno a su mama.- ¡No!, dice el padre de ellos, vamos a ver que le dan hoy y si no le gusta de seguro le llevamos mañana, no creen?...

El momento sublime de aquel instante entre Darío y Camila, hizo que el se olvidara de comunicarse con Isidro, por tal motivo lo hacia en el camino.

Después de dar las instrucciones y comentarle lo sucedido, ya estaban llegando a la Clínica, de manera que.- Cualquier cosa me marcas a mi teléfono, si adiós.

Cuando llegaron frente al modulo de información, la enfermera en cargo le atiende con cortesía.- Buenos días, díganme a quien visitan?... A mi esposa, su nombre es Danila....Danila, Danila, Danila.-

Aquí esta dice la encargada, segundo piso 226- A.- No pregunto el apellido dice Darío.- No porque Danila no hay, solo ella responde su padre, como queriendo correr.- Con calma papa, dice Axcel tomándolo del brazo, para subir la escalinata.

Que casualidad, mismo hospital y casi el mismo numero, pensaba Darío mientras avanzaban, un numero y una letra hace la diferencia se decía refiriéndose a su amigo si ustedes lo recuerdan.

El sabia el camino de manera que fue el quien los guió sin perder tiempo de andar buscando, solo había que seguirlo.- Este pasillo nos llevara a su cuarto, dice Darío seguro de si mismo.- De pronto ya estaban en la puerta observando el cuarto.- Pegada a la ventana con sus cortinas abiertas, con un televisor pegado a la pared frente a ella, se dejaba ver caricaturas a todo color y en volumen reducido, ya que se escuchaba en el mismo cable donde esta el timbre para cualquier emergencia.

Dejaron que su padre se acercara a ella en silencio y sin hacer ruido, apenas había dado algunos pasos y de pronto escucho una voz que le decía.- Si no te apuras, no me vas alcanzar.- Al escuchar la voz de Danila, Don Miguel apresuro el paso para que al verla sintiera que todo su cuerpo como solo una pieza de hielo, no lo demostró solo sintió eso, ver a Danila con un vendaje casi en la totalidad de su cabeza, con todavía algunas manchas de sangre, en su brazo un catéter para suministrarle un suero como suplemento por la anemia que habían encontrado, su pálido rostro y sus labios ligeramente blanquizcos, daban una mala impresión.- Como te sientes?... pregunta el.- Bien, responde ella, quien le pregunta.- Que han dicho los doctores?... Hasta ahora no nos han informado detalladamente, solo fue un pequeño tumor que mandaron analizar y los análisis estarán listos en dos o tres días.- Y los muchachos.- Están fuera esperando venir a verte.- Diles que pasen, quiero verlos.- El hace una seña para que entren, solo que Darío y Camila le dijeron a Axcel que fuera primero ella.- Tu eres primero, le dice Camila, después vamos nosotros.-

Axcel avanzo despacio, como preparándose para lo que verían sus ojos, cuando estuvo frente a su madre ella con una angustia que no le cabía en su alma, intento mentalmente abrazarla pero se contuvo cuando vio el cuadro que no quería imaginarlo siquiera.- No te preocupes hija todo estará bien.- Nos distes un buen susto mama.- Todo pasara hija y Darío y Camila?- Están fuera esperando, diles que pasen.

Axcel les alza su mano derecho indicándoles que pasaran.- Se fuerte dice Darío a Camila, conociendo sus sentimientos.- Caminaron lentamente hasta llegar a la orilla de la cama.

Camila no contuvo su pena al verla en esa condición, dos gruesas lagrimas se escapaban.- No llores hija todo estará bien, Darío detrás con sus manos sobre los hombros de Camila, experimentaba lo mismo.

No trascendió el dialogo, Rebeka, entraba en esos momentos para hacerle una minuciosa revisión, porque tendría que ser trasladada al laboratorio para otros exámenes de los cuales los neurólogos estaban solicitándole.

Si desean, les otorgo cinco minutos para que estén con ella mientras realizo los documentos que se necesitan para su autorización, les dice Rebeka saliendo de la habitación.- Danila estaba disimulando perfectamente bien su estado visual, solo Don Miguel le conocía todos sus trucos y no quiso en ese momento descubrir sus mas preciadas intenciones.

Te van a llevar a otros análisis le dice su inseparable viejo.- Quieren estar seguros antes de darnos cual es el verdadero diagnostico, de manera que estaremos pendientes para cuando te regresen al cuarto, estas de acuerdo Dani?... No se preocupen y hagan lo que tienen que hacer, esto va llevar tiempo.- Pero es que queremos saber como estas mama, le responde Axcel con toda calma.- De seguro el doctor les llamara cuando estén todos los resultados y deberán estar preparados para si aparece algo bueno como si llegara a tener algo malo.-Les pide esto ella, quizás consiente de que algo grave esta dentro amenazando su vida.

Pasados los cinco minutos, Rebeka aparece con dos enfermeros, para ser trasladada.- Como se siente? Pregunta la enfermera a Danila, esta lista?- Lista.- Dice ella con un gesto de dolor en su rostro, que ahora si no pudo disimular.- Mientras no había sido removida de un lugar a otro, el dolor estaba estacionado sin problemas, pero ahora que tenían que moverla por fuerza mayor, el dolor se agudizo de inmediato.

Cuando Camila vio ese cuadro a causa del dolor, voltio su cabeza hacia la izquierda refugiándose en el los brazos de Darío que aun seguía detrás de ella.- Los enfermeros empezaban a empujar la cama especial donde ella estaba, hacia el pasillo para llevarla al laboratorio de análisis y de rayos x.

Confundidos por los exhaustos exámenes que le estaban practicando y sin obtener aun ningún resultado, salieron del cuarto viendo cómo se perdían en la esquina del pasillo hacia la izquierda, volviendo de vuelta al salón de espera.

Las horas parecían interminables, no había señales de Rebeka, como tampoco de los doctores que estaban atendiéndola, la tarde empezaba a caer y no habían probado bocado alguno.- Si quieren ir a comer algo, mientras nos traen noticias, dice Darío a los demás.- Al contrario hijo, vayan ustedes, yo me quedo responde con la voz de un angustiado padre.

Darío, Camila y Axcel, salen del salón de espera y se dirigen a la cafetería de la Clínica, mientras que Don Miguel se acomoda lo mejor que puede en el diván, calculando que aun faltaba algo para tener noticias.

En el Centinela, Isidro trabajaba arduamente para las noticias del día siguiente.- Leslie Anderston veía el reloj, calculando que le alcanzaría el tiempo para recoger todo con lo que trabajo en el día y archivarlo, aun seguía sentada tras de su escritorio y el teléfono que había dejado de sonar por un rato, vuelve a la carga.- Gracias por llamar, soy Leslie para el Centinela, en que le puedo ayudar?...

Podría hablar con Darío?... Darío no se encuentra en este momento, tuvo una salida de emergencia, quiere dejarle un mensaje, en cuanto el se reporte se lo haré saber, le responde Leslie.- Solo dígale que le hablo Ulises, que quería saludarlo y que en otra ocasión le vuelvo a llamar.- Ulises, dijo verdad?- Él se va recordar.- Tiene usted algún numero de teléfono donde se pueda contactar?... 916-07-58 es de la Zona Residencial el Refugio, S. A, de C.V.- Descuide se lo haré saber.- Gracias por llamar y ella cuelga, en el momento el teléfonos vuelve timbrar.- El mismo saludo de entrada.- OH, es usted Don Miguel- Si esta bien, no se preocupe, cualquier cosa hágamelo saber estaré pendiente por cualquier contingencia.- Si voy a orar por ella, muy bien hasta mañana.

Prácticamente solo faltaba dejar el escritorio, salir y cerrar las puertas de la Imprenta, el tiempo se le fue rápido, eran ya las cinco treinta de la tarde, el tiempo extra no había problema tenia los mejores patrones, que más podía pedir ella.

Estaba a punto de salir y se recuerda de la llamada anterior, que por contestar y no querer que se le pasara el tiempo, casi lo olvidaba, de manera que se regresa, toma un hoja en blanco tamaño carta y apunta el mensaje de Ulises y lo pone en el pisa papel que esta frente a ella, de manera que no se le fuera a pasar al día siguiente.

En la cafetería de la Clínica, los tres se hacían conjeturas, no podían definir en realidad cual seria el final de este percance, saboreaban el ultimo trago de café que les quedaba, mientras en la sala de espera, Don Miguel sumido en sus pensamientos seguía en espera de noticias.-Mientras sus hijos terminaban con su café, Rebeka aparecía en la sala para avisarle a Don Miguel que en unos minutos estaría el Doctor con ellos.- Con un gracias, mas animado respondía el esperando con ansias al Doctor.

Habían transcurrido unos minutos y sus hijos caminaban ya hacia el segundo piso, mientras que el Doctor Mohamed caminaba por el pasillo hacia la sala de espera.

UN BUEN DIAGNOSTICO

El mundo de las coincidencias, acredita esta mera casualidad, los tres llegaban a la sala de espera y el Doctor junto con ellos encontrándose de frente.- Dentro el Doctor los reúne, de la manera como lo hacen los equipos de fútbol americano y les dice.- La Señora esta en condición estable, se le practicaron varios exámenes, los cuales necesitaron suministrarle un sedante que la mantendrá dormida por un buen tiempo.- Queríamos estar seguros que la operación para extirpar el quiste que le estaba provocando estos dolores de cabeza, estuviera limpio y sin ningún coagulo, por otro lado el examen de sangre salio reaccionando, los glóbulos rojos aumentaron, el corazón esta un poco cansado y con relación a lo demás como azúcar en la sangre, colesterol, están dentro de lo normal, por ahora, ella deberá permanecer tres días mas en observación y para el lunes ya podrá estar en casa, haciendo su vida normal, tienen alguna pregunta?... Don Miguel cuestiona al Doctor con esto de...Cuanto tiempo tendrá en la cabeza el vendaje?...Bueno, dice el Doctor, creo que el domingo se las quitaremos y le vamos a colocar un bonito turbante, mientras le empiece a crecer su cabello, les aseguro que no se verá mal, a muchos de nuestros pacientes les ha gustado y no creo equivocarme con ustedes, termina diciendo.- Cree que sea necesario que uno de nosotros se quede a su lado?... ¡No!

Definitivamente ella esta siendo monitoreada las veinticuatro horas, cuando le pase el sedante, ella despertara, le darán a beber un poco de agua y el sueño natural volverá y después de un buen rato se perderá en un nuevo sueño, quizás hasta el día de mañana.

Gracias Doctor.- Dice Don Miguel ya más calmado, las palabras del Doctor le habían quitado muchos pensamientos de la cabeza, al igual que a sus hijos, que los observaba tensos y nerviosos.

Bueno, que les parece si nos vamos a casa, comenta el padre que se le veía el rostro mas animado.- Les gustaría ir a cenar, o compramos algo para llevar, no hemos probado bocado en todo el día, y yo disparo quieren?...

No hubo objeción alguna, Darío que era el que conducía el auto, se dirigió al Rincón del Rey, un restaurante especializado en toda una variedad de comidas para todos los gustos, una inmensa barra mostrando las diferentes tipos, eran capaces de abrir el apetito a cualquiera, una barra menor con todos los postres inimaginables, listos para ser probados, la fuente de todas las variedades de refrescos era visitada cada instante.- Cuando llegaron al lugar, era lógico que tendrían que hacer un poco de tiempo para que tomaran su turno.-El Rincón del Rey, estaba ya cotizado como uno de los mejores restaurantes donde el cliente se sirve lo que desea comer y tomar, el precio a pagar en la caja antes de entrar al salón principal variaba según las edades como niños, adolescentes y adultos con precio especial a los clientes de la tercera edad.

Después de un buen rato saboreando las delicias que se exhibían y probando cada postre, el tiempo transcurrió sin menor preocupación, habían quedado satisfechos deseando ahora estar en casa listos para descansar.

Así termino el día, con un debate continuo, contra el tiempo, las dudas y las desesperaciones por ver a su madre postrada en una cama de hospital, jamás imaginaron que en un momento habría de suceder algo así, y mucho menos en un ser querido, que nunca la habían visto o escuchar que se quejara de algo.

Los pensamientos de ellos estaban tranquilos, no había ninguna duda, solo esperarían a que llegara el lunes para que estuviera ya en casa y verla como siempre, solo que ahora por lo pronto no seria de igual manera, ella tendría que estar con todas las indicaciones de su Doctor, para que su recuperación fuera total y a corto plazo.

El ir y venir de diario, logro que el tiempo pasara rápido, eran las ocho de la mañana del día Lunes, y el Doctor ya había visitado a su paciente y dado de alta, las indicaciones las tenia Rebeka, esperando que llegaran su esposo y con sus hijos por ella.- Rebeka estaba con ella haciendo las últimos observaciones y anotando en su libreta los últimos detalles antes de salir.- Ahora si dice la enfermera, creo que pude ponerse de pie.- Danila que aun estaba recostada, poco a poco se incorporaba, lo estaba haciendo muy bien con las indicaciones de Rebeka.- Poco a poco, para que no sufra ningún mareo, así es un poco mas y ya estará sentada.

Padre e hijos estaban observando como la enfermera le daba las indicaciones, ni Rebeka, se había dado cuenta que ellos prácticamente estaban dentro del cuarto, la cortina que divida la cama de Danila estaba medio extendida y eso fue que no se dieran cuenta de su presencia.

Cuando vieron que Danila estaba sentada, fue cuando Don Miguel dio los buenos días y detrás de el sus hijos desesperados por ver a su madre.- Don Miguel dándole un tierno abrazo y depositándole un beso en la mejilla.- Como te sientes mujer?...Mi amado Miguel, responde con voz lenta lo hace teniendo entre sus manos su mano y los muchachos?... Aquí están y ya venimos por ti.- Axcel no espero que preguntara por ella, se hizo presente al igual que Darío y Camila.

Mis adorados hijos, creí que no los volvería ver.- Su vida es para rato madre, tiene que ver a sus nietos, dice Darío con mucho animo.- Un silencio hizo que enmudecieran los pensamientos, solo unos ojos brillosos se dejaron contemplar.- Eran los de Danila, que al escuchar las palabras de Darío, se llenaron de una ansia profunda, acompañada de un anhelo vehemente.

Tienes razón hijo, tengo que ve a mis nietos, que los añoro con toda mi alma.- Tu también lo deseas, viejo?- Claro mujer, nada mas que todo a su tiempo, ya veras que si.

Rebeka escuchaba todo con atención y veía como el amor rodeaba a esa familia, eran pocas las familias que en si manifestaban los valores, ella tenia esa experiencia por tantos años trabajando en la Clínica, y era claro que tenia que haber visto otros ejemplos si no menos gratos, si muy ingratos.

En un momento regreso voy a traer la silla de ruedas para que no tenga que caminar, cuando menos hasta la puerta de salida, dice la enfermera que ya tenia lista a su paciente sentada en la orilla de la cama.

Que bueno que ya esta pasando la pesadilla, dice Camila con animo y mucho gusto porque ya estará completa la familia en casa.- Axcel, al igual que Darío y Don Miguel no dejaban de observarla con detenimiento, se podría imaginar que lo estarían haciendo para estar seguros que todo estaba en orden, solo de verla sin el vendaje en la cabeza, causaría una primera mala impresión y tendrían que acostumbrarse y guardar la mayor discreción, para que ella no llegara a sentirse mal y provocar un desajuste moral, ahora que esta decidida a seguir adelante.

Ahora si, ya estamos listos dice Rebeka cuando llegaba con la silla mencionada.- A ver Doña Danila le voy a poner la silla muy cerquita de la cama, para que se abrace de mi y yo la voy a colocar en su silla, estamos de acuerdo?...Te sientes bien mujer?- Don Miguel le pregunta para estar seguro de que ella esta conforme.

El carácter de Don Miguel siempre fue calmado, su paciencia fue uno de los motivos por los que su esposa le amaba, ahora en su vejez se podría decir que le amaba mas el a ella, cuarenta y cinco años de un matrimonio que no había alcanzado la felicidad que da el verdadero Amor, hasta ahora que ambos supieron lo que era separarse tres días nada mas en tantos años de vivir juntos.- La vida de ellos en un mundo comprometido con la educación de sus primeros hijos, habían hecho forjarse grandes ilusiones, pero en los caminos del

Señor había otros planes, lejos de imaginar como la misma vida puede abrir y cerrar los corazones del hombre, cuando se experimenta dentro de si mismo el sufrimiento ajeno para abrir y cuando sentimos el odio y la venganza para cerrar y dejar fuera esos sentimientos que producen vergüenza y te marginan de lo mas hermoso que es el amor.

Esta experiencia, la sintieron muy fuerte nuestros anfitriones Don Miguel y Danila Izaguirre cuando sus ilusiones, todas sus ilusiones estaban puestas en sus hijos, los que creyeron en si mismos tener en sus manos el futuro.

DE REGRESO EN CASA

Creo va ser necesario buscar a alguien que este con ella, cuando menos un tiempo para que le ayude con las cosas mas pesadas, dice Darío después de dejarla acostada en su recamara y platicando ellos en la sala.- Cuando menos en la mañana y nosotros después nos quedamos por la tarde agrega Camila, que le gustaría fuera ella quien se quedara.- Tiene razón ella dice Axcel.- Nosotros nos turnaremos, que nos falta para la graduación, para entonces mama estará bien con el favor de Dios.

Entonces nosotros nos vamos a la Imprenta y ustedes reporten su ausencia en la escuela, piensen en alguien responsable de preferencia una persona adulta y de confianza.

En la oficina, Leslie.- Buenos días Señores, como sigue la Señora?- Muy bien gracias, le contesta Don Miguel quien sigue de frente, mientras que Darío se detiene por la seña que le hacia ella con el papel en la mano derecha.- Que es esto?... Un recado para usted, dice ella indicándole que en la hoja estaba toda la información.- Sabes de alguien que trabaje en casa Leslie?...Mi mama esta delicada y necesitamos de alguien que le ayude, te encargo eso?...Si Señor, voy a intentar localizar a alguien.

En su oficina Darío, ya esta detrás de su escritorio leyendo el mensaje que llevaba en sus manos.- Una sonrisa se le dibujo en sus labios al terminar de leerlo, lo doblo cuidadosamente y lo guardo en la bolsa interna del saco que traía puesto, estaba abriendo el cajón de su mano derecha y el primero de sus pensamientos le traía la imagen maltratada de Danila.

Las horas transcurrieron tranquilamente, la rutina del día con las noticias que estaban llegando y ser editadas.- Dos golpecitos leves en la puerta de su oficina se dejaron escuchar.- Pase, dijo suavemente mientras terminaba de repasar su agenda de trabajo, el teléfono empezó a repiquetear, al levantarlo, la puerta se abre lentamente.- El Centinela buenos días, contesta como siempre.-

Darío voltea su mirada hacia la puerta y se queda de una sola pieza.- Muy bien, solo déjeme pasarle al departamento al que usted necesita.- Leslie, línea dos por favor gracias.

Camila! Que haces aquí? Me sorprendes, has hecho que mil pensamientos llovieran en mis recuerdos.- Discúlpame quería que fueras tu el primero a quien le diera la noticia.

Todavía la emoción de ella, la hacia sentir mas tímida aunque a el le tenia un profundo respeto, aun así, se atrevió a presentarse sin previo aviso, traía en su bolso uno de los logros mas grandes que jamás había imaginado y este seria el regalo para su mas grande amor.

Estas temblando, dice el.- Perdóname, contesta ella por este atrevimiento.- No tienes que decir eso, solo que me sorprendes al verte aquí y a esta hora.- Ven déjame darte un abrazo dice Darío.

Gracias por ser tan bueno conmigo y creo que pronto recompensare todo lo que has hecho por mi te lo juro de veras.- Con sus manos sobre los hombros de ella le pregunta.- Que es la noticia que vas a darme?

Camila abre su bolso de mano y extrae de el un sobre del cual saca un hoja tamaño carta con el membrete de la Universidad, lo extiende y se lo entrega en sus manos para que el lo lea.

Notificamos que usted Señorita Camila Solís, ha quedado exenta de exámenes finales, por el motivo de haber promediados los resultados mas altos en los últimos dos semestres, por esta razón extendemos la presente, con el fin de que se haga presente el día de su graduación, que le haremos saber en su oportunidad,

Nuestras sinceras felicitaciones, y al mismo tiempo el de sentirnos orgullos de haber contado con una alumna como usted.

Atentamente
El Rector de la Universidad
Ezequiel Lira

Mientras Darío leía, Camila lo observaba con una gran admiración, acompañado por el amor que ella sentía por él- Escaso medio metro los separaba uno del otro, ella sentía que toda la corriente producida por una energía electrizante le invadía su cuerpo, sabia que el tiempo estaba mas cerca cada vez y eso le animaba día a día, quería estar cerca de Darío, imaginaba como le daba ordenes para un reportaje, el mas chico o el mas grande no importaba, a su lado todo seria mas fácil.

Termina de leer, la dobla con cuidado para que ella la guarde en el sobre, quien lo hace y al mismo tiempo que Darío no podía contener el gozo de su corazón y la abraza fuertemente.- Me has llenado de alegría y de gran satisfacción dice el quien agrega.- Deja que lo sepan ellos, veras que contentos se van a poner, y Axcel también.

No deja de abrazarla, y de llenarla de su alegría, de pronto a la mente de Darío se le vino una pregunta.- Camila, puedo darte un beso?... Ella sintió que aquella corriente le haría ceder ante esa proposición de Darío.- Sin embargo la honestidad de ella y al mismo tiempo como mujer deseaba que así fuera, pero se contuvo y la respuesta fue contundente para el.

Si! Dijo ella con astucia clara.- Pero aquí en mi cachete, porque aquí, señalaba sus labios con el índice de su mano derecha agregando.- Y todo lo demás, cuando nos cacemos.

Una nueva sorpresa llegaba a los pensamientos de el y con esa respuesta, viajo por el tiempo en una regresión pausada y recordó aquellas palabras que ella le había dicho cuando deambulaban por las calles vendiendo los periódicos del Centinela.-" Algún día te pagare todo lo que has hecho por mi."

Esta bien, déjame darte un beso en tu carita bonita.- Sin trampas! Dijo ella emocionada.- Sin trampas, mujer solo quiero darte un beso y para que veas que así va ser y si quieres yo cierro los ojos, frunzo mis labios y tú te acercas está bien?- Camila se sorprende con la manera de actuar de el y acepta.- Esta bien, cierra pero ciérralos con fuerza, ya?.- Ya dice el.

Camila lo esta observando de tal manera que se llena de compasión y le dice.- Esta bien aquí voy, no los vayas abrir.- Ella se acerca lentamente como esperando que el le hiciera trampa y al ver que no hacia ningún intento, es ella quien le deposita un beso muy superficial en los labios fruncidos de

Darío.- Listo dice ella emocionada por lo que había hecho en creer.

Darío abre sus ojos y dice.- Hoy estuviste increíble, este momento lo llenaste de muchas cosas hermosas.- De veras te quieres casar conmigo? Esta pregunta que hace el, la traía hace mucho meditando y estudiando como tendría que hacerlo, pero el destino fue quien se atrevió primero hacerla por medio de ella.

No me contestes ahora, solo piénsalo y después me dices.- Sabes una cosa Darío?...Dice ella.

Camila no usaba sinónimos de amor, ella se acostumbro a decir su nombre, esto era para ella mas que cualquier apodo de los que se usan entre parejas, su nombre a ella le decía todo lo referente del amor, mencionar su nombre le llenaba de emoción todo su sistema auditivo y de dicción.

Lo que he dicho, no viene de ahora, mas bien, viene desde hace muchos años atrás, desde entonces, la confianza en ti me ha hecho brotar de mis labios esta pregunta y lo que ciento por ti fue creciendo a tu lado de una manera maravillosa, puedes creerme?...

Que te puedo decir, si desde aquel primer día de nuestro encuentro, cuando sentía que como muñeca de trapo sucia y con un vestido desgarrado casi totalmente que traslucía tu figura de niña sentía que te morías en mis brazos, impotente de muchas cosas por mi ignorancia de no saber que hacer, creía que solo viéndote y hablándote te reanimarías, cuando de repente se me ocurrió dejarte sentada recargada a la pared para correr a comprar una botella con agua y hacerte beber de poquito en poquito y así poco a poco fuiste reanimándote, de ese momento y hasta ahora solo Dios mi corazón y mis pensamientos son de ti

Y entonces que paso, porque hay cosas que casi no me recuerdo dice ella.- Algún día te contare lo que falta recordar y decirte la verdad de todo cuanto paso, por ahora debemos estar de acuerdo los dos en lo nuestro.- Cuando mi dueño diga.- Que dijiste? Pregunta Darío.- Camila ahora con mas fuerza en su corazón, se acerca a Darío, lo abraza y le dice.- Eres tanto para mi que no imagina tu corazón lo que el mió dice de ti.- Ya me voy, creo que te quite mucho tiempo, iré a contarle a mama y a Axcel este alegría, papa no esta en la oficina.- No! Salio a una entrevista, pero yo no diré nada, serás tu quien le de esta noticia.- De acuerdo dijo ella saliendo de la oficina, no sin antes dejándole un beso en el aire antes de cerrar la puerta.

Cuando mi dueño diga.- estas palabras jamás se le han olvidado a Darío, las recordó de inmediato cuando niños el la invitaba a que se diera prisa para no llegar tarde al encuentro con Don Miguel al periódico El Centinela.

Se dio la media vuelta y se dirigió a su escritorio para seguir con lo que estaba haciendo en el momento de la llegada de Camila.

El tiempo siempre esta de acuerdo en muchas de las cosas, en esas que parecen ser coincidencias de la vida misma.- Al mismo tiempo que llegaba a su oficina Don Miguel, era el mismo en el que Camila estaba entrando en casa llena de alegría por muchas razones, al cerrar la puerta se dirigió con sigilo directamente a la habitación donde esta su madre, la idea de ella era no despertarla si estaba dormida, la otra era que no se asustara si su presencia fuera de repente.

El silencio era de vital importancia para Danila, su estado aunque estaba en franca recuperación no dejaba de estar en alerta siempre a la familia.

Camila se encamino hasta la puerta que la vio entreabierta, al llegar decide empujar aun mas y poder ver hacia dentro.- Pasa hija, estoy esperándote.- Mama como te encuentras?... bien hija dice Danila.- Mama te traigo una gran sorpresa, pero tómalo con calma no te emociones mucho para que note afecte.- No te preocupes hija, siempre estoy preparada para las buenas o las malas noticias, no ves el animo que tengo en estas circunstancias, quiero reponerme al cien por ciento, aun tengo cosas que realizar.- Claro que te vas a reponer dice Camila con mucha animo.- Pero muéstrame o dime que es la sorpresa que dices me tienes.- Le voy a enseñar una carta de la Universidad, la lee y luego me dice su opinión, de acuerdo?...Camila saca de su bolso la mencionada carta y se la entrega a su madre.

Don Miguel detrás de su escritorio, sentado revisando algunos documentos que contenían algunos comentarios de la entrevista que había tenido minutos antes, recordaba su compañera de toda la vida.- El teléfono estaba mas cerca que todos sus recuerdos, lo toma y marca el numero de su casa.- Danila estaba concentrada en la carta y parecía que no le interesaba mucho el repiquetear del teléfono.- Yo contesto.- Dice Camila.- Bueno.- Papaaa, que sorpresa.- Como estas hija?....pregunta el quien agrega, esta bien tu madre?... Si, muy bien, quiere hablar con ella?... Esta despierta?.... Si, esta leyendo un carta que quiero que después usted lo haga.- De que se trata hija=...Es una sorpresa papa.- Le falta mucho?...No ya termino aquí se la paso.- Es papa, anticipa Camila.- Como esta el dueño de esta casa?... Pensando que estarías haciendo.

Como que estaría haciendo, si no me dejan hacer nada, solo dormir y descansar.- Pero estas bien? Vuelve la pregunta.- Ahora mas bien que nunca, responde ella.- Luego que leas la carta que trae Camila de la Universidad, veras como te vas a sentir.- De que se trata?...No seas necio, luego que vengas la lees.- Veo que estas muy bien, bueno luego nos vemos adiós.

Al colgar el teléfono, Don Miguel se incorpora y se dirige a la oficina de Darío, tres clásicos toquillos.- Esta abierto pase por favor.- Papa, creo que tardaste algo en regresar.- Don Miguel no menciono nada a la pregunta, solo que cuando estuvo a la mitad de la oficina su olfato identifico la presencia de alguien del sexo femenino antes de su llegada, el aroma que invadía la oficina de Darío, le era muy conocido.

Darío que conocía a su padre como la palma de su mano.- Si papa, aquí estuvo Camila, también a mi me dio la sorpresa, quería darte a ti primero, pero como no estabas, pasó a dármela a mi.- De que se trata? Pregunta Don Miguel ya muy intrigado por esta y por lo que acababa de escuchar de su esposa.

No se impaciente, es solo una buena noticia que Camila tiene para ustedes, y creo que les va agradar.- Y no puedes adelantar algo de esa buena noticia?...Papa, entonces no seria sorpresa y tampoco una buena noticia, no crees?...- Esta bien me aguanto para mas tarde.

Don Miguel quería conversar con su hijo pero una llamada le estaba esperando en su oficina, Leslie, la transfirió a su oficina, ignorando que estuviera con Darío.- Después platicamos hijo, sobre como va todo sobre las elecciones.- Esta bien papa, después lo hacemos.

En casa, Danila llama a Camila.- Ven hija acércate para darte un abrazo y un beso con todo mi corazón que esta lleno de satisfacciones, ves como es importante que me recupere al cien por ciento, necesito estar bien ya para festejar en grande muchos acontecimientos que están por llegar.- Camila guardo silencio unos segundos.- Que estará tratando de decir, se dijo muy dentro de si misma, no creo que este al tanto de lo de Darío conmigo, pero así lo voy a dejar con una luz amarilla de estar atenta a sus movimientos.

Te quedaste muy calladita hija, te pasa algo?...Dije algo malo?... No!, es que estaba pensando en mi hermana que no ha llegado.- Axcel no tarda en llegar, me hablo hace rato para saber como estaba y le hice un encarguito.

Quiere que le traiga un poco de agua?... veo que la jarra y el vaso están vacíos.- Por favor hija le pones uno o dos cubitos de hielo en el vaso.- Y de comer algo que me dice.- No siento apetito hija.- Pero debe de probar alimento.- Te prometo que mas tarde ya que vengan todos, me voy a levantar y cenaremos juntos alrededor de la mesa.

Le voy a comentar algo entre usted y yo dice Camila.- Estábamos pensando buscar alguien que este con usted durante la mañana, mientras llegamos Axcel y yo, cree que sea buena idea.- Mientras ustedes me den la mano para bañarme antes que salgan a la escuela y tenga todo lo necesario, creo que no hay ningún problema, puedo levantarme para ir al baño, sentarme en el sillón reclinatorio, hacer mis oraciones y esperar sus llamadas que son las que me hacen sentir maravillosamente bien, de esta manera no necesito mas, son ustedes el motivo de luchar por estar a su lado y además.- Que cosa?... pregunta Camila desconcertada.- Quieres saber hija?... Si mama, si quiero saber.- Te confieso que no quisiera morirme sin haber conocido y disfrutado a mis nietos, tu papa y yo estamos viejos y los años pasan muy rápido, además se que ustedes hacen una pareja perfecta, fueron hechos el uno para el otro, veo que sus corazones no pierden la sintonía de sus afectos.- Cuando Axcel y yo platicamos de ustedes, vemos una mutua relación, donde su comunicación visual esta en cada movimiento que realizan, si esta bien o esta mal o es de otra manera y esa química es la perfecta.- Sabes que quiere decir eso hija?...No mama que quiere decir?... Eso es la existencia de un solo corazón y el momento se va dar y pronto ya veras.

La luz amarilla seguía encendida, sabia que estaba a punto de cambiar a verde, la roja ya había pasado hace muchos años atrás, de manera que estamos próximos a ver algo que será emocionante, solo se esperaba que la condición de Danila siguiera evolucionando satisfactoriamente como hasta ahora.

El dialogo que tenían logro su finalidad, esto en el caso de Danila, sabiendo que los años no pasan jamás en balde, una madre sabe cuando su misión es de ser eso, una verdadera madre como lo había sido Danila, aun sabiendo que el destino trajo hacia a ellos esta ajena, pero maravillosa satisfacción.

Camila sintió que toda la corriente sanguínea se agolpaba en su rostro, su semblante había sufrido dos cambios de tonalidad, al inicio cuando Camila medito en las palabras de su madre su rostro palideció.- La inteligencia de Danila estaba dando frutos muy rápido, ella sabia que su hija trataría de dejar pasar este incidente, pero después de llegar al punto de los nietos, Camila experimento un fuego en todo su rostro, tuvo un momento en que necesito girar su cabeza para disimular algo que no estaba previsto, era solo que no quería que su madre la observara que estaba roja de vergüenza o de pudor, el respeto hacia Danila era muy grande.

Camila Hija?... Eso que acabas de demostrar, es el amor que sientes por Darío, no podemos como tampoco debemos negar que así es.- El valor de ustedes lo he admirado con mi corazón y me han respetado desde aquel primer día como el de hasta ahora y mi corazón se llena de un gozo que solo Dios puede descifrarlo.- Cuando iban a visitarme a la Clínica y los veía juntos, en mi dolor meditaba en ustedes y al mismo tiempo los admiraba diciendo en mis adentros, ustedes han sido mi alegría y el orgullo de tenerlos cerca y algún día sin serlo lo seré, aun con los que Axcel me de serán mis nietos adorados y de pronto sentía que mi alma lloraba de gozo, aunque el dolor estuviera allí entre mi carne.

Aquel dialogo lleno de amor cimbraba la humanidad de Camila, jamás se hubiera imaginado tan querida, aquellas palabras de Danila su madre espiritual mas hermosa que nunca, le estaban haciendo estallar en un llanto silencioso que al mismo tiempo le provocaría que lagrimas brotaran de sus ojos y rodaran sobre su rostro.

No había obstáculos en ese momento, aquella conversación se tornaba más tierna y colmada de bendiciones de parte de su madre, Camila al lado de ella, no dejaba de verla y admirarla aun con sus ojos que no paraban de demostrar su ternura por el valor con que estaba luchando tan intensamente por salir adelante.- El turbante que traía puesto Danila, lo lucia muy bien, el maquillaje hacia verla tan rozagante que cualquiera que la viera, diría que no tiene nada de lo que nosotros sabemos que si tiene.

Camila, mi corazón dice que amas a Darío, y no te lo juzga, sino que admira la confianza y el silencio con que esperas que llegue el tiempo, pero no te preocupes hija, vamos a dejar que el tiempo haga lo que tiene que hacer en ustedes dos.- Ya hija, ya deja de llorar que vas hacer que también se me salgan y no quiero hacer un derrame en mi cara por el maquillaje que traigo puesto.- Una ligera sonrisa se dejo ver en los labios de Camila al escuchar decir eso de su madre, quien sacando un pañuelo desechable de la caja que estaba sobre el buró al lado de la cama donde esta postrada la mujer que ama como si fuera su verdadera madre.

Mientras Camila y su madre se reponían de sus emociones, fue el tiempo justo para que por mucha de las casualidades que nos brinda la vida, Axcel descubrió su presencia con el grito que se dejo escuchar hasta la recamara donde ellas estaban.- Ya lleguuuee.- Siguiendo su camino hasta la recamara de su madre ve a Camila de pie junto a la cama platicando.- Holaaa, como están?... Hijaaa que bueno que llegaste.- Porque mama?... Porque quiero que entre las dos me levanten y me ayuden a caminar hasta el comedor.- Trajiste mi encargo?... Si mama, esta en la mesa.- Que bueno, de momento pensé que se te había olvidado.- Mama creo que me confundes con alguien y que no quiero decir su nombre pero se que se llama mi hermano y que últimamente se le han olvidado muchas cosas.

Ha tenido mucho trabajo con algunos planes de expansión, que no te los ha dicho?... No te digo que últimamente se le han olvidado muchas cosas.- Se que te las va decir pronto, y no quiero adelantar noticias.- Sabes porque?... Porque será una sorpresa muy grande, solo guárdate esto por favor como siempre lo hemos hecho.- No te preocupes Camila, se que lo quieres mucho y no te defraudare.

Mama, solo déjame ir al baño y vuelvo, ha, y no te preocupes hermana, ya veras que feliz vas hacer pronto.- Camila sale de una pero llega otra sorpresa, fuera como si el tiempo la estuviera poniendo a prueba, pero sabíamos que no era así, ella no imaginaba que Axcel se había enterado en la escuela de la carta que le habían entregado a su hermana y había hablado a su madre antes de que Camila llegara, y el encargo que le había hecho a su hija Axcel, era que comprara un pastel con nieve de chocolate y vainilla para celebrar su triunfo.

Esa era la razón, querer hacer la voluntad para ponerse de pie y estar todos juntos alrededor de la mesa del comedor como antes y celebrar este acontecimiento y quizás otros que estaban en la mente de Danila para esa ocasión.

El tiempo paso como siempre, cuando las cosas están buenas de sabor y entusiasmo ese mismo tiempo se hace nada o casi nada, se acercaba la hora de que llegaran Don Miguel y Darío, por esa razón antes de que levantaran a su madre, Axcel le pide a su hermana que se quede con su madre un rato mas mientras ella preparaba un poco de café, el pretexto fue bueno además de que pondría sobre la mesa un mantel blanco con individuales rojos, no es la excelencia solo que los individuales estaban a la mano y fueron esos los que puso, por otro lado el mantel blanco, regularmente son los que están sobre la mesa de manera que una vez mas la casualidad y el amor de su familia estaba de manifiesto, y Axcel colocaba aquel pastel en el centro.

En El Centinela, padre e hijo se preparaban para salir, el teléfono timbra, es Don Míguelo quien contesta en su oficina.- Dígame?... Papa soy yo tu hija que también te quiere mucho.- Pasa algo?...No, solo quería saber si ya vienen, porque los estamos esperando, no se vayan a desviar para otra parte por favor.- Esta bien hija ya vamos, nada mas que salga Darío de su oficina.

Apenas colgaba el padre de Axcel y Darío se asomaba para recibir una respuesta.- Ya estoy listo nos vamos?...Nos vamos, dice su padre.- Nos están esperando en casa.

En el camino comentaba Don Miguel a Darío que le extrañaba la actitud de Axcel, estaba medio misteriosa y por mas que le daba vueltas al asunto no daba el porque dijo que no nos desviáramos del camino.- Tu que piensas hijo?...Prefirió no opinar, Darío mas o menos se lo imaginaba de manera que desvió la platica, preguntándole a su padre sobre que le parecía el plan de expansión para el próximo año.

Don Miguel guardo silencio, estaba devolviendo la pregunta con la misma idea con la que le devolvió su hijo cuando se refería a Axcel.- Porque ese silencio?... No hay respuesta para mi pregunta? Responde Darío con insistencia.- Cree que será bueno dar otro paso y abrir nuevos mercados hacia los cuatro puntos cardinales?...Primero dime una cosa que me dejo intrigado, para algo quería verte Camila, pasa algo en casa, algo que no quieren decirme de mi Danila?...Papa, solo te puedo decir que mama esta muy bien y que lo demás lo sabrás cuando lleguemos a casa, por favor no te llenes la cabeza de cosas.- Bueno de telarañas como dicen por allí.

Sobre la expansión del mercado lo veremos mas adelante y creo que es buena idea, de manera que será nuestro nuevo proyecto que es lo que tu quieres verdad?.- Vamos a ver como reacciona tu madre en los próximos días y nos sentamos para empezar un bosquejo de ideas e irlas modificando te parece bien?... Claro, si claro.- Responde Darío.

Después del trayecto oficina casa, llegaban con la misma pregunta los dos que esta pasando.- Al abrir la puerta Darío para que pasara primero su padre, se escucho la voz de Axcel decir.- Ya llegaron.- Escuchaste eso hijo?... Si.- Dice Darío y no se que esta pasando, agrego con cierto misterio.

Ambos con cierto sigilo se encaminaron a la cocina, que es de donde provino la voz de Axcel, la luz del día alcanzaba perfectamente alumbrar la estancia, la ventana de la cocina estaba en esa dirección del sol, que faltaba poco para que cayera en el ocaso.

La mesa estaba de gala, bestia un mantel blanco con individuales rojos y al centro un pastel con nieve de chocolate y vainilla, esperando sea repartido y disfrutado con un buen chocolate caliente, que ya estaba preparado, listo para servirse en las tasas y platos sobre la mesa para el pastel.

Camila todavía con su madre en la recamara, platicaba sobre las cosas que ocurrían en la universidad con los estudiantes que eran discriminados hasta por algunos maestros de la facultad, pero pronto habrá de terminar con las nuevas elecciones que están por llegar, decía ella con mucha seguridad.

Padre e hijo llegaban a la cocina y antes de que ellos preguntaran sobre eso, Axcel hace una seña con su índice de la mano derecha llevándoselo al borde de sus labios.- Shhhh Camila esta con mama y no sabe nada, es una sorpresa, tomen asiento en un momento venimos.

Axcel se dirige a la recamara de su madre que aun seguían platicando.- Ya están listas?... En verdad te quieres levantar mama?... Si, por favor, quiero desentumirme un poco y creo que no me hará mal, más bien me hará si me levanto un rato.

Entre las dos, haciendo un pequeño esfuerzo logran poner de pie a su madre, una vez en esa posición Camila pregunta.- Puede sostenerse de pie?... Si, dice Danila muy segura.- Y puedo caminar sola si me dejan, recuerden que el mal esta en mi cabeza y no en mis pies.- Si! dice Axcel pero ha estado mucho tiempo acostada y puede perder el equilibrio.- Eso si, dice ella, pero ustedes para eso están a mi lado.- Muy bien empecemos a caminar.

Ciertamente los pasos, los primeros pasos que daba desde el día en que fue internada, le parecían un poco torpes por la falta de ejercicio, sin embargo poco a poco, se sentía mas segura y sola llegaba al comedor, donde la sorpresa fue mucho mas grande.

Por una parte Camila no se imaginaba lo que vería sobre la mesa, y esa fue la primera, por otro lado Don Miguel y Darío, sorprendidos por la pronta recuperación de Danila y caminando a lado de sus hijas.- Todo esto traía consigo un doble mensaje lleno de sorpresas, sorpresas que aun nadie lo sabia pero que era necesario hacerlo saber.

Don Miguel tempestivamente se pone de pie y camina al lado de su amada Danila para abrazarla como solo el sabia hacerlo.- Tierna y adorada mujer, llora mi corazón de alegría y canta de gozo mi alma una alabanza.-

Que creías, que no me iba a levantar?... Hombre de poca fe, todavía hay muchas cosas que hacer y que decir, solo falta poco para que me vean como antes o mejor que antes.- Donde te quieres sentar?...Aquí en esta cabecera para verlos a todos de frente.

Mientras Don Miguel abrazaba a su esposa amada, Darío y Camila se comunicaban con la mirada. aun estando ella al lado de su madre, mientras que Axcel se hacia un lado para que su padre estuviera con su mama y aprovechando ese instante logro acomodar los cubiertos sobre la mesa para lo que seguía.

Ese momento fue de gran trascendencia, la alegría de ver a Danila ya al lado de ellos, era un gran adelanto y esto podría ser como un presagio de buenos augurios para los días y los meses siguientes, Ella no quería irse de este mundo sin antes haber conocido a sus nietos los que aceptaba como verdaderos, tanto los de Darío y Camila y los que llegaran de Axcel.

El amor que hay en el corazón de Danila es nacido del Alma, ella sabia que el corazón que Dios le dio, era para amar y no odiar y con todo lo que había sucedido en los últimos quince años, no dejaría que nadie arrebatara ese amor que había construido en el corazón de sus dos hijas y su único hijo, quienes le habían dado un mundo de satisfacciones.

Muy bien, dice Danila.- Que estaba sentada en la cabecera principal de la mesa, viéndolos a todos.- Estoy muy orgullosa de tenerlos de nuevo a mi lado, siempre creí que así los volvería a ver, aun que confieso que de momento sentía que perdía la batalla, pero sus oraciones y el amor que siento por ustedes, fue el punto de apoyo y ahora con la sorpresa que me dan mis hijas, es importante sentirme bien, porque habrá nuevos eventos en la familia que es importante irlos descubriendo poco a poco.

Cuando Darío escucho estas palabras, aunque guardo postura y no demostró cierta incomodidad que sentía muy dentro, imaginando que Danila ya lo sabia, de manera que decidió seguir escuchando.

Hoy, continuaba diciendo Danila.- Axcel se comunico conmigo durante la mañana, desde la Universidad, para decirme que se había dado cuenta de los buenos resultados que había tenido Camila en este ultimo semestre, pero yo no quiero contárselo, es mejor que sea Camila quien le enseñe la carta que recibió de manos del Rector.

Con la misma humildad de siempre, ella saca del bolso el documento y se lo da al Jefe de la familia, para que lo lea con toda calma.

Después de leerla se la pasa a Darío, quien simulando no saber de ella la vuelve a leer con calma aquella gran noticia que le había llenado de alegría el corazón cuando ella estuvo con el en la oficina, en esta ocasión no es la excepción nuevamente al leerla frente a toda su familia mas le regocijaba el alma y mas aun, al sentir que por debajo de la mesa y sin que nadie se diera cuenta, Camila le daba unos golpecitos con su pie derecho, quien al sentirlos, el palpitar aumentaba su ritmo cardiaco.- Una leve sonrisa se dibujaba en el rostro de Darío, el sabia perfectamente la seña que se le estaba dando quien al terminarla se la pasa a Axcel para que se enterara del contenido de esa misiva.

Uno de los momentos felices de la familia fue ese, saber de la recuperación de Danila, la carta de Camila, la graduación de Axcel y la futura expansión del Centinela.- Todo esto pareciera que le estuviera dando nueva vida, después de haber pasado por el problema de la mujer que es la alegría de la casa.

Después de haber sido leída la noticia que traía Camila, Danila toma la palabra de nuevo y hace un énfasis en todo lo que ha pasado en ese momento y agrega que.- Pienso que es el inicio de una nueva oportunidad para mi vida y les confieso que no me iré de este mundo hasta no haber conocido a mis nietos que habrán de llegar a formar parte de esta familia, estos viejos que viven sus últimos años a su lado, es porque la Gracia del Amor de Dios, así lo ha permitido y ustedes ahora son los nuevos pilares que sostendrán y mantendrán una nueva generación de vida, de la que Miguel y yo queremos sentirnos orgullosos de ustedes, yo con un reto, el ultimo porque así lo creo y lo siento y mi lucha será lo que les acabo de decir.

Créanme que ahora es otro de mis grandes anhelos, es verlos realizados y que ustedes vean en nosotros ya un par de viejos disfrutando más de las bendiciones del cielo, no lo creen así?... Don Miguel al escuchar esas palabras, sintió que su corazón trataba de acelerarse pero no fue posible, su autodominio que siempre lo había caracterizado entro en acción seguido de su perspicaz opinión.- Su madre tiene toda la razón, estamos al último paso de nuestro viaje por esta tierra, claro que no sabemos quién se va primero, pero si al igual que ella quisiera ver por el jardín el futuro del Centinela, para cuando ustedes estén como nosotros más no igual que nosotros.

Don Miguel, el hombre de carácter fuerte y sencillo, humilde de corazón, había tocado un tema que al darse cuenta, lo enterró de inmediato sin que nadie se percatara de lo mencionado, cuando al referirse de la nueva oportunidad que les estaba brindando la vida.- Ahora si, dijo inesperadamente Don Miguel.-Que tal si hacemos un brindis con este chocolate caliente, antes de que se derrita por completo el pastel que nos está esperando y en seguida dijo.- Que el futuro este coronado de éxitos, ustedes nuestros hijos, serán el enlace a una segunda generación de verdaderos encuentros con el presente y con el tiempo que ha de venir sobre ustedes.- Danila y Yo, estaremos a su lado siempre, no lo duden, de manera que por tu segundo éxito Hija.-

Don Miguel se estaba refiriendo a Camila, y su término de segundo éxito, lo estaba idealizando con el pasado tan cruel y que hasta la fecha, ella no sabía la realidad de sus padres.- Por este día, siguió diciendo.- Donde nos hemos encontrado Danila y yo, sorpresas inesperadas... Salud.

Danila al igual que su esposo, no quiso quedarse atrás y dijo.- Solo recuerden que Dios nos dio un corazón para amar, de manera que ámense siempre y jamás se dejen como hermanos porque yo los amo... salud.-Axcel aprovecho ese intervalo de silencio para pedir un aplauso y servir el pastel que estaba empezando derretirse.

Ese momento familiar fue uno de los pocos que la pareja formada por Don Miguel y Danila, había experimentado en muchos años, si hacemos cuentas podría ser el nacimiento de dos hijos, cuya ingratitud y abandono, dejaron en esta pareja un sabor de tal amargura y dolor y cuyo resentimiento moral, se habría de extinguir con el tiempo en la educación de Axcel su verdadera hija y sus dos hijos Espirituales que llegaron a quererlos como si fueran verdaderos hijos de sangre, por aquellos que un día salieron y jamás regresaron.

Así transcurrió la tarde, una reunión inesperada llena de un doble amor, porque entre ellos el amor de Darío y Camila estaban sobre todo cuanto había sucedido, aun cuando no se dejara ver con claridad entre los demás aquella relación de ambos.- Es temprano dice Darío.- Las invito a ver la película Una Esperanza en el Ocaso esta recomendad para toda la familia, queee aceptan?...Te gustaría ir Axcel?... y tu Camila quieres ir? Pregunta Axcel.- Iremos dicen las dos.- Si vayan a ver la película, nomás no lleguen tarde le dice su madre.

Al aceptar la invitación, ambas le preguntan a su mama si querría que la lleven a su recamara, a lo que respondió que no, que platicaría con Miguel un rato y después que él le ayudaría.- O no serias capaz de llevarme a la recamara.- Ya ni la muelas, claro que te ayudaría, dice Don Miguel con un tono declarado en una sonrisa.- Porque te ríes? Te acordaste de algo verdad? pregunta ella con cierta malicia.- Mientras los tres hijos salían, Don Miguel aun con la sonrisa dibujada en su rostro le dice.- Para decirte verdad si me acorde de todas las veces queee.-Qué? de todas las veces que me llevaste a la cama? de eso te estabas acordando? Si! Y si de eso me estaba acordando, como creerías tu que ahora no te llevaría, no se te haría increíble que con todo lo que te quiero, me negara hacerlo? Por eso te digo que ya ni la muelas.

Los dos en un momento hicieron un mundo de recuerdos que los llevaron a descubrir sus almas enamoradas desde siempre.

Viejo sinvergüenza, puedes encender la luz?... que no ves que ya está oscuro, oh quieres aprovecharte de esta soledad como antes.- Haces que me siga riendo mujer adorada, porque te acuerdas de los tiempos dorados?... Sabes?... Dice ella con toda naturalidad a estas alturas de nuestra vida ya no creo en ninguna remota posibilidad, somos tu y yo como dos troncos que crecieron juntos desde los tallos, crecidos sin madures hasta alcanzar su desarrollo, dando los frutos con un destino diferente y que ya viejos están listos para la tala, es decir ser cortados y quemados para devolveros de donde salieron, que es la tierra.

No es eso lo que somos ahora viejo?...Hemos vivido como dijiste tiempos dorados, llenos de pasión y de Alegría, de dolor y angustia, un sufrimiento que no es ajeno a la mano de Dios, porque no, nos la ha quitado y porque estamos en un mismo camino, ahora solo me llena el corazón y satisface mi cuerpo son el tenerlos a mi lado en el grado de comprensión, paciencia y apoyo, por otro lado, mi alma se llena con un vació que aunque ha sido reemplazado, no deja de doler porque son sangre de mi sangre y huesos de mis huesos y solo le he pedido a Dios, su bendición para ellos donde quiera que estén y como estén y eso me consuela porque sé que Dios escucha mis oraciones y eso me mantiene firme para seguir adelante.

Que no se frustre mi esperanza, y que mis ilusiones no sean vanas, porque moriría con el mismo vació entonces pensaría como aquel famoso poeta que dijo Vida nada me debes estamos en paz, solo que yo quitaría y pondría.- Me quedaste debiendo y no estamos en paz.- Pero también me resigno a que Dios sabe lo que hace, y aceptar su voluntad sin reclamos y sin blasfemias en el silencio del ser mismo, a veces te llena de desesperación e impotencia, que tienes que refugiarte en las oraciones del rosario, en pensar las cosas maravillosas que la vida a través de Dios que nos ha dado, en saber que solo estamos por la voluntad absoluta de Nuestro Señor.- Tienes tu otra alternativa viejo?...

Que te puedo decir, dice Don Miguel.- Creo que hemos vivido el tiempo exacto que se nos ha permitido y es claro que de alguna manera o de otra, tiene en algún lugar de nuestra existencia que salir la expresada voluntad del de arriba, y aceptarla con la fuerza guerrera de cada quien, como en este caso tú has luchado por superarte, sabiendo que la hora tiene que llegar y mientras que llega esa hora, tienes la fortaleza moral y espiritual para seguir luchando, y no lo haces contra la voluntad de nadie, más bien los haces porque sientes que la fuerza motora de tu sistema reacciona a tus deseos, y lo haces accionar para que tenga al mismo tiempo una causa, es decir otro nuevo principio de las cosas que tu deseas realizar y eso es bueno, porque demuestras la gran fortaleza que hay dentro de ti, de tu espíritu que anhela las cosas que piensas.

Ahora ese vació del que hablabas, de los hijos ausentes, de los hijos ingratos que no se a quien de tu familia o de la mía salieron con esas entrañas tan vacías y miserables que aún no puedo comprender, sin embargo el tiempo ha pasado y aunque los tengamos en nuestra memoria, tu sabes bien que no ha pasado nada en ellos, de lo contrario crees que la policía dejaría de avisarnos?

Ahora te voy a decir otra gran verdad que hay en mi corazón y que tú lo sabrás en este momento,

Danila, lo decía con una gran alegría, porque esa era su esperanza.- Sabias tu que Darío y Camila se aman en silencio?... Que ese amor sufre por respeto a nosotros, que sus sentimientos no son capaces de herir los nuestros?...Ellos sufren para no hacernos sufrir, ellos han de creer que si nosotros lo sabemos, nos sentiríamos diferentes, su nobleza ha llegado al fondo de mi corazón para entenderlos y comprenderlos, como no quererlos sin dejar de amarlos, si ellos no saben que con su amor, nos han redituado tantas cosas maravillosas, como poder hacer el camino correcto para que ellos se encuentren, qué harías tu viejo sinvergüenza si estuvieras en el lugar de Darío?... Y tú qué harías en lugar de Camila? Le responde Don Miguel con la misma sonrisa de antes.

Finalmente Don Miguel, pensando en esa situación le dice a su amadísima Danila.- Creo que tengo la solución, solo que esta deberá ser con un proceso muy lento pero seguro y quiero que lo dejes en mis manos estamos de acuerdo?...

El tiempo pasa tan rápido que si tu proceso va durar semanas, entonces creo que es mejor que midas el tiempo, piénsalo y después me lo dices, después quiere decir que uno o dos días, no me lo digas cuando ya está en proceso, de esta manera yo también habré de estar preparada no crees?

Está bien, en la primera oportunidad hablare con Darío en la oficina y después te lo hago saber, y tu cuando puedas hablas con ella, de esta manera preparas su camino y yo preparo el de él, así los dos se irán encontrando poco a poco hasta que su encuentro sea definitivo.

EL ENCUENTRO DEFINITIVO

El acuerdo de ellos llego a formalizar otro acuerdo, el ultimo entre ellos, el de realizar el testamento que fue necesario hacerlo ya que la condición no estaba como para poder esperar más tiempo de manera que el acuerdo fue mutuo, la reciprocidad de ellos no sufrió ninguna alteración con respecto a cómo serían divididos los bienes que poseían hasta esos momentos.

Las cláusulas fueron claras, un heredero universal de todos los bienes habría de recaer, sobre los hombros de quien le había demostrado toda la cordura e inteligencia desde un principio, él se haría cargo de repartir de acuerdo a su criterio todo cuanto apareciera en los documentos testamentarios.

Creo que ya es tarde, quieres cenar algo?... Que te gustaría, quieres que traiga algo, una pizza, hamburguesa, comida china.- Ve en el refrigerador a ver si quedo algo de ayer como alguna sopa, dice Danila, agregando.- Para que vas a gastar si aquí tenemos lo necesario, además no puedo comer cualquier cosa.- Aquí hay un consomé, te lo caliento y lo acompañas con unas galletas te parece bien?

Qué horas son?...Las ocho y treinta y cinco minutos dice Don Miguel.- No deben tardar los muchachos responde Danila y si me ven aquí se van a sentir, es mejor que me ayudes a levantarme, ya tengo buen rato sentada y necesito hacerlo.- Déjame hacer un poco la silla para atrás para que pueda ayudarte, ahora si ya está, déjame y te abrazo y tú haces lo mismo y a un tiempo lo hacemos, tú dices cuando.- Ahora, responde Ella haciendo realmente un poco de esfuerzo, porque le estaba dando todo el peso a su viejo.- Ya estás de pie, quédate un ratito así como estas sin moverte todavía, deja que la sangre circule por tus piernas y pies, cuando menos un minuto.

Te sientes mejor?... Si claro, creo que puedo dar un primer paso, lento pero lo puedo hacer dice ella, mientras que Don Miguel se colocaba detrás de ella resguardándola de cualquier incidente.

Otro paso, dice de nuevo y otro y otro, creo que ya me desentumí y puedo hacerlo con más libertad, eso es me voy a la cama, mientras me calientas la sopa que me prometiste.- Creí que se te había olvidado, responde el sorprendido por eso.

Vas a necesitar que te ayude a recostarte?... No! Puedo hacerlo yo sola, nada más que después de que salga del baño.

Dándole la confianza a Danila, saco por fin del refrigerador la sopa que había visto con anterioridad, para colocarla en la estufa, y mientras se calentaba, tomaba un juego de platos especiales para eso y colocaba en el de abajo unas galletas saladas, con las que acompañaría su cena.

Solo unos minutos tardo en hacer todo esto y teniéndolo preparado, se le ocurrió preguntar en vos alta si ya estaba lista, al ver que no obtenía respuesta, con cierto temor camino rápido a la recamara, cuando llego, sus ojos se abrieron más que de costumbre al ver que Danila ya estaba plácidamente recostada y al parecer profundamente dormida.

Dando pasos con mucho cuidado, se acercó a ella y la contemplaba como una diosa, la diosa que fue de sus sueños cuando eran jóvenes llenos de ilusión.- De pronto se sacudió asustado al escuchar la voz de ella que decía.- Me estas espiando o creías que ya estaba fuera de este mundo?... Mi vida, de pronto pensé muchas cosas feas, pero que bueno que te estabas haciendo la dormida, quieres que te traiga tu sopita?

No vas a volver a tardar en traerla verdad?...No como crees si ya está lista, dice el con toda la seguridad que tenía, rápido se regresa a la cocina y se la trae.- Toma, está calienta no te me vayas a quemar, tu cuchara y tu servilleta, de tomar te traigo un te calientito?... Por favor dice ella, casi con una risa contenida, por el susto que se había llevado.

En la cocina de nuevo, cuando preparaba él te, llegaban los muchachos, encontrándolo en ese preciso momento terminándolo.- Papa que haces?... Pregunta Axcel.- Estoy preparándole un té a tu madre, que me acaba de sacar un susto.- Como fue eso responde Camila intrigada.- Que les platique ella ahorita que la vean, no crean que está muy mal, está muy bien.- Lo recalco con fuerza.- Papa, dice Axcel creo que estas un poco pálido.- No acabo de decirte que tu madre me saco un susto.- Toma él te y llévaselo para que ella les platique su travesura.

Pero no está enojado verdad?... Pregunta Darío.- No hijo, solo que me sorprendió cuando estaba contemplándola creyendo que estaba Dormida y de repente me habla, claro que me asusto.- Que estaba pensando?... Al verla creyendo que estaba dormida, me transporte cuando éramos jóvenes soñadores y que el sueño nuestro se realizó estando ahora a punto de haber cumplido nuestra misión soñadora.

Me imagino que sus recuerdos de niño y de joven, han de haber sido mucho mejor que el nuestro, cuando menos el respaldo de una madre, aunque la mitad de la paternidad y con mucha fortaleza alcanzo que usted tuviera una carrera maravillosa, comenta Darío con aquella humildad que siempre le había caracterizado.- Sabes porque dices eso hijo?.Porque?..Responde el, esperando una respuesta que le llenara el alma.- Porque la mitad que a mí me falto, tú la tuviste completa aunque hubiera sido una paternidad clonada por nosotros para ustedes, de hecho tu sabes que no es padre el que engendra, sino el que los cría y nosotros hemos sido una familia por la gracia de Dios, te lo digo hijo?... Si dígame responde Darío emocionado.- Hemos sido una familia bendecida, donde solo logramos alcanzar hacer lo que nosotros y ustedes con el esfuerzo conjunto llegamos al principio de la meta.- Porque el principio? Darío pedía más y más explicación se le daba.

Hijo, yo ya estoy cansado y tu madre lo está igualmente, nuestro principio terminara muy pronto y ustedes tres, son el punto y seguido de las cosas con las que tendrán que seguir adelante, hasta llegar al punto donde tu querías llegar, para dejarle a tus hijos, o sea mis nietos, el otro plan de trabajo en una tercera generación, no crees que debe seguir la tradición, que no debe morir así porque si?

Ya que tocamos el tema y que estamos solos aquí en la cocina, te puedo pedir algo con todo mi corazón?- Sí, claro.- responde Darío.- Sé que estás enamorado de Camila, Shhhh, no digas nada en este momento.- Solo escúchame hijo por favor.- Se también que Camila te ama, que se Aman en silencio y que por respeto a nosotros han sabido guardar sus distancias, sabes que pienso?

Darío y Camila, sabían que algún día saldría a la luz y que quizás habrían perdido todo, y la pena invadiría sus corazones, porque lo peor que podría haber pasado, es haber defraudado a ellos, quienes ahora han sabido ser verdaderos padres y amigos para ellos, Darío estaba resuelto a escuchar lo que pensaba su padre en ese momento.

Sabes que pienso hijo?... Por favor dígame antes que muera de vergüenza por haberles engañado todos estos años y defraudado su confianza.- No te castigues injustamente hijo, lo que pienso, no es lo que estás pensando.- Nunca me engañaste, jamás me has defraudado, has hecho todo lo contrario a tus pensamientos.- Me has llenado de orgullo y satisfacción.

Darío guardo profundo silencio y mientras escuchaba las palabras de su padre, sentía que las lágrimas le traicionaban y rodaban sin control.- Quieres llorar hijo?...ven déjame abrazarte y seguirte diciendo cuanto te quiero y cuanto estoy orgulloso de ti y de ella, por favor que no se oculte más ese Amor que se tienen, no se conviertan en egoístas y déjenos disfrutar de esa relación que han tenido en sus corazón, oculta por todos estos años.

Darío en los brazos de su padre, no cesaba de llorar por todo el amor que aún estaba recibiendo, por otro lado ellos no imaginaban que tan pronto aquel secreto amor saldría a flote, y mucho menos se imaginaba Camila que la intuición de su madre le haría saber el secreto que guardaba en su corazón, fue la razón por la que Danila y Axcel abrazaban a Camila frente aquel maravilloso cuadro del padre con el hijo dignificándolo en su potestad, dándole el poderío de hijo.

Hijo! Darío escucha la voz de su madre que lo hace reflexionar y desde los brazos de su padre, gira su cabeza hacia donde había escuchado la voz, su sorpresa fue mayúscula esta vez, creía que no daba crédito a lo que estaba viendo.- Ven hijo, acércate a nosotras.- Darío vuelve su mirada a su padre, que con una señal de sus ojos le indica que vaya.

Darío se encamina hacia ellas, y estando de frente.-Escucha con atención hijo, dice Danila, con gran ternura.- Todos estos años, los que hemos compartido a su lado y los que ustedes lo han hecho con nosotros, han sido por Dios maravillosos, hemos aprendido todos lo que es el amor, la unidad, la comprensión, la paciencia, hemos sido padres y amigos y ustedes han sido hijos de sus amigos, esto ha generado que el amor sea prudente y cuando existe el amor, ese amar nos habla de muchas maneras, sigue diciendo.- El amor no tiene prisa, el amor no desespera, el amor todo lo consciente, el amor siempre espera, y esto que has escuchado hijo, lo han sabido mantener firme en sus corazones, amarse en silencio por el amor que nos tienen, se ha elevado al grado de un amor que tiene juicio, es decir el amor de ustedes ha sido prudente.

El amor de ustedes, es ahora la luz que habrá de iluminar esta casa, no confronten sus ideales, su relación seguirá siendo privada y respetada, hasta que el tiempo les diga el momento de su realización como pareja comprometida a una definida realidad, les parece bien?.- Darío hijo, ven a tu eterna Camila, no tengas vergüenza en abrazarla y darle un beso, abrazarla como siempre lo habías deseado y besarla como lo habías anhelado.

No salía de su asombro Darío, y Camila había dejado atrás el pasado, porque el presente era el más importante, estas eran palabras de su madre, por eso lo hacía con esa libertad.

Madre e hija habían confesado y prometido ser siempre las mismas amigas, aun en esta decisión que había tomado su madre a favor de su hija Camila.

Ambos avanzaron con toda la seguridad en sus corazones, sabían que ahora no habría trabas para demostrarse lo que sentían desde que eran unos pobres que deambulaban con su miseria a cuestas por las calles de la ciudad.

Cuando los separaba solo medio paso de uno y del otro, sus miradas se cruzaron nuevamente, como aquel día del encuentro, ambos sentían que la sangre se agolpaba en el corazón, no articulaban palabras, ellos estaban midiendo sus emociones, se conocían perfectamente bien, el dolor de uno, era el dolor del otro, sus sentimientos eran semejantes en su totalidad, sabían con cierta particularidad cual era la debilidad de cada quien en sus emociones.

En medio de ellos, la pareja descubierta por el amor de sus corazones, al fin se abrazaban como no lo Imaginaban en el pasado que lo harían ahora y en qué circunstancias, las miradas de Axcel su madre y su padre, cristalizaban la idea, hacían realidad lo que habían visto en ellos desde siempre.

El rostro junto al oído de Camila, Darío aprovecha el momento para confesarle cuanto le quería, su respuesta fue inmediata, fue tan así que le recordó aquellas palabras cuando niña, por el amor que te tengo, serás mi dueño cuando alcancemos el compromiso de estar juntos para toda la vida.- Darío soltó la prenda que esperaba hace mucho tiempo.- Después de la graduación de Axcel y la tuya, haremos compromisos serios te parece bien?...Como diga mi dueño.- Que dijiste.- La historia se repitió por segunda vez, solo que esta ocasión la guardo perfectamente bien, en el registro de su memoria.

El momento fue de gran madurez, la voz de Danila interrumpe el silencio para decir.- A partir de mañana una nueva ilusión nos llenara, pensando en un mundo de cosas buenas.

Creo que es tiempo de ir a descansar dice ella que estaba llena de emoción, me devuelven a mi cama chicas? tomándola de los brazos Axcel y Camila, le acompañan hasta dejarla relajada.- Ahora, sí que tengan una buena noche y recuerden siempre que hay que darle Gracias a Dios.- Si mama, buenas noches, las dos lo dicen al mismo tiempo como si estuvieran sincronizadas.

EL PASO DE LA VERDAD

Todos sabían con claridad y conocimiento que el día siguiente, tendría que cambiar los rumbos hacia destinos diferentes, la hora de la gran verdad había pasado la noche anterior, las ilusiones de Danila se agrandaban, imaginándose entre sus brazos los ansiados nietos que había perdido las esperanzas de algún día disfrutarlos, ahora el destino le estaba jugando la mejor partida y ella no se habría de equivocar con el deseo que le había salido del alma, cuando sentía que moría en el hospital, sin haber alcanzado la ilusión de algún día ser una gran abuela.

Los días, semanas y meses siguientes, estaban transformando toda la imagen guardada por años en los corazones de Darío y Camila, el trabajo de él y su padre, la escuela de Axcel y Camila, la salud recuperada de Danila, estaba alcanzando y rebasando todos los limites, y como si el tiempo le hablara a su protegida, en su interior le parecía escuchar.- Estamos en buen camino ya verás.- Ella, cuyo presentimiento le había favorecido, seguía adelante, los médicos sorprendidos le dieron de alta hacia unas semanas atrás, la fortaleza de su espíritu le había levantado en todos los sistemas físicos e intelectuales.

El Centinela, con un mundo de trabajo por los meses que ya tenían encima, la primavera estaba a la mitad del ciclo y las elecciones estaban dando sus primeros resultados dándole una ventaja superior a las propuestas que se dieron en el primer simposio general de la

Universidad, la nueva Sociedad que gobernaría en los próximos tres años con una nueva ideología en materia administrativa, estaría abriendo las puertas de par en par, sin importar su dogma, de política, como su orientación personal.

Los proyectos de expansión, habían quedado para más adelante, ahora ellos se estaban preparando, para La graduación de Axcel y Camila, realmente faltaban días para este evento y ellos querían estar presentes, habían invitado de una manera muy personal a Leslie la secretaria del Centinela y a Isidro Betancourt reportero del diario, para que ese día les acompañaran a una cena en honor de ellas después de la graduación.

Así transcurrieron los días, hasta la fecha esperada.- Danila se preparaba con un atuendo cuya elegancia le quedaba por su porte personal, su recuperación fue de lo mejor, su rostro rozagante daba la idea de no haber sufrido ningún incidente que le haya puesto entre la vida y la muerte meses atrás.-Don Miguel, y su hijo, dejaron pasar el tiempo, porque el tiempo era trabajar y solo esperar el momento, y ese momento cuando menos lo esperaban ya lo tenían encima, fueron ellas Axcel y Camila, quienes se lo advirtieron, para que se compraran ropa adecuada para dicho evento.

Las futuras graduadas, llenas de emoción seguían sus proyectos, no habría de faltar nada para este gran acontecimiento, ambas con un amor de hermanas poco visto en la sociedad, una sociedad donde los valores están en el aire y no en el centro de quien vive por vivir, cuando debieran estar para saber vivir.

Mes y día había llegado, la primavera mostraba todos sus encantos, las vísperas del verano estaban dando toda la impresión de ser una temporada calurosa.- En casa todo estaba preparado, Axcel y Camila, temprano tenían que estar en la Universidad junto con los demás por graduar, para estar en el recorrido que habrían de dar sobre el templete de la ceremonia.

Era el 27 de Mayo de ese 1994, la ceremonia daría principio a las siete de la noche según el itinerario escrito en las invitaciones repartidas y el programa que entregaban en la entrada al Teatro de la Universidad.

En el Centinela Leslie Anderston como el reportero Isidro Betancourt, daban por terminado sus labores del día, para prepararse a la ceremonia de las hijas de sus patrones, a quienes le guardaban un profundo respeto.-Antes de salir, toma su cámara como un profesional en la materia, y tenerla preparada para la toma de fotografía que tendrían por fuerza salir en la página la Sociedad al Punto, del Centinela al día siguiente.

La noche estuvo repleta de emociones, la corriente de la vida los llevo a encontrarse precisamente en la puerta de entrada del teatro a Don Miguel, su esposa e hijo, con Leslie su secretaria y a los segundos aparecía su reportero estrella Isidro, después de saludarse efusivamente, se dieron a la tarea de encontrar el lugar exacto para ver con claridad a sus hijas.

Una ceremonia del todo brillante, habían experimentado ya muchas emociones en los últimos días y esta no sería la excepción, un Padre orgulloso y una Madre llena de ilusiones y esperanzas, estaban reflejadas en ellas sus hijas.- Darío contemplaba el rostro de su padre y de su madre de cuando en cuando, los veía llenos de gozo en su corazón ya cansado por los años y el trabajo.- Como puedo darte las Gracias Dios mío por todo este amor que nos enviaste a tiempo y a destiempo.

Conserva si quieres junto a nosotros mucho más tiempo a estos hermosos samaritanos que nos dieron de tu amor y del suyo, el ejemplo de vida en una familia que uniste y desuniste y que al fin lograste tu cometido, porque encontraste en ellos un corazón limpio y puro preparado para nosotros.- Hijo, ya las van a nombrar, escucho la voz de su madre, mientras Isidro preparaba su cámara.- Darío sentía ganas inmensas de llorar, su madre al verlo le dice.- No importa hijo son de felicidad y de gozo en el alma, disfrútalas como yo.- Ahora señoras y señores, decía el maestro de ceremonia.

Presento a la graduada Axcel Izaguirre, con medalla de honor, luciendo toga y birrete de la mejor estudiante del año escolar, los aplausos se dejaron escuchar y los demás estudiantes le aclamaban.

Enseguida, decía el maestro de ceremonia.- El nombre de Camila en esta Universidad, ha traspasado las paredes de cada salón de clases, de cada rincón de los laboratorios, ha trascendido de tal manera que fue en muchos años atrás, la segunda en obtener la exención, es decir la facultad de no presentar exámenes, por el alto grado de superación y por tal motivo, la rectoría voto a su favor, de manera que esta noche ella es la estrella de la Sabiduría, presentamos a Camila Solís, las luces de las cámaras centellaban segundo por segundo, al salir detrás de las bambalinas del teatro y llegar hasta el centro, para seguir su camino hacia el grupo de las demás.- En esta ocasión el silencio se tornó profundo cuando los asistentes escucharon la voz del maestro de ceremonias que, solicitaba la presencia de Camila frente a los micrófonos.- Es una noche de grandes retos concluidos, decía y quiero que Camila nos de sus comentarios, al haber logrado el máximo grado en este ciclo escolar.

Camila no estaba acostumbrada a estas cosas, su timidez a pesar de los logros, no se le quitaban los nervios de manera que dándole un poco de confianza el maestro la toma del brazo y le hace la pregunta.- Camila, donde está el secreto de tu inteligencia?... El silencio seguía, toma su tiempo para ordenar sus ideas y sus pensamientos, Don Miguel no la perdía de vista, Danila oraba a Dios en esos momentos, mientras que Darío apenas la podía ver con claridad, sus ojos parecían represas, que vertían sus aguas conforme estas se iban llenando, Isidro no cesaba de tomar fotografías, todos estaban a la expectativa de la respuesta que daría Camila.- El panorama era impresionante, al centro del teatro maravillosamente iluminado estaba Camila, detrás de ella el pequeño grupo graduado esa tarde, igualmente esperaban una contestación inteligente.

Camila.- Dice su interlocutor.- Un impresionante público que lo conforman los maestros, padres de familia, tíos, amigos, que se yo, esperan de ti solo unas palabras que nos lleven a conocer el camino por el cual, tú has adquirido tantos conocimientos que pusiste a prueba en este último ciclo Universitario.- Su iniciativa fue decidida, toma el micrófono que se le ofrecía, busca el lugar adecuado para que las luces del teatro no lleguen a su rostro, la cieguen y pierda por eso lucidez en sus palabras, de manera que se colocó casi al filo del entablado, donde alcanzaba observar el lleno total del mismo

EL MENSAJE DE CAMILA

Esta tarde, o esta noche.- Decía Ella sin saber cómo estaba el exterior.- Voy a romper el protocolo tradicional, pero si me dirijo a ustedes queridos padres de familia, a ustedes maestros en general, y a todos los aquí presentes y agrego que seré breve, porque tanto tiempo esperando esta ceremonia ciertamente es cansado, de manera que la respuesta es sencilla, créanlo que es una verdadera formula que muchas familias pueden verla y sentirla, otras pueden verla pero no sentirla y otras no saben si esa verdad está o no esta, lo que si es cierto es que cada familia tiene un proceso de madurez que llega alcanzar la hermosa certidumbre, mientras que en otras habrán de vivir en el lado opuesto, es decir en la incertidumbre.

Cuantos padres de familia hicieron un esfuerzo, un sacrificio para que su hijo esta noche estuviera donde esta galardonado con un merecido certificado que acredita una profesión, de la cual habrá de realizar sus más caros anhelos.. Ese título, no solo fue el esfuerzo de quien lo recibe, pertenece igualmente a la entrega total de los valores de quienes entregaron su confianza y libertad para su realización.

Cuantos padres de familia en su poder económico, sin ningún esfuerzo, más que poner su dinero por delante para que su hijo realice la profesión deseada, depositándole cierta cantidad de dinero en su cuenta de banco para que no le esté molestando con llamadas reclamando no tener fondos.

Cuantos padres de familia, entregados a sus deberes, comparten la misma tarea con el hijo, o con la hija, trabajando a la misma vez, pero en lugares distantes.- El hijo o la hija, trabajando y estudiando, sin importar que pasa con el tiempo que queda libre.- Como vemos la ilusión de esta familia?

Esa verdad está entre todas las familias, solo hay que verla, sentirla y disfrutarla, esa verdad se las digo a todos los aquí presentes con todo el respeto que se merecen cada uno de ustedes, esa verdad se llama Integración Familiar.

Y mi respuesta personal a esa pregunta es la siguiente.- Camila hizo una pequeña pausa, respiro lentamente mientras localizaba el lugar donde estaban sentados sus padres, se dibujó una sonrisa en sus labios al momentos de localizarlos perfectamente, identificando a Isidro al lado de Leslie, su madre, después su padre y enseguida el motivo de su existencia Darío.

Esta es la verdad de mi vida antes de la pregunta que intentara elevarme a un nivel que no me pertenece, porque la verdad a la que me refería hace unos momentos está aquí, y debo confesar con mi cordura, que no es el sol quien me alumbra, tampoco es la luz de la luna quien me ilumina, más bien es un destello mucho más fuerte que llega a mi corazón y llena mi alma y ese destello pertenece a ellos, a mis queridos padres, y el amor que esta junto a ellos.

Aun no terminaba y el aplauso ahogo las últimas palabras de Camila, cuando daba las gracias, regresando el micrófono que traía en sus manos, para después caminar lentamente e incorporarse al grupo, solo que esta vez, se dirigió hacia otro lugar, el de donde esta Axcel, quien al verla que se acercaba camino hacia ella recibiéndola con un fuerte abrazo, al tiempo que Camila le recordaba cuanto la quería, la respuesta fue inmediata, al sentir que un abrazo más fuerte le era enviado.

Mientras esto sucedía en el entarimado del teatro, las palabras de Camila habían sellado para siempre las dos heridas que había en el corazón de sus padres.- Darío no se percató que había lágrimas en los ojos de ellos, fue Leslie quien con todo respeto saco de su bolso algunos pañuelos desechables, ofreciéndoselos con respeto, los cuales al aceptarlos Danila le hizo el comentario de estar orgullosa de sus hijas, la respuesta de Leslie no se dejó esperar.- Son verdaderamente inteligentes Señora y se ve cuanto la adoran

Sin moverse de los asientos, Isidro no dejaba de tomar fotografías, de pronto la voz del maestro de ceremonia se dejó escuchar de nuevo, solo que esta vez para presentar al Rector de la Universidad, para que hiciera uso de su palabra, despidiendo a esta generación.- Déjenme y les presento decía.- Al Señor Benjamín Paz, Rector de la Universidad quien tiene unas breves palabras.

Antes de despedirnos, quiero agregar algo muy corto.- Decía con mucha énfasis.- Hace aproximadamente Treinta y cinco años, no se había presentado esto que es considerado como algo muy especial entre los estudiantes a nivel profesional, que uno de ellos lograra rebasar todas las expectativas y quedara exento de presentar exámenes finales, por el rendimiento de su capacidad intelectual y ahora, estos salones de clases, talleres de ciencia y en si todos los ámbitos estarán llenas de una sola palabra "Camila" Felicito a todos los padres de familia y agradezco de parte de todos los catedráticos y de una manera muy especial a los padres de Camila, gracias por darnos el apoyo conjunto en la superación de sus hijas y les recuerdo a ustedes, dándose la vuelta y quedando de frente a los graduados le recordó.- Está prohibido lanzar al aire el birrete y la foto par su diploma deberá ser con vestido y traje formal y de nuevo les doy las gracias a todos y hasta pronto.

El pequeño grupo se felicitaba en entre si.- Desde abajo Darío creía sentir celos por lo que sus ojos veía, el abrazo de sus compañeros, el no poder subir para hacer lo mismo, de pronto se le perdió de vista y cuando trataba de encontrarla Axcel y ella, prácticamente llegaban.- Isidro no quiso perder tiempo, de manera que para cuando él las diviso que estaban por llegar con sus padres, se lanzó sobre ellas para que se detuvieran y tomarles una foto juntas y después solas, Leslie, Don Miguel y Danila caminaban hacia fuera de sus asientos para sentirse más libres de movimiento y poder abrazarlas.- La foto del recuerdo! Dice Isidro, la foto para que este en la página de Sociedad al Punto.

Darío esperaba pacientemente que terminara toda esa algarabía de las fotos, para poder felicitarlas, fue Axcel la primera en llegar a Darío quien lo abraza con un inmenso cariño.-El momento es aprovechado por el para decirle.- Mi corazón está a punto de estallar de felicidad créeme, te lo digo con el alma que por amor fue rescatada.- Darío! Dice Axcel, te quiero tanto que no te lo imaginas, eres el hermano más maravilloso que tengo.- Yo siento eso y mucho más.- Mira allí viene Camila.- Darío la veía venir y conforme ella se acercaba se imaginaba que no llegaría el momento de tenerla entre sus brazos, cuando estuvo frente a él, no perdieron un segundo y se abrazaron con toda la emoción de sus corazones, con solo el roce de sus rostros, bastaba para sentir el escalofriante deseo de poseerse, pero el respeto de ellos sobrepuso ese ardiente momento.

La voz de Don Miguel y Danila, emocionados todavía, invitaban a seguir celebrando a sus hijas, en un Restaurante de comida Italiana, que ya los estaba esperando.- De manera que ellos y sus dos invitados salieron para terminar el día con una suculenta cena.

Los días pasaron con mucha tranquilidad, Axcel y Camila, gozaban esas merecidas vacaciones haciendo todo el quehacer de la casa, no permitiendo que su madre, se fatigara lo menos posible, para su más pronta recuperación, su cabello crecido le devolvía su propia personalidad, aunque todavía corto, pero ya había luz en su rostro y su eterna sonrisa dibujaba la energía de su espíritu.

Entretenidas con todo el trabajo de casa, no se percataban que el timbre de la puerta sonaba con insistencia, primero fue Danila quien lo escuchara porque ellas ni en cuenta estaban en la parte de atrás una regando y la otra barriendo, de manera que haciendo un poco de esfuerzo, Danila se pone de pie y se encamina hacia la puerta, al abrirla se da cuenta que es un joven.- Te puedo ayudar en algo?... Buenos días Señora, vengo de la redacción del Centinela a traer este periódico con las noticias de la graduación de sus hijas, se lo manda Isidro el reportero.- Te debo algo?...No Señora de ninguna manera es un favor muy especial para el Señor Isidro.- Muchas gracias.- Con su permiso Señora.

Con el periódico en la mano se dirige a la cocina, jala una de las sillas del comedor y se sienta cómodamente a escudriñar el matutino.- Mientras hojeaba las paginas, y leía los encabezados de los titulares, llego a la que más le interesaba, las Sociales al Punto y se da cuenta que toda la página de doce por veinticuatro con diversas fotografías a cuadros, en secuencia mostraba toda la ceremonia de graduación de sus dos hijas y en la parte posterior se apreciaba todo el evento en general con algunos comentarios del mismo.

Axcel, pregunta a Camila.- Vas tu o voy yo a ver mama, no vaya ser que se le ofrezca algo y nosotros aquí entretenidas.- Yo voy.- Contesta Camila.- Vamos las dos en fin que ya terminamos.- No se imaginaban la sorpresa o el susto que se llevarían, creyendo que su madre estaba en su lecho esperando que ellas fueran atenderla.

Cuando cruzaban el pequeño pasillo para llegar a la cocina, el olor a café recién hecho aromatizaba toda la estancia.- Mama que hace de pie?- Están ciegas?... estoy leyendo el periódico que nos mandaron de la redacción, con todas las fotos de ustedes en la primera plana de las sociales, se ven bellísimas, y su papa y yo no salimos tan mal.- Nos dejas verlo?...Quieren café, esta acabadito de hacer me sirven una tasa por favor y en cuanto lo termine se los paso, de acuerdo?...Ni modo la Reina de la casa es la primera.

Estas últimas palabras hicieron reaccionar a Danila, las cuales las quiso poner en práctica para escuchar algunos comentarios si en verdad ellas lo hicieran.- Les voy a decir algo para que lo tengan en cuenta para el futuro, porque algún día ustedes también serán Reinas del Hogar, porque así como yo las veo me vi y así como ustedes me ven, así mismo se verán", de manera que por favor el café con solo una cucharadita de azúcar.- Axel y Camila cruzaron sus miradas y con una sonrisa fruncieron el ceño, como un verdadero gesto de admiración, un indicativo poderoso para que ellas se sintieran más tranquilas, de que su madre seguía segura también de sí misma.

Al poco rato después, Danila observaba la inquietud de sus hijas por ver el periódico y ella parecía hacerlo de adrede, saboreando el café y feliz de ver aquellas fotografías.- Mama le falta mucho?... Pregunta Axcel.- Dos traguitos más de café y se los paso, como son de desesperadas, tranquilas, ya las verán.- Axcel se sienta en el lado opuesto de su madre, es decir frente a ella con toda calma a esperar termine de leer, mientras Camila, con su paciencia natural se acerca a su hermana y en voz bajita dice.- Te sirvo un poco de café?... Por favorcito, con dos cucharaditas de paciencia.- Oye que feas son las indirectas, no crees? responde su madre alegóricamente.- Al no haber respuesta, solo el estar revolviendo el café que su hermana le había servido, y con el ruido de la cuchara estaba dicho todo, su madre se daba por enterado.

Muy bien Señorita, aquí tiene disfrútalo como yo lo hice y si me tarde, fue que solo quería gravarme bien estas imágenes en mi cerebro para que no se me olvidara, aunque si algún día tuviera pérdida de memoria estas no se borraran, como la vez?....Querías hacerme desesperar, verdad?...Pregunta Axcel con una maliciosa sonrisa.-No hija, solo que siempre debes de tener paciencia.

Dicho esto, Danila se levanta y se dirige lentamente a la sala, donde encuentra de pie junto al ventanal de la sala, con puertas corredizas a Camila, con una mirada perdida hacia lo alto de un cielo azul, por un día brillante, ya que no se dejaban ver nubes que lo opacaran.

En qué piensas hija?... Mama! Sorprendida pronuncia estas palabras.- Te asuste?...Realmente estaba muy entretenida viendo el cielo, y de repente observo la fuente y la banca del jardín y de pronto me traen cosas maravillosas del ayer.

Un ayer que abra de quedarse en mi corazón y mente, como ahora que he comprendido como la vida te Quita y después te regresa el doble de aquello que ha quitado.

DESTELLOS DEL PASADO

Camila. Se estaba trasladando a la edad de sus seis años, y veía en sus recuerdos, algunos destellos del pasado que circundaban precisamente alrededor de la fuente y de la banca.

Como son esos recuerdos hija? Continuaba de pie su hija frente al ventanal y dirigiendo su mirada hacia el jardín para posarla en la vieja banca que ha estado allí por más de quince años, sin sufrir ningún deterioro por el cuidado y mantenimiento del jardín, sus recuerdos empiezan a llegar lentamente y como si en realidad se estuviera viendo, desde el ventanal, narra a su madre aquellos recuerdos.

Aquella niña que había confiado su vida solo a su salvador por haberle prometido que encontraría a sus padres, no imagino jamás que Dios se los habría de cambiar por otros.- Allí empezó a comprender muchas cosas que cuando niña no sabía que tenía que entenderlas.- Ahora que de pronto, no es que me halla sentido triste, creo que sin evocar la melancolía llego sola.- Le decía a su madre.- Y de pronto me veo jugando con una niña, correteando por el jardín sin perder de vista al niño aquel, del que adoraba su compañía, que platicaba con un Señor que en ese momento no recordaba su nombre, mi cabeza estaba llena de cosas, que no podía con ellas, si jugaba y corría y sentía reír, pero el pesar no salía de mí, de pronto escuche la voz de aquella que me dijo.

Ven Camila, vamos pedirle dinero a mi papa, tenía que dejarme llevar, me sentía bien con su compañía y recuerdo que llegamos con su papa y ella le dice.- Papa, me puedes dar dinero para ir a comprar nieve para Camila y para mí?.- Mi mirada se perdía por completo en los ojos de aquel niño, que la suya igual, se cruzaba con la mía.-

Don Miguel, saca su billetera y de ella toma un billete de cinco pesos y se los da diciéndole.- Toma Hija compren lo que quieran y por favor cuida mucho a Camila.- Si papa, vente Camila, dice Axcel tomándola con su mano derecha, la izquierda de ella.

Todavía acompañando a Axcel, no dejaba de verlos que de nuevo volvían a la charla que antes de llegár tenían.

Regresando a las frases que escuche y que en ese momento se me quedaron grabadas, con el tiempo que poco a poco las fui descifrando para darles un verdadero significado, recuerdo seguía diciéndole a su madre.- Hasta ahora, no sé qué tanto platicaban en esa ocasión sentados por mucho rato en esa misma banca, que se estarían diciendo?... Todavía como si los viera me pregunto.- Lo que puedo imaginar a veces, es que hubiera tenido que ser yo el motivo, pero en realidad no lo sé.-

En esa ocasión las palabras de Axcel, me llenaron de esperanza y al mismo tiempo de tristeza, cuando al terminar el día y tenernos que retirar a nuestro refugio, escucho que ella me pide que me quede, que no me vaya.- Sentía la espada en mi pecho pegada a la pared, pero las palabras de Darío aliviaron esa tristeza.- Vas a dormir calientita, no tendrás frio, pero mañana nos vamos a ver de nuevo.- Sentía en el corazón de él, un dolor que era igual que el mío, aunque fuera por un día, no nos habíamos separado.

Entonces como quedamos hijo, escuche las palabras del señor que despedía a Darío.- Yo viéndolo que caminaba rumbo a la salida sentía, ahora sí que el mundo se hundía lentamente, se me vinieron tantas cosas a la cabeza que doy Gracias a Dios, que todo lo que pensé fueron más que tonterías.

Danila estaba atenta, de lo que le relataba su hija, viéndola aun de pie con la mirada hacia el jardín, no dejaba de sentirse atraída por sus sentimientos tan grandes que había en su corazón.- Otra frase que la guardo no nada más en mi corazón, sino en mi alma.- Cuida bien a Camila hija, decía Don Miguel, mientras que Axcel respondía.- Si Papa.- Cuida bien a Camila hija, si papa, si papa, si papa, no tendrás frío, dormirás calientita, mañana nos volveremos a ver, entonces como quedamos hijo, todas estas frases rebotaban en mis pensamientos, y despúes dentro de casa en la recamara usted le pide a su hija busque una buena cobija para mí, mientras que Axcel me daba ropa para dormir, después de ciertamente estar calientita y queriendo conciliar el sueño, lloraba dentro de mí, a pesar de toda la confianza que me habían brindado, me sentía la más extraña de las invitadas a quedarme, extrañaba de pronto el refugio y la plática con Darío, aun en esa miseria donde vivíamos, pero a su lado me sentía bien segura de todo, aunque exageraba a veces las cosas, aprendí que sin él, mi vida sería una Enfermedad Terminal y quizás hubiera llegado a lo peor.

Al día siguiente, después de haber tenido una noche intranquila y sin moverme para no despertar a nadie, la luz del día doblo su brillantez, y no lo exagero porque así fue para mí, cada quien siente cosas hermosas y ese día así lo sentí, como si la vida volviera con toda la esperanza y con todas sus ilusiones de nuevo hacia mí, porque tan solo ver al niño aquel, todo desarrapado y sucio, pero con un corazón del tamaño del mundo que demostró tener unos sentimientos más grandes que los míos, la vida me llego de nuevo.- Desde entonces lo quieres verdad hija?.

Un sí! Definitivo pronuncio ella.

Siguió diciendo.- El me encontró para que ustedes me encontraran, a él le debo la vida y a ustedes que los amo de verdad, les debo todo esto que soy, una mujer que está endeudada con el Amor, ese amor que no conocía de una madre como la tengo ahora, el de un padre como el que jamás tuve y el de una hermana, que no la dejaría por nada.

Camila seguía de pie junto al ventanal con la mirada hacia el jardín, mientras que su madre sentada en el diván, se enjugaba las lágrimas que le brotaban por todo ese amor que brotaba del corazón de su hija.

Por otro lado Axcel que extraño la presencia de su madre, se dio cuenta que estaba platicando con su hermana y se detuvo sin hacer ruido alguno en el umbral de la estancia, para escuchar algo de lo que ya se había perdido.

Como pagar todo esto que tengo ahora?... Que tengo que hacer para devolver con creces, cada uno de los concejos que he tenido desde aquella primera vez, cuando no sabía que tendría que pasar y herida por mi ignorancia, ocultaba a toda manera lo que podría haber sido mi vergüenza más grande, pero su paciencia el amor de su corazón, me hicieron entender que tendría que pasar por esa dignidad de mujer cada mes.

Nuestras vidas no alcanzan a saldar la deuda de su amor hacia nosotros., tanta dicha no puede caber en unos corazones que solo han recibido, amor, ternura y comprensión.- Danila, medio entumida se pone de pie y se dirige a su hija para decirle.

Axcel solo observaba y escuchaba, no quería romper ese momento de tajo y prefirió permanecer en el mismo lugar, las palabras de su hermana le habían tocado aún más profundo su ser.

Hija.- El corazón de una mujer que se acostumbra al sufrimiento, suele padecer con mucha frecuencia, no acostumbres al tuyo a esa manera, créeme estoy de acuerdo y entiendo tus sentimientos, los respeto porque pertenecen a esta familia, no es nada extraño tener momentos así como lo has tenido ahora, y es bueno sacar esos recuerdos, para que la energía que los produce, los libere de vez en cuando y nos traerlos consigo siempre para que nos estén produciendo este tipo de melancolía.- De manera que ven déjame abrazarte y decirte una vez más.- Vez porque quiero que Axcel y tú se casen pronto para que me den nietos que cuidar antes de que me muera.- Pronto Darío hablara contigo y ojala que pronto Axcel nos presente a alguien que sea un verdadero hombre también.

Aja jaaa, ya nos está corriendo, responde Axcel desde donde esta.- Danila ya la había visto y aprovecho el momento para decirlo.- No hija, no las estoy corriendo, al contrario, las estoy llamando para que llenen de nietos esta casa.- Después de Camila me caso yo, así conozco más a mi pretendiente, de manera que hermanita te cedo el lugar.- Axcel tu eres mayor que yo dos años a ti te corresponde, dice Camila.-Si pero tú ya lo tienes y lo conoces de toda la vida, ándale si por favor, porque mientras más lo pienses, más vieja me voy hacer.- Hermana yoooo.- Yo nada Camila, el camino tuyo está preparado el mío como que empiezo a preparar.

Bueno, dice Danila.- De aquí en adelante el tiempo se los va decir, ténganse confianza las dos y sigan adelante con esa gran idea que les parece?...

Un improviso nuevo, logro sacarlas de esa delicada conversación, el teléfono volvió a la vida, había estado mudo durante largo rato.

Danila se acerca para contestar, mientras que Axcel invita a Camila ir a su recamara para seguir con el tema que tenían.- Sentadas sobre la cama, ella inicia la conversación.- Camila, necesito que seas tu quien se case, porque yo no puedo hasta que conozca a quien quiero que sea mi novio y después mi esposo y para esto, puesss me falta tiempo.- Danila con la inteligencia de su sexto sentido, después de colgar, sabe por intuición que se habían ido a una de las recamaras y espió en silencio, al saber cuál era, toco tres veces y con ellos anunciando que los señores venían a comer, al escuchar la respuesta de ellas.- Ya vamos mama.- Punto y seguido, acerca su oído a la puerta y poder escuchar cuando menos algo de lo que ya se había perdido, logrando escuchar el final de esa platica.

Después de comer, te invito a caminar un poco y seguimos el tema de tu boda y que va ser de la mía, porque la mía hermana si lo acepto con todo mi corazón, será una boda muy especial y para toda la vida.- Ya lo conoces?... Pregunta Camila sorprendida.- Creo que sí, pero, como te digo el tiempo es importante para mí, porque necesito hacer un viaje a un lugar especial para meditar y tomar la decisión correcta.- Y tienes que hacer eso de irte?... Para mí sí! Porque es importantísimo y no lo voy a poder hacer, hasta que tú te hayas casado, pero esto es entre tú y yo, mama no debe saber nada, hasta que yo se lo diga, guarda esto que traigo en mi corazón hasta el día de esa mi realidad, de acuerdo?...De acuerdo hermana, lo guardare y cuando tú digas saldrá si así tú lo deseas.

Un abrazo sello ese compromiso de las dos y al escuchar esto, su madre se retira y se encamina a la cocina, donde desde allí con voz alta les vuelve a recordar de que ya vienen los señores a comer.

Después de eso las dos hermanas salen de la recamara y se dirigen a la cocina, encontrando a su madre preparando agua fresca de limón.- No hemos hecho nada de comer, que preparamos?... Axcel mortificada por el tiempo que se había ido rápido, saca del refrigerador un paquete conteniendo carne para cocer, cuando su madre se da cuenta le informa que ellos van a traer ya preparada del restaurante Italiano.- Ah que bueno dice Axcel, quitándosele esa mortificación.- Entonces preparamos la mesa para que esté lista.

Terminaban de todo esto y ellos ya estaban entrando con bolsas conteniendo todo para la comida.- El saludo, el abrazo y el beso como un ritual de todos los días formaba parte integral de esa familia.

Como está el trabajo?... pregunta Danila.- Bien, Gracias a Dios viento en popa, avanzando como lo esperado cosa que nos ayuda para los nuevos proyectos.

Esta hora fue como siempre, una hora de comida en reunión con la familia, al estar listo todo sobre la mesa Don Miguel hace la indicación a su hija Axcel haga la bendición de los alimentos.- Este pan que vamos a tomar satisface nuestras necesidades corporales, bendícelos Señor y sigue bendiciendo a esta familia con todas tus bondades, pero también danos hambre de ti y haznos saber de tus necesidades espirituales con los demás Amen.

No hubo ningún comentario, después de la bendición solo se avocaron comer en silencio, sabían que esa hora se iría rápido para ellos.- Solo Danila dio las gracias por haber mandado el periódico, añadiendo que le había gustado el recuadro de las fotos de sus hijas.- Que bueno que les gusto, Isidro es especialista en eso, comenta Don Miguel agregando que esa fue una muestra de la publicación de mañana.

El principio tiene siempre un final feliz, dice Darío satisfecho de haber comido pollo a la parmesana con pasta Fettuccini Alfredo, acompañado de una riquísima limonada hecha por manos expertas en agua fresca.

Don Miguel dejo la mesa satisfecho para dirigirse al igual que Darío a lavarse los dientes y tener un buen aliento limpio y fresco, mientras que las damas seguían sentadas probando del postre que venía con la muy rica comida Italiana.

Bueno dicen ellos, nos vamos y nos vemos más tarde.- Así como llegaron de abrazo y de beso salieron, no sin antes de dirigirle una mirada llena de amor a Camila, quien correspondiendo le manda un beso, frunciendo sus labios desesperados.

Esos momentos, fueron recuperando los ánimos del pasado, antes de que Danila tuviera problemas de salud y los proyectos seguían adelante, antes de salir a caminar ellas habían dejado la cocina impecable de limpia y su madre se había recostado, de manera que el momento fue perfecto.

Madre cualquier cosa nos llamas, iremos a caminar Camila y yo, regresamos al rato.- Mucho cuidado hijas, las espero para el café?... Si mama, contestan las dos al unísono y salen después de ir al baño y darse un toque muy femenino.

Ambas caminaban por la banqueta de la avenida que va directamente a un lado del centro de la ciudad, en ese costado, el tráfico y el caminar de las personas es mucho menor que ir directamente a la plaza, por el ambiente de los vendedores ambulantes que hacen su negocio anunciando a grito abierto, el producto que tienen.

La voz pausada de Axcel, se dejó escuchar mientras caminaban, ella había premeditado esta acción, para tener una causa que se dejara ver sin la vanidad y orgullo, de lo que estaba pretendiendo con esto.

Te decía, dijo Axcel.- Mi deseo es que seas tú primero quien se case, después lo haré yo, pero antes de hacerlo, debo tener un viaje muy especial que estoy preparando para saber si en realidad, es lo que quiero de ese hombre que he conocido.

La charla se tornaba más interesante cada vez que se hablaba del tema y más se acercaban, donde Axcel quería llegar sin que se notara la intención, era ella una jovencita sin prejuicios, no tenía mortificaciones de ninguna naturaleza, sus objetivos los tenía ya definidos, solo quería llegar al grado de sumisión para entender lo que en realidad quería, su corazón había heredado los valores de su madre y quería darle una verdadera sorpresa, pero tenía que ser después de la boda de su hermana.

El objetivo estaba frente a ellas, solo Axcel y su tranquila conciencia lo sabían, solo era cuestión de seguir caminando para llegar a la conclusión de la acción que estaba provocando su ya premeditada causa, la más hermosa para una y quizás la más incomprensible para la otra.

Mira Camila! La Catedral de San Agustín, no te gustaría casarte allí?... Ven vamos a entrar, para que te Imagines como luciría ese día de tu boda.- No tendría que haber una respuesta, la reacción fue inmediata, al llegar a la puerta de entrada, la tradición familiar indico que debían mojar con agua bendita los dedos índice y medio de la mano derecha para después santiguarse inclinando la cabeza en señal de respeto al lugar santo que estaban pisando.

FRENTE A JESUS RESUCITADO

Al mismo paso, caminaron por el pasillo principal que lleva hasta el altar mayor del templo, cuando llegaron al tope es decir frente a la Imagen Maravillosa de Jesús Resucitado y a escasos centímetros por debajo de su espalda se dejaba ver la Cruz de su Calvario.- Estaba dejando atrás el sufrimiento para llegar al Padre que lo había enviado y si usamos la imaginación, lo veríamos como una Gloriosa Redención.

Los pensamientos de Axcel se fueron más allá todavía, solo buscaba la manera de darle a entender que, lo que estaban en ese momento observando, era la piedra principal de los motivos que la llevarían a Él.

En la puerta de la Sacristía un Sacerdote de edad avanzada, las veía con cierta curiosidad, parecía que estuviera leyendo sus labios y las manos de cada movimiento que Axcel hacía, cuando platicaba con su hermana emocionada de lo que estaba por venir.- El Padre Santiago, no se movió del lugar para no interrumpirlas y decidió permanecer inmóvil.

Hermana, existe mucha diferencia entre lo tuyo y lo mío, no estoy reprochando absolutamente nada eres mi hermana y te quiero mucho, y por lo mucho que te quiero deseo lo más hermoso para ti.

La diferencia de la que te hablo tiene mucho sentido, porque lo que estoy por hacer, es semejante a lo de ustedes, porque tú y Darío se van a casar frente al Hijo del Hombre quien los bendecirá para siempre, y yo ando queriéndome poner de novia con su hijo para algún día casarme y recibir la bendición de su Padre.- Has entendido verdad hermana?...El Padre Santiago, no podía creer lo que estaba casi adivinando desde donde él estaba, frases entre cortadas, unidas al movimiento de los labios de Axcel, casi completaba todas las palabras.- Quiere ser religiosa, pensó muy dentro de si el Padre Santiago.

Camila, casi pierde el sentido al escuchar las palabras de su hermana, intuitivamente la abraza con una ternura insondable que a la vez en voz baja, casi perdida en el silencio de sus corazones alcanza decir unas palabras que Axcel se sorprendió de ellas al escucharlas, dándole más fortaleza a su espíritu.- Le das gozo a mi corazón, llenas mi espíritu y le das vida a mi alma, has todo cuanto tu corazón te dicte, para que seas tú en la felicidad que quieres.

El abrazo muto e inesperado, fue bendecido por el mismo Padre Santiago, que decidió salir a saludarlas, solo que ellas no se dieron cuenta de su presencia, hasta escuchar sus palabras.- El Señor bendiga sus pensamientos El Hijo las guarde en su corazón y el Espíritu Santo las guie por esos caminos.- Me han dado una lección de Amor y la he aprendido, solo he venido a saludarlas y decirles que Dios las Bendiga siempre.

Sorprendidas por esta manifestación de Dios para con ellas, Axcel siente que su espíritu se regocija en eso y lo toma como una señal más de sus deseos de ser una servidora de Dios, perteneciendo en alguna congregación y solo el tiempo me lo va decir, se decía ella dentro de sí.

Camila sentía que la fe de su hermana, en ella aumentaba para el futuro de su vida al lado del hombre que ha amado desde siempre.-

Con permiso Padre, dice Axcel emocionada.- Vayan con Dios hijas.

Antes de salir del tempo, se dan la vuelta para ver de nuevo la Imagen que estaba como flotando en el aire ascendiendo con gloria a las alturas, dejando a sus espaldas todo el sufrimiento, una nueva y sublime reverencia de las dos, fue el saludo de despedida.

FUERA DEL TEMPLO

A la salida del templo, caminaron de frente y se detuvieron antes de tomar el camino de regreso a casa, el alto lo marco Camila aun pensando en todo lo que había escuchado de su hermana.- Quiero creer en todo lo que me has dicho, y si es así te felicito de corazón, no tengo otras palabras, solo sé que me has dejado totalmente asombrada con todo esto de tus planes.- Quiere decir que si no me caso, tú no te vas de religiosa.- Si me voy, contesta Axcel lo que pasa es que yo quiero que te cases para estar en tu boda, porque ya no habrá otra hasta que haga la mía, si me entiendes verdad?...Axcel toma del brazo a Camila y continúan caminando a paso lento.

Era importantísimo que ellas estuvieran de acuerdo sin presiones de ninguna naturaleza, para que todo se diera y hasta que su hermana se entregara en matrimonio con Darío.

Habían permanecido frente al altar el tiempo necesario para quedar en ese acuerdo mutuo y lo habían ratificado fuera del templo, con la misma solidez desde el principio de esta conversación, las dos se habían quedado prácticamente empeñadas en sus promesas, hasta llegado el momento donde la verdad saldría a la luz, días después de la boda de Camila.

Así transcurrieron las horas y llegaron a casa llenas de alegría, así como habían salido, solo que el tiempo empezaba con una cuenta regresiva.

Los días siguientes fueron transcurriendo en planes de trabajo, el Centinela estaba en proceso de cambios estructurales, su expansión parecía ser definitiva y las plazas de trabajo aumentarían, por otro lado en casa de la familia Izaguirre, Danila seguía en franca recuperación su cabello ya lo traía crecido, y los planes de Camila seguían adelante con la idea de contraer matrimonio con el amor de su vida.

En las oficinas de la redacción del periódico El Centinela, Isidro el reportero, Don Miguel y Darío, a puerta Cerrada sostenían precisamente un debate sobre la Red de Información Automatizada del Centinela, que daría toda información, sea de Noticias a nivel Mundial, Internacionales, Nacionales y Locales, así como los deportes y el reporte del tiempo para los próximos cinco días siguientes y estaría centralizada en un nuevo edificio a construirse, una vez autorizado el permiso, junto a la Oficina de Redacción y por consiguiente, esta necesitaría de alguien que reuniera todas las características en la materia.

Este proyecto ambicioso que había surgido de la mente de Darío, estaba dando sus primeras luces de esperanza y con el todo el apoyo de Don Miguel y su reportero Isidro Betancourt, para los primeros días del próximo año, después de tomar otra de las decisiones correctas, como el de pedirle a Camila en los días siguientes en una cena con toda la familia en el mismo Restaurante Italiano donde ya habían estado anteriormente por la graduación de Axcel y Camila, unirse en matrimonio para mediados del mes de Septiembre del mismo año.

Después de haber estado por mucho tiempo debatiendo el proyecto, Darío sale de la oficina, se dirige a Leslie para que por favor haga una reservación en el Porta Belle el próximo martes a las ocho de la noche para siete personas en el reservado especial.- Muy bien Señor.- dice ella.- Y quiero que vayas a esa reunión de acuerdo? estas invitada por ser parte de esta pequeña empresa.- Como usted diga.- Darío se dirige a la oficina de Isidro y no por ser el co-propietario del Centinela, dejaría de tocar a la puerta, lo hace como siempre, después, abre para decirle.- Isidro quiero que nos acompañes el próximo martes a las ocho de la noche en el Porta Belle, es una reunión con la familia y ya verás lo demás.- Oye Darío, responde Isidro.- hay alguien que te ha estado buscando, pero siempre da la casualidad que estas muy ocupado o estas fuera, se trata de un tal Ulises, alegando que te conoció hace muchos años, y no quiere hablar con nadie, diciendo que algún día se dará.- Tu lo conoces?

Si es el que yo creo, debe ser el que conocí, en verdad hace muchos años, te dejo algún teléfono o algo donde poder comunicarme?... Veras déjame ver, dice Isidro mientras buscaba entre sus papeles pendientes.- Si aquí lo tengo, Leslie también lo debe tener.- Su teléfono es el 916-07-58 y pertenece a la Zona Residencial El Refugio S. A. de C.V.

Darío se quedó de una sola pieza sin darlo anotar, solo su mente y su corazón se trasladaron a su infancia de un futuro incierto en esa etapa de su vida.- Ulises.- Darío, Menciono su nombre en voz alta.- Entonces si lo conoces?... pregunta Isidro con toda naturalidad.- Si! Si lo conozco, fuimos compañeros de la misma miseria que nos rodeaba en ese entonces y ahora mira como la vida le ha sonreído.- Mas tarde hablare, y ahora será el quien en verdad se sorprenda.- Cual es el motivo de la cena que me dice Darío?...Pregunta Isidro con toda la confianza que le tiene.- Te pregunto para saber cómo hay que ir vestido.-Me voy a casar Isidro y quiero que vayan tú y Leslie, porque forman parte de nuestras vidas.- Camila se lo imagina?.- No! Pero en cuanto mi papa le diga lo de la cena caerá en cuenta.- Me da mucho gusto créeme, por esto y por todo lo que hay por hacer, crecerá la familia de tu padre y con ello viene la expansión y un gran futuro, termina diciendo Isidro.- Entonces tenemos que estar bien presentables, el momento lo amerita.- Bueno ya lo saben tú y Leslie y te dejo voy estar fuera dela oficina cualquier cosa me llamas.- Muy bien, responde Isidro, recordándole que no deje de hacer esa llamada.

La salida que había anunciado Darío, fue premeditada en ese mismo instante, había tomado la decisión de ir a buscar a Ulises y cerciorarse de todo lo que habían informado de él, recordaba que se dejaron de ver aquel siguiente día del encuentro con el destino y le dejaba como herencia aquel bendito refugio que le sirvió de mucho y por lo tanto había dejado en el parte de su vida, que no dejaría de recordarla siempre que tuviera el momento de hacerlo con toda sus delicias y amarguras, con todos sus fríos y hambres y casi al final, haber compartido ese rincón con aquella historia que cambiaría la suya, por haber tenido en su pecho el corazón generoso de un niño que estaba sufriendo los mismos embates del destino

EL ENCUENTRO CON EL PASADO

Abordando el auto de la empresa, Darío sale en busca de su viejo amigo Ulises, el apellido nunca lo supo, era por eso que solo visitándolo saldría de toda duda y lo que más le motivaba esta visita era el hecho que la zona residencial mencionada tuviera el mismo nombre del aquel montón de escombros, que utilizara para hacer de todo eso un refugio camuflado con enredaderas silvestres y otras plantas secas, sus recuerdos empezaron a navegar por su mente, haciendo las comparaciones de un estado de vida tan precaria de ayer, a la de una buena solvencia moral y económica que disfrutaba en ese momento.

Habían transcurrido trece años desde entonces, de manera que el lugar por fuerza había sufrido una completa transformación, Darío jamás volvió a ese lugar y trataba de recordar el callejón por donde él y Camila hacían la travesía más corta para llegar, ese callejón se convirtió con los años en el cruce de una avenida, derribando los viejos edificios que lo conformaban, trato de llegar al lugar donde estaba el expendio de sodas que era una de las esquinas favoritas para vender sus periódicos.- El expendio no lo encontró, pero la avenida era la misma sentía que estaba en otro lugar, y lo estaba porque esto era la parte vieja de la ciudad, en lugar del expendio estaba instalado el Banco MexEspa S.A. de C.V.- abarcando una tercera parte de la cuadra y frente a él estaba La Única, una mueblería que construía muebles hechos de maderas finas.- Cuando Darío vio que estaba ese negocio se recordó de la vieja tienda, donde encontró a Camila casi muerta de hambre y de frío, ese fue el lugar que necesitaba para orientarse, al llegar allí dio vuelta a su izquierda y siguió de frente.

Recordemos que ellos tenían que caminar más de seis cuadras para estar en los límites de la ciudad, era por eso que tenía que correr para llegar temprano a la redacción.- Darío siguió de frente y se encontraba con cada novedad, pareciera que le habían cambiado todo en tan poco tiempo, una transformación completa, nuevas avenidas, comercios de toda naturaleza, hasta un gran Centro Comercial La Raza, estaba en uno de los baldíos que estaba reconociendo.- Aun cuando estaba en la misma ciudad, que había crecido de manera importante en esos últimos años, el sentía que estaba en otra parte, pero la realidad es que estaba recorriendo en su automóvil aquellas viejas calles polvorientas llenas de basura y los terrenos interminables cercados con postes de árboles de mezquite y alambres de púas.- Ahora estas calles estaban lujosamente pavimentadas con sus muy anchas banquetas y previstas de todo para las temporadas de lluvia, con señalamientos precisos y su semáforos de esquina con la zona de seguridad para los peatones al cruzar las avenidas.

Darío quería congelar esas imágenes en sus pensamientos, pero lo que estaba acercándose a sus ojos, las fue desvaneciendo poco a poco hasta quedar frente al objetivo que estaba buscando, detuvo su auto casi cerca de la entrada de lo para él, inimaginable.

Estaba viendo un grandioso arco en la entrada de la zona residencial, en la parte media del mismo y en lo alto una campana de bronce con un sonido espectacular y un fin determinado, las puertas de acero ornamentado corrían paralelas a las bardas de ocho pies de alto, y a la entrada tanto la derecha como la izquierda dos cubículos de regular tamaño que servían de oficina para los dos guardias que la custodiaban tomando nota de todo lo que entraba y salía, era una especia de revisión para garantizar la seguridad de todos los habitantes del predio.

Por fuera, a metro y medio de distancia de la barda y por ambos lados se dejaban ver largas hileras de pino de los denominados cipreses, dándole una vista espectacular ya que la misma barda estaba pintada de un color verde claro, mientras que el arco con un verde quemado y las puertas de acero negras en su totalidad, a la derecha un letrero que decía.- Identifíquese con su credencial de residente, y más abajo otra leyenda.- Invitados y Familiares presentar documentos válidos, de lo contrario sentimos negarle el acceso, Gracias La Gerencia.

Darío vio que la entrada estaba despejada y puso en marcha el auto, prácticamente a la mitad, el guardia del lado izquierdo le marca el alto.- Usted no vive aquí, dice el guardia.- No! Definitivamente no, le responde Darío, solo que estoy buscando al Sr. Ulises, que me dejo esta nota en mi oficina.

El guardia saca de la funda que trae puesta a la cintura, un teléfono móvil con radio y se comunica a la central en ese momento.- Aquí a la izquierda reportándose adelante.- Noticias! Se deja escuchar del otro lado de la comunicación.

Una persona de nombre, cuál es su nombre? Pregunta el guardia.- Darío, solo dígale que es Darío quien lo busca.- Bingo! Solo se dejó escuchar del otro lado de la bocina del teléfono, dele instrucciones cómo llegar a la oficina por favor.- Si Señor como usted diga, responde el guardia.

Mire dice el guardia, dé vuelta a la derecha antes de llegar a esa glorieta, y en la primera calle que se llama Mi Refugio se va derecho hasta llegar a la última que se llama Calle del Amigo, en la pura esquina esta la Oficina del Sr. Ulises Calderón.- Calderón?...pregunta Darío asombrado por saber el apellido de su viejo Amigo.- Si Señor, ese es su apellido.- Jamás lo supe hasta ahora, responde Darío con mucho gusto.- Pues allí lo está esperando su amigo que también le dio mucho gusto.- Con permiso dice Darío a su interlocutor y pone en marcha su auto con velocidad moderada, ya que en el interior se especificaba la velocidad máxima 5 KM.

Recordando las instrucciones del guardia, toma a la derecha antes de llegar a la glorieta.- La Glorieta era una fuente de inmenso tamaño con tres niveles, en el tercer plato de la fuente estaba un niño con sus periódicos bajo el brazo y con uno en la mano derecha y su cabeza muy de frente alta como gritando las noticias.

Darío no dejo de admirar esa majestuosidad, ya que la fuente estaba hecha de los desperdicios que había en ese entonces y que fueron reciclados, dándoles el tamaño en bloques de diferentes tamaños que sirvieran para la construcción de esa fuente.

La sonrisa que se dibujó en su rostro fue de satisfacción, se recordó de nuevo el pasado, siguió de frente tomando la calle El Refugio, así paso algunas cuadras hasta llegar a la Calle del Amigo.

Esta calle, estaba a escasos metros de lo que fuera en ese entonces una barda que dividía ambos predios, y esa muy elegante oficina, está construida precisamente en el mismo lugar que fuera el Refugio de Darío y que después lo compartiera con Camila para al fin, dejárselo a Ulises su viejo amigo por un día, de quien no supo su apellido, hasta después.

Al llegar a la calle mencionada, se da cuenta que la oficina tiene bastante espacio para estacionar los autos, después de hacerlo, se dirige al centro de la calle y dirige su mirada a lo largo observando cómo están ubicadas las casas con sus patios de enfrente, unas con césped y otras con grava de color y plantas del desierto, las ve cómodas y elegantes.

Se da cuenta que en cada tercer vivienda existe un faro que se enciende al ocultarse el sol iluminando gran parte, así era en toda la zona residencial, al darse la vuelta y estar frente a la oficina, le pasa revista y se da cuenta que en su jardín están tres rosales a la derecha y otros tres a la izquierda, con una espesa enredadera pegada a la pared cubriendo en gran parte el edificio, dejándose ver las ventanas descubiertas.

Camina lentamente y sin prisa hacia la entrada, abre la puerta da unos pasos hacia enfrente y a su izquierda la recepcionista quien le saluda cordialmente.- Le puedo ayudar en algo?...El Señor Ulises?... De frente en la última puerta a su derecha 303.- Gracias, responde

Darío quien suspira con cierta emoción, al mismo tiempo que fija su mirada en el gafete con el nombre de la recepcionista y sigue adelante hasta estar frente a la puerta No.303 que es la Oficina del Señor Ulises Calderón.

Antes de decidirse a tocar, escucha una voz que viene del interior.- Pásale por favor la puerta está abierta.-Darío se sorprende y decide entrar abriendo la puerta con lentitud, da unos pasos hacia dentro y se da cuenta que casi frente a él estaba su viejo amigo, esperándolo con los brazos abiertos.

Darío, es un placer enorme pero muy grande el poder verte de nuevo después de tantos años de estar ausentes uno del otro.- Un abrazo fuerte lleno de emoción fue el primer saludo personal.- Tenía que ser así, el tiempo ya había borrado algunas huellas palpables que en el camino, Darío y Ulises dejaron en el pasado y ahora se darían el tiempo necesario para recordarlas con el ánimo de la verdad.

Después de ese efusivo abrazo, Ulises le ofrece.- Quieres tomar algo?...Un refresco, agua, café o algo de vino del mejor que tengo?... Te lo agradezco, solo agua para estar sobrio en nuestra conversación, si tienes tiempo para hacerlo.

Mi paciencia no tiene límites, todo se lo dejo al tiempo, le responde Ulises categóricamente, ya vez hace algunos meses deje el primer mensaje con tu secretaria en la redacción, te lo dio?...Si, claro, solo que.- Has tenido muchos compromisos, muchos proyectos y que pronto quizás dentro de esos planes te vayas a casar que se yo, le contesta Ulises, sin pensar que estaba adivinando algunos detalles que realmente ignoraba, lo que sucedía era que Ulises había adquirido cierta madurez en el ámbito de los negocios financieros y por supuesto lo demás que la vida le había enseñado, ser un hombre persuasivo y claro.

Pero dejemos de estar de pie y sentémonos para hacer más ameno este encuentro que es para mí Histórico, créelo dice su viejo amigo Ulises, El anfitrión, de la Zona Residencial El Refugio, S.A. de C.V.

Cómodamente sentados en un diván con terminado de piel café claro y una mesita de centro en lo amplio de la oficina y un terminado crema en la alfombra que cubría toda la estancia, dos jarrones de gran tamaño con ciertas plantas de naturaleza muerta los adornaban, además frente a la pared en dirección del escritorio, había un cuadro fijado con una fotografía de dos por tres pies.- Cuando Darío fijo su mirada en esa fotografía quedo de una sola pieza, casi congelado, una sorpresa más le estaba dando a conocer el destino en este encuentro con el pasado.

Que es todo esto?...Pregunta asombrado Darío a su amigo.- Es todo nuestro pasado, le contesta con determinación agregando.- Y aunque haya sido un tiempo de nuestra niñez el peor de todos, los que están o estén pasando por lo mismo, creo que tú y yo estamos en una posición en la que no nos imaginábamos tan siquiera que algún día estuviéramos disfrutando de lo poco que tenemos, porque realmente es poco y al mismo tiempo para muchos, es demasiado, esto te lo enseña la vida cuando sabes agradecerle todo lo que nos da, sin olvidar la vendita miseria por lo que pasa cada quien en este mundo de una sociedad fragmentada, donde vale más el que tiene, que aquel que honradamente lucha por tener, esa es mi filosofía amigo mío, dice Ulises.

Darío empieza tener en su mente cuadros de su pasado, jamás hubiera imaginado que su amigo de un día de nombre Ulises y que hasta ahora sabría de su apellido, fuera el mismo de aquel entonces, solo que ahora, lo encuentra en otras dimensiones económicas.

Antes de tomar asiento, Ulises toma el teléfono directo a la recepción.- Verónica nos traes una jarra con agua y dos vasos por favor?...Gracias y enseguida cuelga el auricular.

Creo que ya te distes cuenta del cuadro verdad?...Lo recuerdas? Verdad que fue genial haberle tomado una Fotografía?... Hay mucho que contarnos Darío, pero por ahora quería que llegara ese día en que estuviéramos frente a frente, tenía inmensas ganas de verte ahora como un gran hombre de negocios y con una reputación bastante honorable y creo que te falta mucho por hacer, así como a mí, somos jóvenes todavía y aun con un futuro mucho más prometedor, sin olvidar de donde salimos y a donde nos dirigimos y creo que si algún día nos unimos para una gran causa, lo vamos hacer muy bien.

Darío no salía de una cuando ya estaba en otra sorpresa, la visión de su amigo estaba conminada de grandes y buenos deseos, y estaba creyendo que si el destino los había unido por un día y una sola vez en la miseria, con los años la misma vida habría de prepararlos para alguna misión juntos en el futuro.- No, no puede ser, esto es producto de tantas emociones juntas.- Darío hizo un gesto de admiración y le respondió un tanto confundido.-En realidad intentas decirme que nos hagamos socios de una organización altruista?...Bueno, no quiero que lo tomes obligadamente, solo que lo he venido pensando hace ya mucho años, pero como te dije al Principio, todo se lo dejo al tiempo y ya vez, cuando pensaste que nos volveríamos a ver después de tantos años y cuando en realidad solo nos vimos unas horas en aquella ocasión que me heredaste tu refugio y sigue diciendo.- Tú crees que ese

gesto de parte tuya lo haya echado al olvido?...Jamás, porque siempre ha estado en mi corazón y te lo voy a decir porque.- Empezaba a contarle el principio de la historia, cuando aparece Verónica con la jarra y dos vasos con hielo.- Si algo mas se les ofrece me llama por favor.- Gracias y no estoy para nadie hasta en un buen rato de acuerdo?...Si Señor, así se hará.

El móvil de Darío empieza a vibrar.- Disculpa un momento, déjame atender esta llamada, dice Darío a su amigo, quien ve en la pantalla de su teléfono el número de casa.- Habla la mujer más bella de este planeta verdad?...Se trataba de Danila quien le estaba buscando para saber si iría a comer.

No mama, pero guárdeme celosamente esas enchiladas para más tarde, y por favor le pasa el recado a Camila, nos vemos más tarde, si se le ofrece algo me llama, si mama, si, si y yo a usted la adoro, nos vemos más tarde.-Mientras Darío terminaba su conversación con su madre, Ulises servía el agua, disponiéndose a continuar su propia historia.

Tienes tiempo verdad?...Pregunta Ulises.-Claro ya escuchaste, era mi madre pero todo quedo arreglado, de manera que adelante.

Te comentaba que después de ese día, las cosas empezaron a ponerse interesantes, yo hacía lo mismo todos los días, asegurarme de que nadie se diera cuenta quien entraba y salía de ese rumbo, uno de los días, no salí del refugio y decidí quedarme, sabía que tenía guardado algo que comer y tomar, de manera que me quede acostado sin levantarme una buena parte del día, y cuando lo hacía fue porque me apretaba el hambre, de manera que comía lo que tenía y me ponía a leer algunas revistas que tenía, aprovechando la luz que había en esos momentos al azar, agarre uno de los libros y el primero fue de cómo Saber Manejar Tus Ingresos.- Ulises interrumpe su historia para preguntarle a Darío su edad, a lo que él respondió.- Ahora estoy por cumplir los veintidós años, porque?...Soy mayor que tu tres años, fíjate como a veces, los años se los come el pasar del tiempo, mientras unos representan más años, que otros y es porque aparentemente se los guardan en una vida pasiva.

Ese día, siguió diciendo Ulises.- Amanecí cansado de lavar carros, esa era mi profesión según yo, había lavado veintidós carros, fue una cosa increíble, pero fue más increíble cuando llegue al refugio y conté el dinero que había ganado, conté doscientos veinte pesos y ahora qué hago con este dinero, regularmente llegaba con ochenta o noventa pesos pero ahora, si tuviera a mis padres se los daría.-

Donde están tus padres?...Pregunta Darío

Darío hace esta pregunta con conocimiento de causa.- No sé! Eso quisiera saber yo, donde estarán si es que están y si no están que la misericordia de Dios les aguarde.- Eres cristiano?...Pregunta Darío.- Soy Católico por convicción y tú?...Ulises devuelve esa pregunta.- Solo creo en Dios que nos cubre con su bondad, ya ves lo que tenemos y no teníamos, lo que ahora somos y no lo éramos, no crees que eso es algo maravilloso?

Ese día que no salí, me puse a pensar que haría si algún día tuviera dinero, siguió diciendo Ulises en su gran relato personal.- Tanto lo pensé que me quede profundamente dormido, no me di cuenta que horas eran, lo que si alcanzo a recordar que había luz y que no tenía que encender ninguna vela, me acomode para seguir en mis pensamientos y de pronto me fui en el viaje y empecé a soñar algunas cosas que yo todavía no podía ni alcanzaba a comprender, soñé que estaba en una casa muy grande donde los números subían y bajaban y los que subían eran los que ganaban y los que bajaban eran los que perdían, esos números estaban en una gran pantalla iluminada con un montón de diminutas luces que eran las que formaban esos números y un montón de gente gritaba, otros se enojaban y otros esperaban que los números subieran, era como una casa de apuestas, más tarde con el tiempo, comprendí que se traba de la bolsa de valores, donde invertían cierta cantidad de dinero, arriesgando a perder o ganar, pues ese sueño me dio la idea de mi vida para el futuro, de manera que con entusiasmo seguí trabajando y ahorrando todo lo que podía, hasta alcanzar una buena cantidad de dinero para después hacer el negocio que tenía en mi mente.

Darío, escuchaba con atención paso por paso de todo lo narrado por su amigo, y estaba haciendo una muy buena evaluación, analizaba su vida del pasado con la de su amigo que había caminado muy paralelamente y que ambos lograron alcanzar una meta en su corta edad y que estaban en la misma y clara idea de seguir adelante.

Y cual era ese negocio?...Responde Darío con entusiasmo.- Bueno, dice Ulises.- Ese día me decidí a juntar todo lo que pudiera en ese año.- Lo lograste?...Dice Darío.- Las cosas raras que empezaron a pasar como te decía, a los siguientes días era que de vez en cuando, en el día aparecían gentes con unas cámaras y cintas que median y volvían a medir, la cosa curiosa es que nunca dieron con el refugio y sabes porque?...No, porque no dieron con el refugio, pregunta Darío.

La cosa es que entre todos los montones de escombro que había en ese lugar, pues nunca dieron con el nuestro y un día me puse a vigilar si había alguien alrededor y al no haberlo, me puse a trabajar en el refugio, haciéndolo más imposible de descubrir si alguien pudiera habitarlo.- Que fue lo que le hiciste?...La curiosidad de Darío le llevo a esta pregunta.- Junte bastantes enredaderas silvestres que estaban secas y otras que estaban crecidas y se las coloque por encima, además le agregue una gran cantidad de ladrillos quebrados que acostumbraban a tirar como desecho de alguna construcción, total el refugio fue aparentemente una pila más de escombros, de los cuales no se darían cuenta ni por curiosidad.- Y allí lo tienes en ese cuadro, termino diciendo Ulises.

Con el tiempo, siguió narrando Ulises.- Supe que eran algunos ingenieros que estaban midiendo todos esos baldíos, que por cierto eran bastantes y de pronto dejaban de ir y después volvían a medir, así se la llevaron como asegurándose de que las medidas fueran las correctas.

Con el tiempo me olvide esos detalles que no me interesaban, estaba yo meditando en la idea de seguir lavando carros y juntar el dinero para mi proyecto, quería que el tiempo pasara lo más rápido posible, pero no era capaz de entender que tendría que ser así, darme la paciencia necesaria y seguir adelante.

Quería seguir estudiando y no lo logre, llegue con mucho trabajo hasta el quinto grado, no me gradué tan siquiera de la escuela primaria, lo que había aprendido en esos cinco años me fueron apenas suficientes para aprender a leer y escribir y sin embargo aquí estoy trabajando en mi propio negocio, que no formaba parte de los proyectos que originalmente tenia.

Y para no hacerte la historia más larga, dice Ulises a su amigo.- No soy casado, no me quiero casar y ni me casare, podría juntarme con alguien, pero no casarme esa es mi ideología hasta ahora, podría cambiar con el tiempo, no lo sé y quizás te preguntes como es que estoy donde estoy y como logre todo esto verdad?.- Yo te escucho solamente le responde Darío con toda su confianza, si es que me lo quieres contar, está en tu criterio.

Ese año y la mitad del siguiente, fueron de gran actividad para mí, había alcanzado a juntar en todo ese tiempo los diez y seis mil pesos que vigilaba de noche y de día, pensando que me los fueran a robar.-Pues donde los tenías guardado?...Le pregunta Darío.- Debajo de los escombros del refugio a la altura de mi cabeza en el lugar donde siempre dormía, pero un día se me abrió la idea de agarrarlo y llevarlo al Banco para ponerlo en una cuenta de ahorros, la señorita que me atendió hasta se asustó, y rápido me ayudo depositándolo en mi primera cuenta bancaria, sabes que me sentí importante por primera vez y eso me motivo a seguir trabajando de lava carros y lo que ganaba irlo depositando, así es como junte ese dinero que ya estaba a salvo.- Seguí en lo mismo mientras se presentaba la primera oportunidad de hacer algo con ese dinero ahorrado que estaba ganando ya intereses.

Pasaron seis meses más y un día muy temprano escuche el ruido de algunos motores que me despertaron muy temprano, y al asomarme por la hendija improvisada que tenía, me percate que eran dos tractores y dos máquinas que empezaban a emparejar el terreno que estaba al lado y eso me mortifico, pensando que pronto vendrían a emparejar este y al día siguiente mi curiosidad me obligo a levantarme temprano y dirigirme a los chóferes de estas máquinas para hacerles ciertas preguntas, como las que si van a vender ese terreno, o como quienes son los dueños y estar al tanto o si van a seguir con los demás, que se yo, algo tendría que preguntar.

Después de cerciorarme de que nadie viera, salí y me dirigí al primer camión que tenía a la vista.- Buenos días, que temprano andan trabajando piensan construir aquí?.- El chofer de otro tractor aun no lo encendía le contesta burdamente.- Porque, quieres comprarlo?... Mi pregunta es si van a construir algo aquí, y es solo una curiosidad.- Lo que vamos hacer es limpiar y nivelar todos estos terrenos que están a nivel de la calle, porque piensan fraccionar a largo plazo entendido?... Si Señor entendido le conteste, más tranquilo ya que el refugio estaba en el lado extremo de donde se hacían los trabajos.

Conforme pasaba el tiempo, maduraba más mi idea de invertir en algo productivo, y hacer valer más mi dinero lo poquito que tenía ahorrado, sabía que no dependía de nadie, que no tenía obligaciones, pero también sabía que algún día tendría que dejar el refugio y tenía que prepararme.

Te imaginas que hice?...No!...Que hiciste?....Regrese con los trabajadores a preguntarles de quienes eran esos terrenos y me informaron que todos eran de un solo dueño que murió hace muchos años sin dejar testamento y el municipio se los había adjudicado al no presentarse ningún heredero familiar.

Empecé hacer cuentas, si en un año logre juntar esa cantidad, bueno necesito saber cuánto costaría un terreno, de manera que al día siguiente me medio arregle y me fui al ayuntamiento a la oficina del catastro para ver eso y me preguntaron la dirección de esos inmuebles y yo me quede mudo.- Sabes o no sabes dónde están esos terrenos.- pregunta el encargado.- Ah eso quiere decir inmuebles, que son terrenos pregunte.- Si están por la calle de tierra que se llama Poniente Sur.

En el mapa de la ciudad el encargado va señalando con el dedo índice de su mano derecha de pronto se le escucha Poniente Sur, aquí esta y ahora veo los libros del Registro de la Propiedad, muy bien agrega diciendo.- Son cinco terrenos de 300 metros cuadrados y el valor se estima en veinte mil pesos cada uno.- Y cuando los pondrán a la venta?...

Bueno voy para los quince y aunque no lo crea yo puedo comprar uno y quizás pueda comprarlos todos y si me ayudas puedo compensarte con algo.- A poco tienes mucho dinero?...No.- Pero lo puedo hacer y el primero puede ser en este día.- Tienes teléfono? No.- Dame tu dirección.- No tengo.- Pues entonces dónde vives?.- No te puedo decir porque entonces dejaría de ser mi morada perfecta.- Y como localizarte?.- Mi negocio es lavar carros en la esquina de la avenida San Patricio, allí me localizas y si no yo vengo contigo, no hay ningún problema.

Para terminar pronto y no hacerte esto más largo, los cinco terrenos los compre y después los otros cinco que estaban a la venta y yo sin haberlo sabido y eran estos donde estamos horita platicando.

Mira Darío, la vida te pone trabas para que las venzas yo mortificándome por los lotes que no me importaban tanto como este y ya vez los compre.

Nunca pensé que con lo que tenía reunido en el banco que alcanzaba los cuarenta y cinco mil pesos podrían prestarme los cien mil para comprar los primeros terrenos, claro que los títulos no estarían a mi nombre sino después, en un año pague el resto y sabes lo que hice después.- Los hipoteque por otros cien mil pesos para comprar el resto que como te digo son estos y el total fueron hasta ahora comprado son de ciento cincuenta mil metros cuadrados equivalente a quinientas familia que pueden vivir en esta Zona Residencial el Refugio y que a la fecha solo tenemos trescientas veinticinco viviendo, de manera que como la ves, el sufrir que se padece y si lo hacemos aun con el dolor, tarde o temprano te recompensa en vida.

Te felicito de gran manera, dice Darío.- Has logrado mucho más de lo que querías.- Todo tiene un sentido en la vida, lo interrumpe Ulises diciéndole.- Tu, fuiste el patrocinador de esta fortuna, si no me hubieras ayudado en ese momento quizás yo hubiera tomado otra determinación, te confieso que quería quitarme la vida, estaba siendo despreciado por todos, pensaba en la ausencia de mis padres, pero siempre hay una esperanza y que casualidad que pasaste precisamente por allí donde quería morirme de hambre y de sed, es esto una coincidencia?... No lo sé, solo pase por allí y ya, le contesta Darío con humildad.- Cierto que te vi muy mal y como te dejaría allí solo toda la tarde y toda la noche y si lo hubiera hecho, mi conciencia me lo estaría gritando todavía ahora, pero no fue así y que bueno que reflexionaste y hacer lo que has logrado y quizás lo que te falte por realizar.

Darío se pone de pie, saca de su cartera una tarjeta de presentación del Centinela para dársela, al mismo tiempo decía.- Estoy feliz de haber estado contigo estos momentos, en un encuentro con el pasado, que por cierto como tú dices no nos fue tan mal y ahora tenemos que corresponderle, vamos a estar en contacto con mucha frecuencia para analizar eso de lo que tú quieres hacer.- De lo que quiero que hagamos juntos le contesta Ulises.

Está bien nos hablaremos en el transcurso de la semana que viene y te encargo un cuadro para ponerlo en mi oficina, termina diciendo.- Te lo prometo para la próxima vez, le contesta Ulises.

No me despido solo digamos hasta luego dice Darío a su amigo, saliendo de la oficina, no sin antes ver que en la esquina de atrás pegado al techo, por arriba del escritorio de su amigo había una muy pequeña cámara de vigilancia a la cual le manda su más sincera sonrisa al salir de la oficina.

Antes de salir vio a Verónica muy ocupada frente a uno de los monitores que tenía frente a ella, y que al darse cuenta Darío que le había visto, le dice a ella, esa sonrisa fue para ti, que tengas buenas tardes buenas tardes Señor, contesta ella también con una sonrisa.

DE REGRESO AL PRESENTE

Salió Darío pensando en toda esa historia de su amigo y en todos esos detalles que había visto, recordando el inolvidable favor que él había hecho por Ulises en aquel día según su amigo, y dos cosas le llamaron poderosamente la atención el cuadro que contenía la fotografía del Refugio y la fuente de tres niveles con el Papelerito que simulaba corriendo con el periódico en su mano derecha en alto y los otros bajo el brazo izquierdo.

El reloj de su automóvil marcaba ya las 4:30 PM de manera que voy a casa, venia pensando en el camino de regreso a la realidad, sabía que unos chilaquiles con queso le esperaban cuidadosamente vigilados por su madre para que nadie se los comiera, estaban hechos especialmente para él.

Por otra parte Ulises, se quedó igualmente emocionado y al mismo tiempo un poco confundido, reacciono de Inmediato y se dijo así.- Que bruto, me dedique a lo mío y nunca le pregunte sobre la vida de él, que bruto fui de veras, de plano se me fue esa pregunta con el tiempo, bueno pero ya tendré otra ocasión para hacerlo y será en exclusiva solo de él.

En el camino de regreso a casa, el teléfono de Darío da muestras de vida, estaba sonando y no lo podía contestar porque lo traía en la bolsa del saco y los cinturones de seguridad lo tenían atrapado, de manera que detuvo su marcha para hacerlo.- Bueno dígame.-Hijo donde andas?... Era su padre que ya estaba mortificándose, ya que no había sabido nada de el en tres horas.- Papa ya voy estaba ocupado en una entrevista, te platico al llegar.-Esta bien hijo te esperamos y no dejes de llegar por pan de dulce para el café de acuerdo?- No te preocupes voy a llegar por él.

Axcel y Camila no estaban en casa, habían salido al Centro Comercial por unas cosas que su madre les había encargado y no tardarían en llegar porque ya hacía rato que habían salido.

Darío, aprovecha el teléfono que lo traía en la mano para marcar al Centinela, espera un momento a que Leslie conteste su llamada.- El Centinela buenas tardes.

Leslie soy Darío, solo te hablo para saber si tengo algunos pendientes.-El único mensaje que tengo para usted es que hablo el Sr. Ulises para pedirme su número del celular porque no se lo pidió a usted, en la entrevista que tuvieron temprano.- Leslie, Isidro? No le he visto, sabes algo de el?... Si Señor salió a investigar lo de un incendio en la Avenida 14, un edificio de dos pisos.- Por favor si llega antes de que te vayas que me dé una llamadita.- Muy bien Señor se lo hare saber si llega antes.- Hasta mañana Leslie.- Hasta mañana Señor.

Darío estaba estacionando su auto en la panadería por el encargo de su padre, cuando se le acercan dos niños de siete y ocho años en unas condiciones fatales.

Antes que Darío dijera algo, fueron ellos quienes estaban pidiéndole dinero para comprar algo de pan.- Esperen, esperen por favor un momentito, déjenme hablar siquiera tu cómo te llamas, le preguntaba al más chico.

Es a mi.-Si es a ti, cómo te llamas?...Eliseo.- Y tu cómo te llamas preguntaba al segundo.- Yo soy Esteban y tenemos mucha hambre, nos puede dar unos centavos para poder comprar algo de pan ya tenemos algunos días que no comemos nada.- Y sus padres?... pregunta Darío esperando una respuesta sincera.

El papa de él, decía Eliseo.- Es compadre de mi papa y los dos están en el bote, se puede imaginar porque?...No! porque están en el bote?... Por borrachos y escandalosos y para acabarla de fregar su mama dice que mi mama es una alcahueta, y mi mama dice que su mama le gusta la fregadera de manera que como no hemos comido, porque con lo que íbamos a comer, el vicio de nuestros padres se lo acabo y ahora esperar una semana más otra vez, pues mejor nos pusimos a pedir, total si no quiere darnos a lo mejor el que sigue si nos da.

Darío los escucha con atención y le causa risa, que la contiene en momentos.

Muy bien, vengan conmigo y entremos a la panadería y díganme que es lo que quieren llevar a su casa, para que yo lo escoja, ustedes señálenme cual pieza de pan les gusta.- Yo quiero un cochito, un cuernito un ojo de buey una concha, un elotito.- Es todo para ti Eliseo?... Si quiere ponerle unos torcidos para unas tortas sería muy bueno.- Muy bien.- Y tu Esteban que quieres llevar a casa?...Lo mismo que escogió Eliseo.

Después de haber escogido lo que esos niños más que sinceros quisieron de pan, les regalo diez pesos a cada uno para que compraran un litro de leche y también lo llevaran a sus casas, enseguida los despidió diciéndoles.- Es mejor pedir que robar, estamos de acuerdo?... Si y muchas gracias y que pronto nos volvamos a encontrar le dice Eliseo, que era el más chico y el más pícaro.

Una vez terminada la atención para con estos niños, Darío escoge y paga todo más el encargo de su padre para la hora del café, que con toda seguridad para cuando el llegara la cafetera ya estaría lista para servir.

Hay ciertas ocasiones que la vida nos da la idea de pensar en la coincidencia, esto sale a colación porque fue la casualidad del día, del momento y de la hora, en realidad no sé cómo lo tomarían otros u otras.- Sucedió que exactamente cuando llegaba Darío a casa, Axcel y Camila como un reloj en perfecta sincronización llegaban abriendo la puerta del jardín, mientras que Darío abría la cortina de la cochera, como se podría juzgar este momento?...

El cariño de Axcel para con Darío, era muy grande y al verlo fuera del auto corrió para abrazarlo con el mismo cariño de siempre y a la vez que le decía.- A que no sabes qué?...Que es lo que no se?...A que no sabes a dónde fuimos?... No sé, a donde fueron?... No! No sabes.- Bueno, no lo sé y ya entremos, que ya nos están esperando.- Te voy a decir a donde fuimos, dice Axcel.- No, por favor.- Contesta Darío con tono de un poco de enfado al no decirle nada.- Con una mirada profunda que Camila conocía de Darío, sabía que ella llamaba.- Ven, por favor tu dime a donde fueron, porque tu hermana quiere que adivine lo que no puedo tan siquiera imaginar donde andaban y que estaban haciendo.- Camila no soporto más y lo abrazo dándole un beso en la nariz.- Cariño, le dijo con una voz muy serena.- Fuimos a ver los vestidos de novia, pero solo a verlos.- Ella anticipaba, el ' solo' para que Darío no se sintiera comprometido así tan de pronto.- Solo a verlos?...Responde el con el mismo tono de serenidad.- Si, hasta que tú lo digas, responde ella de la misma manera.- Te gustaría saber para cuándo?...Fue su pregunta.- No me gustaría, sino que me encantaría, responde con mucha seguridad en sus palabras.

Después platicaremos de esto, mientras vamos a entrar ya que nos están viendo por la ventana y yo sé que estarán pensando en no quedarse con la duda de lo que hablábamos.- Ya sabes como es mi mama responde Axcel, a la vez que dice.- Si nos preguntan diremos la verdad para que se alegren un poco el día, no creen, ustedes futuros marido y mujer?...Camila le manda una señal a Darío, dándole un golpecito con su codo izquierdo en señal de sin comentarios.

Cuando abrieron la puerta, fue muy aromático el ambiente que recibieron, y lo era porque el café estaba en su punto, ya que la cafetera automática lo hacía a la perfección.

Yyy, preguntaba Danila, que platicaban antes de entrar?... Mama, decía Axcel.- Platicábamos sobre a que habíamos ido al centro comercial y se lo tuvimos que decir a Darío, porque el pregunto qué de donde veníamos y le dijimos que habíamos estado viendo los vestidos de novia.- A eso fueron?...Responde muy animada Danila al escuchar eso.

Y vieron alguno que te haya gustado hija?...Don Miguel en su papel de observador, no hacía ningún comentario, aun viendo que su mujer amada se llenaba de alegría y de esperanza.- Creo que ya tienen la fecha verdad hijo?...Camila no quería sentirse presionada y disimulando esa paciencia adquirida al lado de Darío, agrega.- En realidad deseo que lo hagamos con el tiempo necesario para que ninguno de nosotros se sienta presionado, mucho menos ustedes que nos han dado tanto que, no queremos que se mortifiquen más.

Solo les pido un favor, responde Danila.- Cuando tengan la fecha díganme, para que mi viejo me lleve a comprar el vestido que siempre he soñado para un evento como este y para el otro.- Y yo que, no vas a querer que me compre un traje?...responde Don Miguel.

La percepción de Camila fue mucho más allá y lo que acababa de escuchar, se lo había guardado para después hacerle el comentario a Darío y Axcel.

Las horas siguieron y disfrutaron del café y del pan que ya estaba sobre la mesa sin hacer más comentarios al respecto, así transcurrió el día y los que siguieron de una manera normal, tanto en casa con Danila en un completo reposo y sus hijas haciendo todos los quehaceres del hogar.

Las semanas pasaron sin ningún contratiempo y con el verano llegaban todos los acontecimientos que estaban predestinados a suceder y le daban la bienvenida con los nombres de dos candidatos que estarían en la gran contienda por la presidencia de la Máxima casa de estudios, uno de ellos de nombre Mariano y el otro Luciano ambos de férreas convicciones y de fuertes decisiones.

Los preparativos de la expansión del negocio continuaba sin dilación habiéndosele otorgado favorablemente la concesión de la Secretaria correspondiente para este renglón.- Por otro lado Axcel sin que nadie, solo su corazón, sabía que había sido aceptada para un retiro pre vocacional por seis meses en el convento de Las Mínimas de María en Bacalar, ciudad situada en una de las montañas que conforman una frontera territorial.

Todas las piezas de un juego maravilloso que la vida lo fue formando alrededor de ellos, las estaba moviendo de una manera que, cual si fuera increíble para muchos, posiblemente sería una coincidencia para otros, pero la única verdad es que siempre en la vida del hombre existe un momento en que la misma vida te pone en las palmas de tu mano, la oportunidad, la única que se presenta y que se debe aprovechar al máximo, así como lo había hecho Darío y Camila y después el de su viejo amigo Ulises, además de muchos otros que en realidad no los conocemos, pero que centramos nuestra atención en estos personajes porque ellos son parte de esta historia, basada en la misma imaginación que podría ser así en muchos de los indigentes que pululan en todas ciudades del mundo y que nadie o casi nadie les estima el precio de su vida.

La máxima idea de Ulises que le había comentado a Darío en aquella entrevista, aun no daba resultado, toda la agenda de trabajo del Centinela estaba saturada, con todos los acontecimientos que tenían en puerta y no podían desviar su atención, porque sería inconveniente en ese momento.

Isidro Betancourt, corresponsal del Centinela tenía a cargo toda la responsabilidad de correr todos los eventos de las elecciones que ya estaban sucediendo, y la venta del periódico el Centinela estaba doblando su tiraje, porque abarcaba ya algunos pueblos cercanos a la ciudad y estaban siendo repartidos en camionetas que recién habían adquirido para este propósito.- Por otro lado Leslie la secretaria del Centinela estaba ya saturada de trabajo, solicito a Don Miguel y Darío la contratación de alguien más que atendiera otra parte de las actividades.

Padre e Hijo habían considerado esa situación y fue cuando tuvieron la más grande de las ideas en haber puesto a trabajar al lado de Leslie, a Axcel y Camila que habían dado buenos resultados para el avance de los proyectos.

TRES SEMANAS MÁS TARDE

En la correspondencia de diario en la Familia Izaguirre, llegaba un sobre amarillo tamaño oficio a nombre de Axcel, proveniente de la madre superiora del convento a la que ella había pedido fuera aceptada en el seminario Pre-Vocacional que se impartiría en los próximos meses con una duración de ocho semanas, dichos documentos formaban parte de la Inscripción, así como toda la información correspondiente a saber para poder realizar esta inquietud espiritual.

Como siempre el horario de trabajo en las oficinas de la redacción era de ocho de la mañana a cinco de la tarde con una hora de comida, o sin ella si el trabajo lo requería.- Ese día después de salir primero que los demás Axcel y Camila, se van a casa un poco cansadas, ellas aprendieron en poco tiempo a llevar el control de las ventas foráneas que se estaban realizando y se mostraban contentas, no era eso lo que ellas pretendían y lo aceptaron para tenderles su ayuda, sabiendo que sería en el futuro un beneficio para la familia.

Una vez en casa, Danila había preparado una comida cena exclusivamente para chuparse los dedos, unas jugosas chuletas de res en barbacoa al horno, acompañadas de una ensalada verde que estaba terminando de preparar, cuando llegaban sus hijas con cara de hambre.- Mucho trabaja?...Pobre Leslie, con razón pedía a gritos ayuda espero que pronto le consigan a alguien de planta, comentaba Axcel a su madre.- Y tú que dices hija, se refería a Camila.- Tiene razón Axcel, necesitan una buena empleada de planta para lo que hemos estado haciendo nosotras, el trabajo ha aumentado y si, si necesitan a alguien y de preferencia mujer.

Y los hombres porque no han llegado?...Se quedaron para terminar de analizar el reporte de Isidro, para la Impresión de mañana y luego se vendrían, no deben de tardar, mientras en que te podemos ayudar mama?...

En la mesita de la sala deje una correspondencia si la quieren revisar.- Yo voy por ella responde con prontitud Axcel, quien solo ella sabía que estaba esperando correspondencia y cuando fijo su mirada en la mesita, vio lo que estaba en su mente.- Ese es, pensó en voz alta, sin que la escucharan.

La luz, el teléfono, el agua, el seguro de los carros, propaganda, mas propaganda, hasta que llego al sobre deseado a su nombre leyendo quien lo remitía decía.- Sor Inés de la Rosa, Madre Superiora del Convento de las Mínimas de María.- Emocionada lo tomo y se dirigió a sus recamara para revisarlo con detenimiento, dejando el resto sobre la misma mesita.- Mientras Camila preparaba la mesa y estuviera lista para cuando llegaran los hombres de la casa.

Danila de reojos, tuvo la oportunidad de observar a Axcel sus movimientos y antes de que llegara a la recamara su madre lanza al aire una pregunta.-Que tuvimos en el correo hija?.- Puros pagos mama, responde antes de cerrar la puerta y abrir su correspondencia.

La intuición de su madre era más poderosa que la inteligencia de su hija, Danila ya había repasado todas esas cartas, era claro porque fue ella quien las retiro del buzón, y sin embargo solo fingió ignorarlas y esperar algún comentario más adelante.- Camila, como cuando está en la cocina preparando algo, regularmente se asoma por la ventana que da al jardín directo a la entrada de los automóviles y ve que padre e hijo estaban llegando.- A lo que murmuro plácidamente.- Ya llegan mama.- Gracias a Dios, responde ella con felicidad.

Antes de que ellos entraran, Camila se retira de la cocina aludiendo de que iba a darse una retocadita, no quería que la encontraran un tanto desarreglada.- De todas maneras te ves bonita hija, le contesta su madre.- El buen pretexto de Camila, fue para reunirse con Axcel en la recamara y saber qué fue lo que le habían mandado decir en ese sobre.

A Camila le interesaba sobre manera, porque de esas noticias dependían muchas cosas que han estado pendientes sobre la boda con Darío.- Sin tocar abre la puerta y con un gesto de privacidad, Axcel intenta guardas lo que tenía entre sus manos y que aún no terminaba de leer, pero al ver que era su hermana, se los revela con toda confianza

Mira! Dice Axcel emocionada, enseñándole los documentos.- Nomás dime.- Ya te aceptaron?...Si! Camila ya me aceptaron, solo tengo que mandar estos papeles y mandarles decir que fecha puedo estar allá y esto tiene un claro mensaje para ti hermana.- Me vas apoyar?... Pregunta Axcel esperando una respuesta positiva.- Cuando muera solo entonces dejare de apoyarte, le contesta Camila abrazándola y al mismo tiempo presintiendo que pronto estarían las dos separadas y a la vez casadas, para no romper la promesa ya hecha.

La voz de Danila, interrumpe ese místico momento al anunciarles que todo estaba listo, que las estaban esperando que no tardaran.- Desde dentro la voz de Axcel.- Ya vamos mama.- Entonces que vamos hacer, vuelve a preguntar Axcel.- No te sientas presionada por el tiempo, vamos a cenar y luego nos sentamos para hacer los planes que serán los definitivos, te parece?...La voz de Camila alivia la inquietud de su hermana.- Ven vamos cenar y guardar el secreto hasta su momento.

Hola como les fue, tuvieron mucho trabajo verdad?...Pregunta Axcel...Ustedes también y las felicito, Leslie me dijo que lo estaban haciendo muy bien, responde Don Miguel, a la vez que una pregunta le seguía para que ellas le respondieran.- Que secretos traen ustedes que nosotros no debemos saber?...

Mientras ellas conversaban en la recamara, Danila había ya comentado esto con ellos, la carta que había recibido Axcel, fue el motivo de esta pregunta, a la cual Don Miguel, esperaba una respuesta concreta, ya que aunque ellas no se imaginaran, estaba preparado para cualquier sorpresa.

Pareciera que Danila, hubiera abierto la caja de Pandora, el secreto ya había sido revelado sin que ellas se dieran por enterado, Axcel se vio acorralada con esa pregunta, al mismo tiempo que miraba a Camila, como esperando una señal de apoyo.- Bueno, dice la hermana de Axcel.- La respuesta es tan sencilla de dar pero tan difícil de comprender si no aceptamos la realidad a la que nos vamos a enfrentar, si en verdad escuchan lo que deberían de haber escuchado mucho antes.

Camila estaba abriendo sus sentimientos por su hermana poco a poco, no quería desilusionar a nadie, sabía que seguir adelante era primordial porque el tiempo a partir de haber recibido esa misiva, empezaba ya prácticamente la cuenta regresiva para las dos, una en contraer matrimonio en un lapso de cuatro meses y Axcel quien debería de estar preparada para su partida al día siguiente.

De manera que por favor escuchen bien los que les voy a decir y no hagan preguntas, hasta que haya terminado con todo esto que les vamos a platicar.- Quieren que lo hagamos horita o después de cenar?...Comiendo y platicando que somos personas adultas responde su padre con mucha paciencia. Escuchando todo esto, Danila empezaba a servir lo tenía en el horno de su estufa, unas ricas costillas en barbacoa acompañadas con una muy deliciosa ensalada verde.

El tiempo se prolongó, y cuando se dieron cuenta, entre la plática y lo demás, Danila había tenido el tiempo de dejar la cocina como si nada hubiera sucedido y aun ellos y ellas seguían enfrascados en esa muy polémica situación que los estaba llevando poco a poco en aceptar la decisión de Axcel en probar su vocación para ser en el futuro una religiosa más, perteneciente a la congregación de las Mínimas de María.

Creyendo que Camila había terminado con su intervención, Axcel toma su turno y explica a su manera todo el proyecto de vida en estos posibles cinco meses que estaban apuntados en el calendario para llevarse a cabo los planes que ya existían, pero que solo habría que adelantarlos.

Una sorpresa que yo quería que fuera, ya no es sorpresa, dice Axcel y continua diciendo.- Voy a probar mi vocación por seis meses en un retiro PREVocacional y los planes son que al día después de la boda, yo tengo que salir al encuentro conmigo misma y ahora solo necesito su apoyo.

Danila estaba de pie junto a la estufa solo escuchando todo lo que se estaba diciendo y muy dentro de ella sentía un gozo que no lo quería expresar hasta escuchar la última opinión del padre de su hija.

Por otro lado Darío en sus pensamientos, sentía que no habría ningún problema y de la misma manera que su madre, esperaba las palabras de su padre, dándole todo el respeto que se merecía, porque era el pilar principal de esa familia.

Tienen ustedes toda la razón, empezaba decir Don Miguel.- El tiempo se nos está escapando de nuestras manos a su madre y a mí, han crecido y nos han dado lo que Dios quiso que nos dieran y todavía su gracia esta entre nosotros y me pregunto, quienes somos para merecer tanto y que no somos capaces de dar?... y ahora aunque nuestros corazones sientan que de nuevo se quedaran solos, tienen que realizarse de acuerdo a sus muy sanas libertades y encontrar en ellas siempre el apoyo de nosotros.

Un breve silencio invadió la estancia que aún se percibía el aroma de las costillas hechas en barbacoa, nadie opinaba y Don Miguel seguía diciendo.- Hagan todos los planes y no se detengan y cuando estén listos solo avísenos con tiempo para nosotros prepararnos también.

Por debajo de la mesa, Camila le daba un golpecito con su pie derecho al izquierdo de su hermana en señal de triunfo que acababan de tener, al mismo tiempo que cruzaban sus miradas con una gran sonrisa.- Están contentas ahora?...Se dejó escuchar la pregunta de su madre, quien también no dejaba de sonreír desde dentro del corazón que conectado con su alma, daba desde allí gracias a Dios.

Ahora tu que dices?...Don Miguel se dirigía a su hijo.- La perspicacia de Darío era definitiva en ese momento y al igual que ellas, queriendo darles felicidad a sus padres espirituales, que nunca los considero de esa manera, sino de la otra, de la verdadera paternidad que habían despreciado sus verdaderos hijos y en su corazón, solo existía todo el amor y comprensión que nunca hubiera tenido si el destino de sus vidas no los hubiera puesto en el camino de ellos, los amaba de tal manera que no había objeción en recibir todos sus concejos y obedecerle, cumpliendo y respetando de esta manera el Don de ser su hijo.

Camila, Axcel y yo platicaremos en breve sobre todo esto y una vez que se fije el día y el mes se lo haremos saber y por lo que escuche tendría que ser por el mes de Septiembre.- Este fin de semana, agrega Darío.- Nos sentaremos a planear todo lo tuyo Axcel y lo nuestro para que vayamos juntos redondeando los detalles, empezamos mañana y no hasta el domingo, sabiendo que faltaban tres días más para el fin de semana.

Los siguientes días se fueron como lo habían imaginado, entre el trabajo con Leslie, y los pensamientos que llegarían anclarse en la más bella ilusión, que cada ser tiene en el alma para encontrar su propia felicidad.

DOMINGO DESPUÉS DE MISA

En el atrio del templo, la familia se ponía de acuerdo en visitar el Centro Comercial para hacer las primeras compras y empezar a prepararse ya que pronto, eventos importantes estarían en la familia en los meses siguientes.

Una vez dentro de aquel gigantesco Centro Comercial de las Banderas, se preparaban a dividirse, dejando en claro que en dos horas aproximadamente se verían en el mismo lugar, por un lado Don Miguel y Danila irían en busca de sus atuendos para esa ocasión, mientras Axcel buscaría un establecimiento exclusivo para damas y ataviarse de algunas prendas de ropa interior y de vestir que estaban solicitando para el ingreso al convento mientras Camila del brazo de Darío lo invitaba a visitar la boutique Le Glamour, especialista en vestidos para novia y todo para caballero, donde mucho antes ella y su hermana habían estado viendo precisamente el ajuar que le gustaría llevar ese día tan importante en su vida.- A llegar ante la empleada, esta reconoce a Camila y le saluda cordialmente,.

Hola, de nuevo aquí?... Si! ...Me puedes mostrar el vestido?... Si, responde la empleada,

solo que ahora lo vas a ver puesto en un maniquí de tamaño normal para que lo aprecien mejor, y no duden en comprarlo, espérenme un momentito por favor y después las paso al salón.- No te preocupes, mientras vemos algo más, responde Camila.

Mientras ellos contemplaban los diversos artículos que tenían para su venta, ya habían pasado ocho minutos, los cuales fueron suficientes para que quedara lista la exhibición del vestido.- Pueden pasar por aquí por favor?-Son interrumpidos por la invitación a pasar al salón.

Una vez dentro, Camila vuelve a quedar más asombrada que la primera vez, ya que en esa ocasión fue de mano en mano como lo vio, pero ahora lo veía más bello y asombroso.- La hechura del vestido pareciera que fuera su pura medida, el color blanco era perfecto.- Se podría arreglar el velo y la cola del vestido haciéndolos un poco más corto?.- La pregunta de Camila, sorprende a su anfitriona quien le responde.- No le gusta el tamaño del velo y la cola del vestido?- Sinceramente No! Responde Camila, lo corto del velo y de lo demás, se me hace más cómodo y si me quedo con él, me gustaría hacerle esa rectificación.- Bueno, eso variaría el costo, dice la responsable de la venta del vestido quien agrega diciendo.

Si el Señor renta o compra su traje con nosotros, se podría llegar a que la modificación del vestido sea completamente gratis, usted que dice?... Darío al escuchar esa oferta aclara diciéndole.- De hecho pienso rentar todo lo que a mi corresponde y lo de ella lo vamos a comprar si hacemos un trato.- Como cual dice la empleada sintiendo como si fuera un reto que estaba afrontando.- El vestido no viene solo, cierto?...Y qué le parece si se lo compro al contado usted le regala los dos ramos, el natural y el de naturaleza muerta.- Necesito consultarlo con mi patrona, si me espera un minuto.-Claro que la esperamos dos minutos, inténtelo porque de todas maneras van a salir ganando.-Créame que lo haré con mucho gusto, le contesta saliendo del salón.

Transcurrieron casi los dos minutos previstos por Darío, cuando aparece frente a ellos la propietaria del negocio decidida a negociar la proposición de su cliente.- Mi nombre es Carolina Andrade y me informaban sobre su propuesta y haremos lo siguiente a ver qué le parece.- El vestido de novia, liga y zapatos será lo que ustedes habrán de pagar al contado y nosotros como un obsequio de la Boutique Le Glamour, será el arreglo del velo y la cola del vestido como lo señalaba Camila, además de los dos ramos que usted señalaba, estamos de acuerdo en esto si compra o renta todo lo que a usted le corresponde lucir en su boda.

Por eso no se preocupe, de aquí saldrá todo lo necesario, además vamos a traer a mis padres para que ustedes se encarguen de vestirlos como nunca los hemos visto, estamos en eso de acuerdo?... Eso y todo lo demás déjelo en nuestras manos, porque todos se verán maravillosamente, se lo aseguro.- término diciendo Carolina Andrade la propietaria del negocio.

EL TIEMPO APREMIA

A los días siguientes, Darío había hecho una agenda muy saturada de trabajo con todos los pendientes que los tendría que realizar en las próximas tres semanas para despejarse un poco y seguir con los preparativos de la boda y en esta lista estaba como primera necesidad, dejar concluida en su primera etapa la construcción de lo que sería el Centro De Noticias en Red de Comunicación Automatizada, además de realizar la reunión que quedo pendiente con Ulises para determinar si estaría con él, en su plan de altruista en beneficio de los niños cuya indigencia había proliferado de más en las calles de la ciudad.

Otro de los pendientes era dejar bien establecida la red de distribución del periódico a los pueblos cercanos, y contratando nuevo personal para esta necesidad, ya que Axcel y Camila pronto estarían experimentando otra situación de vida muy diferente.- En otro de los aspectos Isidro, estaría involucrado hasta su etapa final, de las elecciones que estaban dando buenos resultados y para esto tardarían alrededor de dos meses más, de manera que cuando Darío y Camila estén en su viaje de bodas, Isidro ya estaría dando a conocer quienes salieron favorecidos para los cargos en la Máxima Casa de Estudios.

Don Miguel y Danila hacían planes sin que Axcel se diera cuenta de ello, su idea era acompañarla hasta Bacalar, lugar donde se encuentra el monasterio al que viajaría al día siguiente de la boda.

Entre el trabajo y la rutina diaria aun cuando estaban todavía en el Centinela, había ocasiones que no se dejaban ver, hasta la hora de salida y en casa alrededor de la mesa, donde platicaban todos los acontecimientos ocurridos durante esas ocho horas de trabajo-

Así, poco a poco Darío cumplía al pie de la letra casi el cien por ciento de su agenda, solo dos detalles había dejado para lo último, la cita con Ulises y el viaje de bodas que había imaginado en una ocasión cuando en el refugio, tuvo la oportunidad de ver fotos en una revista que había recogido de la basura y le había llamado la atención y decidió llevársela, cuando ojeaba la revista de nombre Geografía Nacional, encontró lugares muy hermosos, pero como siempre hay un lugar que gusta más que otros, Darío se imaginó viajando a ese lugar que tenía frente a sus ojos, las islas de las Bahamas, después de llenar su imaginación con aquellas postales maravillosas, Darío se había quedado profundamente dormido.- Fue por eso que lo había dejado para lo último y la razón fue de planearlo lo mejor que fuera.

Darío en la oficina, conversaba en el teléfono y se le veía optimista, estaba tratando de ponerse de acuerdo con su amigo Ulises sobre el tema que habían dejado pendiente, ya habían pasado más de las tres semanas que se había programado y la fecha de la boda cada día estaba más cerca.-

Todo está bien, decía.- Por ahora dejaremos pendiente nuevamente el tema de la consolidación de esta propuesta considéralo como un hecho, ahora que estamos hablando de negocios porque no me das la oportunidad de publicar toda tu infraestructura para darla a conocer con imágenes vivas que inviten a comprar algo bueno en una zona residencial de lujo, sería bueno o no? Y si necesitas un socio me dices, quizás y si te interesaras, podría porque no participar en apoyarte con el otro plan que tienes, pero no me resuelvas ahora, solo déjame y te digo que una vez que esté de vuelta y las cosas estén de nuevo encarriladas hablaremos de eso y algo más, te parece bien si o no?

Darío siempre fue tajante con las propuestas y las ofertas, la visión que tenía en su mente fue clara mercenaria en el buen sentido de la palabra que a él le correspondía como Integra, era por eso que por lo regular cada vez que tenía la oportunidad se refería a esas palabras de si o no?.

Una nueva sonrisa se volvió a dibujar en el rostro de Darío, como señal de triunfo en las propuestas que había hecho a ver si pegaba, como quien dice si pega que bueno si no, despegado estaba, pero al parecer como dicen por allí, Darío confiaba en que su amigo lo aceptaría de una manera incondicional.

Después de terminada esa conversación, al dejar el teléfono se pone de pie y se dirige a la oficina de su padre que estaba ocupado, un repartidor del Centinela, le estaba solicitando un préstamo para darle una manita a la moto que tiene, que esta viejita pero esta buena.- Cuanto te cuestan las llantas de la moto?...Pregunta Don Miguel a su empleado repartidor.- Pues no sé, mientras quería saber si pudiera prestarme y voy a preguntar precios y luego le digo, le responde el repartidor.- Repartiste hoy? Sí Señor, pero me da miedo que me estrelle, las llantas están más lisas que el asiento donde me siento.-Cual es tu ruta?.- La más larga, la del oriente hasta llegar al pueblo de la Mesita, que son más o menos como veinte paradas.- Señor, El motor está muy bueno, el monito que la maneja le da sus servicios, son las llantas solamente para seguir trabajando.- No discutamos más, lleva la moto para que le pongan sus llantas y me traes la factura, termina diciendo Don Miguel al muchacho, que sale feliz, agradeciéndole profundamente ese favor.

Darío no comentaba nada, solo observaba la actuación de su empleado, que estaba hablando con mucha sinceridad fue por eso que Don Miguel no reparo en apoyarlo.- Como lo vistes hijo?... Siempre he admirado tus decisiones y ya sabía que lo harías, las preguntas correctas, siempre son las garantías de una respuesta correcta.

Querías decirme algo hijo?... Si!... Quiero que me acompañes a ver un departamento y me des tu opinión, es una sorpresa para Camila.- No me digas que después de la boda se quieren ir a vivir a un departamento?... No hijo, que no lo sepa tu madre en estos momentos, ustedes tienen todo el derecho de quedarse en casa,

Axcel después de tu boda la vamos ir a despedir al aeropuerto, tres recamaras estarán solas, además tu madre...... te lo voy a decir para que no hagas otros planes, porque cuando ustedes regresen de viaje, la casa se verá diferente y más funcional y ese será el regalo de nosotros para ustedes.. Papa!....Nada, no digas nada y que no sepa tu madre que te lo dije y que bueno que salió a colación tu propuesta, te doy gracias por ese gesto de confianza y haberlo hecho a tiempo de manera que tómalo con calma.

Darío no soporto más y se abrazó de su padre al tiempo que le decía.- Ya es demasiado lo que nos han dado y ustedes tienen el derecho de ser felices solos en su entera intimidad de un amor que no tiene fronteras.- Si estás pensando que es una carga para nosotros, no es así hijo, no es así, nunca ha sido así, tú no tienes tan siquiera una remota idea de lo que hay en el corazón de tu madre y el mío, porque aquellos días, cuando creíamos morir solos y abandonados, llegaron ustedes para salvarnos de una soledad que empezaba hacer mella en nosotros.- Pero mira.- Don Miguel lo acerco a un crucifijo que tenía pegado a la pared por arriba de su espalda, lugar donde estaba su escritorio y le dijo.- La misericordia de él, ha sido infinita con nosotros y más ahora que estamos viejos y que quizás

nos dé la oportunidad de ver a los nietos correteando por toda la casa, de manera que pronto es necesario que platiques con Camila, estamos de acuerdo hijo?...

Cuantas veces el hijo confía al padre sus intimidades, sus verdaderos planes?... Y Cuantas veces el Padre sabe cómo corresponder al Hijo con el amor que no tiene fronteras como el que sentía Don Miguel por ellos, quienes fueron los protagonistas de darle vida a esa familia que se extinguía poco a poco, por la ingratitud de los dos hijos que jamás volvieron a saber de ellos, pero el destino siempre tiene su jugada bajo la manga, y esa es la que en la mente de Don Miguel y Danila siempre la han tenido en cuenta y estaban listos para afrontarla, si así fuera.

Por la tarde ya reunidos alrededor de la mesa a la hora de la comida cena, Danila mostraba un estado de ánimo que al verla contagiaba su alegría, cosa que obligo a Don Miguel preguntarle.- Y ahora que te pico mujer?...Como siempre eran las posiciones en la mesa, el jefe a la cabeza seguida de su amada Danila, después Axcel y frente a Camila, se sentaba Darío, de manera que sus miradas se cruzaban a cada comentario que se hacía, como este al que Danila le contesta con mucho orgullo.- Viejo, podrías haber imaginado este cuadro, en el que pronto andaremos engalanándonos para la boda y la despedida de Axcel?...

Cómo te sientes Axcel?...Ya tomaste la decisión de irte al convento?...Recuerda son casi los seis meses le comenta Darío.- Estoy como esta Camila para su boda hermano, cada día más emocionada, a poco tu no Camila? En verdad quieres que te lo diga?... Hace poco estaba pensando que si no llegaría el día que me lo dijera y desde entonces solo sueño despierta esperando como tú a que llegue el día.

Porque tardaste tanto en decirle a Camila que se casara contigo hermano?...

Empezaron a llegar las preguntas y Axcel fue quien hizo la primera, Don Miguel y Danila se concretaron a escuchar esa conversación.- Ya saben a dónde irán de luna de miel?...Pregunta Axcel.-Si, contesta Darío, precisamente en estos día debo apartar los pasajes.- Pero no me has dicho a qué lugar, vuelve a preguntar su hermana.- Que te lo diga Camila.- Yooo.- Si tuuu, responde Darío, no recuerdas el lugar que te enseñe en una ocasión? has memoria.

Camila guardo silencio un momento y necesito hacer una regresión de su vida hasta llegar al antiguo refugio, una de las veces que su curiosidad hizo ver de las revistas que tenía Darío y un paisaje coincidía con los sueños de Darío que después de contemplarlo doblo la esquina de esa página para dejarlo en el mismo lugar.- Creyendo estar de acuerdo con los pensamientos de su futuro esposo, solo menciono.- Se trata de un viaje por mar a unas Islas, no es así Darío?... Es a las Islas Bermudas el viaje de bodas por una semana, concreto el enfáticamente.

La comida cena, estaba quedando para después, la plática los tenia entretenidos con la curiosidad de saber más de cada quien, prolongándose hasta que Danila se levanta de su asiento para empezar a servir.- Así se fue la tarde, terminando de cenar en silencio y sin más preguntas.

La noche estaba clara, no había señales de nubes, la luna estaba llena reflejando una luz maravillosa sin sombra que bien pareciera estuviera apenas atardeciendo, eran las ocho cincuenta de la noche de un día veintiséis de Junio de 1988, un año de bonanza en el mundo, las naciones estaban reportando un verdadero auge en sus economías, y esto pareciera como si fuera un mal presagio para el mundo, en un futuro cercano que pudiera suceder en los próximos veinte años.

Darío y Camila sentados en la misma banca del jardín a escasos pasos de la fuente, se les veía platicar como poniéndose de acuerdo en todo lo referente a su boda.- Desde la ventana de la sala había un par de ojos que los observaban llenos de ilusiones, dos corazones que vivían de ese milagro que estaban viendo y que pronto en su más grande amor, les brotaría un profundo suspiro dando gracias al cielo por haber cumplido con esa misión, sin dejar de pedir bendiciones para sus verdaderos hijos que un día salieron y jamás regresaron y a fuerza de su paternidad, tenían que recordarlos, aun cuando para ellos, ya los habían enterrado en sus corazones y ahora tenían que seguir adelante con sus vidas, la que ahora brillaba más que antes.

Aquella banca, donde estaban los protagonistas de esta historia, fue donde Don Miguel y Darío en aquella ocasión se ponían de acuerdo para ir a vivir con ellos, en ese entonces dice Darío a Camila. Apenas tenías los seis años y eras una niña tímida, y callada perdida en sus propios pensamientos, te recuerdas eso?... Preguntaba el con mucha nostalgia.

Nunca te lo he dicho, lo he guardado con mucho amor porque hay una cosa entre tú y yo que jamás he querido mencionar y no lo haré hasta el día en que tu quisieras dejarme por otra.- Porque me estás diciendo esto, he cometido algo que hubiera estado en contra de ti mientras crecíamos juntos?... Si!... dice ella.- He olvidado todo por estar a tu lado, porque en ti sentí que había encontrado a pesar de nuestra miseria el amor que entonces no conocía su esencia, su verdadero sentido, en ese entonces el cariño y la confianza que había depositado en ti, por como tú eras, como me tratabas y todo lo que poco a poco me fuiste dando, se fue convirtiendo en algo muy poderoso en mi mente y en mi corazón y cuando descubrí lo que era verdaderamente el amor y con quien lo había descubierto, ese día sentí que tenía un guardián incondicional a mi lado.- Y cuando fue ese día?...pregunta el desconcertado.- Aquel día me dio vergüenza y al mismo tiempo cuando me fui a dormir pensé diferente y dije, no es como otros y me quede dormida.- Pero no me has dicho que sucedió ese día, porque tuvimos tantas aventuras que no lo sé, pero déjalo así porque yo tengo en mi mente todo desde el día que te encontré en la banquete tirada, con un vestido que se traslucía y se dejaba ver tu esqueleto que apenas se movía.- Que grosero eres! Le dice ella con una cierta sonrisa que se dibujaba en sus labios.- Camila!, dice Darío.- Me vas a decir sí o no, para cambiar de tema.- No!... no te lo voy a decir porque me volvería a dar vergüenza, termino diciéndole ella.

Está bien, dice el.- Yo sé que algún día me lo dirás y tu solita.- Probable.- contesto ella, como afirmando eso.- Instintivamente, Darío ve sus manos y nota como la luz de la luna es tan fuerte que al voltear a verla en dirección al rostro de Camila, se le viene a la mente un recuerdo.

Horita que estoy viendo la luna tan llena y brillante, sabes de que me estoy acordando?...

La voz de Axcel se dejó escuchar.- He visto todo lo que hace el amor, decía ella mientras se acercaba a ellos.-Como estas hermana?... Pregunta Camila.- Estaba pensando dice ella.- En lo pronto que se ha ido el tiempo y que solo nos quedan casi mes y medio para su boda y que quizás no los vea en mucho tiempo y yo sé que ustedes estarán muy al pendiente de todo y si encuentro lo que siento en mi corazón, solo habré de venir un corto tiempo para verlos, porque después será más larga mi ausencia.- Que es lo prioritario para ti hermana?... Sus oraciones cada mañana, cada tarde y cada noche, porque sé que empezar de cero en otro lugar desconocido probablemente sea difícil, por eso les pido esa oración.-

Estas seguras, pero muy segura de que eso es lo que quieres hermana?...Darío pregunta porque como quiera que sea, no deja de ser un pendiente hasta la aceptación de esa verdad, de que su hermana, se realice como novicia y posteriormente sea toda una religiosa convencida y comprometida con el verdadero Amor de los Amores.

Ella se colocó frente a ellos, la luz de la luna bañaba sus espaldas, dando la impresión que era ella quien estuviera emanando una halo de luz, los ojos de Darío y Camila brillaban con su reflejo, sorprendiéndose al escucharla que les decía.- Todos debemos estar preparados para lo que viene, sin olvidar que la vida sigue, algún día Papa y Mama ya no estarán y pudiera ser que tampoco yo esté presente, serán ustedes quienes estarán en esta casa, dándole vida y a ellos que les puedo decir, el amor de ustedes es la vida de ellos, es algo curioso que sucede en sus pensamientos pero así es y claro ustedes ya sabrán cómo manejar estas situaciones, solo prométanme que mientras ellos estén, jamás dejaran esta casa que será suya.- Así termino diciéndoles con un corazón que había cambiado
hacía mucho tiempo atrás.- Donde están sentados, esa banca tiene tantos recuerdos que los llevo en mi corazón, aquí conocí a la hermana que no tuve, y al hermano más maravilloso que he tenido, ustedes cambiaron el rumbo de mi vida, y la incertidumbre de mis padres.

Dándoles un beso, les desea buenas noches y se retira rumbo a su recamara, mientras que Don Miguel y Danila también se hacían presentes.- Están muy a gusto verdad?... Danila expresa esa emoción de un gran cariño.

Creo que no están cansados dice Don Miguel.- Ellos al verlos llegar, ambos se ponen de pie para cederles el lugar a ellos.- No!... está bien así sigan sentados.- Responde Don Miguel.- Haciéndose los sordos desocupan la banca de los grandes recuerdos.- Ustedes en la banca y nosotros en el césped, qué más da, la luna luce maravillosa y sentados admiraran su belleza singular.- Puedo preguntar de que hablaban?- La interrogación de Danila, recibe una muy buena respuesta.-

Comentábamos, decía Darío.- En ponernos de acuerdo en todos los detalles que se acercan para la boda y nos pedía mucha oración para que ella encontrara lo que hay en su corazón y creo que si está muy decidida y tenemos que apoyarla y en caso de que desistiera, no tendría nada que perder, está muy joven y su casa la estaría recibiendo con los brazos abiertos, y por supuesto con el trabajo que sabe hacer.

La luz de la luna estaba menguando, la plática se ponía cada vez más interesante, la temperatura estaba agradable y las estrellas empezaban lucir su brillo en el firmamento.- De manera que está más o menos todo preparado, solo falta ver lo del viaje, y que la novia me diga.- A donde tú quieras mi amor, conociendo a Darío, se anticipa Camila y le da esa respuesta.

La oscuridad los envuelve y al calor del amor que había en sus corazones los despedía para darle paso a la noche esperando como la última luz que había en una de las recamaras pusiera punto final al día para entregarse al sueño reparador de energía, esa luz pertenecía a la de Axcel, estaba al lado de su cama de hinojos y entregada a la oración y entre sus manos pendía un rosario con las cuentas de color rojo quemado.

Nunca se pudiera haber imaginado que esta joven tuviera esas inclinaciones, la vida nos da siempre sorpresas y esta para la familia era una de esas que se podría contar como increíble, podría decir también por ejemplo, cuando lo sepa la demás familia, pero en este caso no había tal familia, solo compañeros y compañeras, no se les podría contar a nadie como amigos o como amigas, habían crecido en un ambiente distinto al de muchas familias, el cuadro fue tan diferente, porque lo que existió en el eje de esta familia fue el Amor.-La noche paso junto con los demás días, con los retos que se fueron realizando poco a poco, la Sociedad de Ulises con Darío, logro frutos que merecieron el reconocimiento de algunas sociedades altruistas por su gran labor en favor de los niños indigentes, habían construido un verdadero Refugio para ellos.

La expansión del Centinela fue un éxito, su distribución en algunas entidades hizo realidad uno más de los sueños de Darío, abriendo nuevas plazas de trabajo, para todos los niños que desearan trabajar como papeleritos y poder ganarse unos centavos para seguir estudiando.- Así crecía el nombre del Centinela y el de su propietario el Sr. Don Miguel Izaguirre.

Por otro lado, la última etapa de construcción en la ampliación del lugar donde estaría todo el sistema de la Red del Centro de Información Automatizada del Centinela, podría ser después de la boda, ya que era una obra superior de relevante importancia.

EL DÍA DE LA COMUNION

El salón de baile del Grupo el Vellocino de Oro, se vestiría de gala para este evento aunque fuera muy sencillo, no dejaría de mostrar la delicadeza en cada uno de los arreglos que habría de tener en cada mesa, un espacio para ciento cincuenta personas como mínimo, era suficiente para albergar a sus invitados, los cuales serían escogidos, recordemos que esta familia solo contaba con el personal de la Imprenta, de los pocos conocidos de los padres de ellos y algunos maestros que serían invitados a la ceremonia y recepción, sin faltar la de su amigo Ulises, con toda la familia de su empresa.- En la mente de Darío, estaba otra invitación, la más formal y la más valiosa de todas, claro que sin ofender a los anteriores, porque estos invitados son para él, el alma del Centinela.

Darío estaba contando con la presencia de todos los que hacen posible la venta de su producto, de cada vendedor del periódico El Centinela, eso estaba madurando en su mente y ya lo tenía preparado, había mandado colocar una mesa grande con cuarenta sillas, igualmente con su adorno, como si fuera una más, sin distinción alguna para poder hacerlos sentir que son también de la familia, la misma que lucha junto a su lado para salir adelante.

Estos sentimientos fueron acogidos por Don Miguel, halagando la obra de su hijo.

El Padre Santiago, párroco de la Catedral de San Agustín, había hecho todos los ejercicios espirituales para poder ejercer en ellos el Sacramento del Matrimonio, las amonestaciones había corrido un mes y no existió ningún impedimento, de manera que todo había transcurrido en completo orden, dejando establecida hora y fecha de la celebración para el día 23 de Septiembre a las cinco de la tarde.- Para llegar a este acontecimiento solo faltaban dos semanas, de las cuales habría que trabajar con prisa en todos los detalles.

Sin embargo, lo inesperado es algo del destino que es inevitable, llámese casualidad o coincidencia, las dos palabras quedan sin fundamento porque esto es parte de la vida, una realidad que sucede en toda el orbe, solo que ahora como si fuera por orden alfabético le tocaría a la cuarta y primera letras del abecedario.

Mientras Danila preparaba algo de café ese día sábado por la tarde, Camila y Axcel revisaban el orden de todas las invitaciones que habían entregado y de las cuales habían confirmado su asistencia, cuando de pronto, Danila sufre un súbito mareo de los que conocemos como vértigo, hizo perdiera el equilibrio cuando tenía entre sus manos el depósito de cristal de la cafetera, que por querer evitar se le cayera, se desplomo cayendo sobre el hombro derecho, mientras que de su mano izquierda, se le desprendía de entre sus dedos el vaso de la cafetera estrellándose a escasos centímetros de donde ella cayo.

El ruido provocado por el vaso al estrellarse en el piso, hizo que las dos salieran corriendo de donde estaban para ver qué fue lo que provoco, cuando vieron a su madre tendida en el suelo sin conocimiento.- Camila hablaba al 011 por una ambulancia, Axcel trataba de reanimarla, dándole como podía los primeros auxilios, coloca su cabeza sobre el pecho de su madre para percibir si su corazón aun latía, encuentra signos vitales y corre hacia el botiquín del baño para hacerse de una botella con alcohol, para empapar una servilleta y hacer que lo respirara su madre y esperar que volviera en si.- Lo estaba haciendo con intervalos de cinco segundos, a la vez que trataba de mover la cabeza de un lado hacia el otro y esperar volviera en sí.

El tiempo era importante, habían transcurrido los cinco minutos y la ambulancia llegaba, los paramédicos la vieron tendida en el suelo con Axcel a su lado aun tratando de hacerla volver, pero le estaba haciendo imposible, al verlos a ellos llegar, se hace a un lado, mientras ella, no dejaba de hablarle.- Mama escúchame, te vamos a llevar a la clínica para que te revisen, te vas a poner bien ya veraz.- Camila ya había hablado con Darío, dándole a saber que fuera táctico cuando le dijera su papa, para que lo tomara con calma.

En la clínica ya estaban Darío y su padre, habían llegado poquito antes que la ambulancia, el arribo fue por el lado de emergencia, en la parte posterior, de manera que ellos no se habían dado cuenta hasta que Axcel y Camila llegaron por la entrada principal, donde ellos las esperaban.

Como paso?...Pregunta Don Miguel a sus hijas.- La encontramos en la cocina, quería preparar un poco de café, pero el recipiente al caer al suelo, fue la alarma que nos avisó de algo que había ocurrido.- Que fue lo que dijeron los paramédicos?...Revisaron signos vitales y su retina no presentaba movimiento alguno, parece ser que sufrió un cuadro de paraplejia y quizás acompañado de una trombosis cerebral que la está manteniendo en un estado de coma sin estarlo, el electro previo que le hicieron estaba normal, solo esperamos que ya con los demás estudios nos den buenas noticias, termino diciendo Axcel.- Ellos te dijeron eso?... Si, mientras le suministraban un suero para no se que....

Mientras comentaban lo sucedido, llegaba Rebeka, la asistente del Doctor Mohamed, para tranquilizar los ánimos... Interrumpo?... No para nada agrega Don Miguel quien pregunta cómo estaba el estado de salud de su esposa en esos momentos.- Para eso he venido con ustedes dice Rebeka.- Para informarles que no se mortifiquen, el golpe que se dio en la cabeza, prácticamente la dejo inconsciente, al tiempo que tuvo una alza en la presión arterial, pero ya está normalizándose, si quieren seguir aquí hasta que logre despertarse, no hay ningún problema, las radiografías que se le practicaron con el fin de detectar algún problema cerebral, salieron negativas y de manera que no hay de que alarmarse y dejar el susto por otro lado, para mañana ella ya podrá estar en casa.

Con las referencias de la enfermera habían quedado satisfechos, de manera que todos regresaron a casa con la idea de regresar por la mañana a la clínica por ella.

Parecía como si un remolino salido intempestivamente de la nada hubiera querido desbaratar todo lo que estaba ya en la agenda de la boda, de la despedida de Axcel y de todo el programa que estaba plenamente planeado y que debería de seguir la misma ruta.

Una vez en casa Don Miguel, Axcel, Darío y Camila más que lamentarse daban gracias a Dios, por los resultados de los análisis practicados, pasaban más de las ocho de la noche y todos después de hasta mañana, se retiraron a sus habitaciones.- Solo Darío decidió permanecer un rato más en la cocina con la luz encendida de la estufa, que por cierto iluminaba bastante.- Sentado con sus antebrazos recargados sobre el ras de la mesa y sus manos engarzadas, dejo ir sus pensamientos más allá de lo que nosotros podríamos haber imaginado, su mirada estaba perdida en el océano de las ilusiones, sabía que los días estaban más próximos cada vez, y que una mortificación le acosaba el pensamiento casi mutilando las más frescas ideas concebidas para su futuro con Camila.

Habían pasado solo unos minutos de estar solo en esa soledad de sus pensamientos, cuando la voz de Don Miguel lo sacaba de ese trance tan emotivo donde estaba inmerso.- N o te vas acostar todavía hijo? Sucede algo que no haya sabido?.- No papa, todo está bien, solo que me puse a pensar en Mama, que espero ya no pase nada raro en ella y creo que debemos tener alguien que le ayude por un tiempo, Axcel se va, nosotros vamos estar fuera unos quince días y no quiero ni quisiera pensar que estuvieran solo los dos ese tiempo.- Anda.- Dice Don Miguel.- Vamos a dormir, ya mañana más descansados pensaremos mejor hijo.- Como tú digas papa.- Hasta mañana.- Hasta mañana hijo.

Quien podría descansar en quien, todos estaban mentalmente cansados y solo eso precisamente, descansar podría reanimarlos de nuevo y empezar una nueva jornada, de eso se trataban las palabras que terminaba de escuchar Darío, quien encontrando en ellas la razón tomo la decisión correcta.

Las luces de la casa se fueron extinguiendo poco a poco hasta quedar en la solo media luz de la noche con el resplandor de la luna, el canto de los grillos y la aparición de algunas luciérnagas venciendo la oscuridad habida de su entorno.

El alba aparecía anunciando un día menos en la existencia del hombre, una esperanza que no debería ser desaprovechada por el ser inteligente que habita este planeta que cada vez sufre dolores de parto.

Pensamientos que cada vez acogía en su momento para traerlos a su mente el hombre que comandaba el matutino el Centinela.- La voz de la verdad como decía el espectacular iluminado en el centro de la ciudad.

El despertador de Don Miguel era casi exacto.- Y ahora porque has repiqueteado cinco minutos antes de las ocho, se preguntaba en silencio.- Y sigue pensando si ya se despertarían los demás.- En eso estaba cuando alguien toco su puerta con tres suaves golpecitos.- Ya estoy de pie salgo enseguida.

Después de darse un baño y haberse vestido para la visita a la clínica, sale de su cuarto y en la cocina los encuentra plácidamente tomando un aromático café recién hecho.- Le sirvo una tasita? Pregunta Camila.- Por favor hija si?, por otra parte Axcel toma la palabra y se dirige a su padre.- Porque tan guapo Papa? Don Miguel responde con mucha gentileza.- Cuando se ama una dama, la dama espera a su amado y cuando me vea llegar, sé que no correrá a mis brazos, pero sé que se iluminara su alma y eso es para mí la fuerza de su fortaleza.

Camila estaba cerca de su prometido y con su codo izquierdo le hace rozar disimuladamente, sin que nadie se diera cuenta el brazo derecho de Darío.- Estaba diciendo con esta seña que se le grabara las palabras de Don Miguel, ella sabía cuánto amor sentía por Danila, probablemente el doble del sentimiento que había perdido cuando se dio por vencida que había perdido el amor de los hijos que nunca llegaron y que el destino había puesto en sus manos a ellos que habían sido una bendición para su alma.- Se hace tarde dice Axcel, rompiendo un breve silencio que se dejó sentir cuando termino de hablar el jefe de la familia.

Bien.- Nos iremos, dice Don Miguel.- En dos autos para que se venga cómoda su madre.- Darío se adelanta a Camila diciéndole.- Llévense mi auto yo me iré con mi papa, nos vemos en la recepción para entrar juntos, de acuerdo? De acuerdo amor.- responde ella con toda seguridad.- Manejas tu o manejo yo, pregunta Axcel a Camila. Te cedo el lugar Axcel conduce tu.- De acuerdo entonces nos iremos para que no se nos haga mas tarde.

8:40 de la mañana, en la clínica ya las enfermeras preparaban a Danila para su regreso a casa, conversaba con ellas dando las gracias por todas esas finas atenciones que había recibido de ellas, una enfermera mas llegaba a su cuarto con una prescripción del doctor para que la tuviera a la mano en caso de que el dolor de cabeza volviera a molestarle.

En la sala de espera, ya estaban esperando que la recepcionista le informara si ya podían subir, para esto Don Miguel se adelanta al mostrador y viendo la misma recepcionista que se acercaba, esta se le adelanta diciendo.- Puede traer su automóvil a la puerta que tiene la rampa para las sillas de rueda por favor, en un momento dos enfermeras bajaran con ella y la llevaran hasta el auto donde habrá de irse a casa.

Yo voy por el.- Responde Darío diciéndole a su papa.- De acuerdo hijo.- Contesta Don Miguel que se queda al lado de sus hijas.- Todo estará bien papa, dice Axcel emocionada de volver a ver a su madre después del susto que se dieron.

No habían pasado tres minutos cuando en una silla de ruedas empujada por una de las enfermeras aparecía a la vista de su muy querido esposo y de sus amadas hijas.- Y Darío! Pregunta Danila.- Fue por el carro donde te iras conmigo, responde Don Miguel emocionado, quien acercándose a ella le deposita en la frente el beso mas anhelado desde la noche anterior.

Te sientes bien? Pregunta el con un cariño amoroso.- Bienes muy guapo por mi, viejo.- Claro, no hubieras querido que viniera por ti en ropa de dormir y con la bata puesta, tendría que ponerme sino lo mejor, algo que vieras diferente en mi, y creo que lo logre verdad? Pues si que lo lograste, responde ella con una voz un poco débil todavía.

La bocina del auto que llevaría a Danila dirección a casa, se escucho dos veces seguidas, señal que Don Miguel conocía a fuerza de oírla casi todos los días por la mañana cuando Darío se adelantaba y esperar a que saliera para dirigirse a la imprenta.

Mientras una de las enfermeras hacia rodar la silla a la puerta de salida por la rampa mencionada, otra enfermera traía en sus manos las cosas personales de la paciente que dejaba la clínica en esos momentos.

La puerta del auto estaba abierta Axcel y Camila observaban el movimiento, después de haber abrazado y besado a su madre, mientras Don Miguel miraba que en la mano derecha de su esposa traía un papel blanco que no se le notaba ninguna inscripción, porque lo traía doblado a la mitad.

Esa es una receta, la que traes en tu mano? Pregunta su esposo.- Si! Responde ella, quien agrega diciendo.- Me la dio para en caso de que vuelva el dolor de cabeza.

Ya junto al auto, las enfermeras ayudan a Danila ponerse de pie, para así colocarla en la posición correcta al tomar asiento.- Una vez dentro del auto, Don Miguel le dice a Darío que todavía estaba al volante.

Yo la llevo hijo quieres? Claro papa en eso habíamos quedado, nada mas mucho cuidado le responde el que al bajarse, se dirige a su madre para darle un abrazo y un beso diciéndole.- Una madre como usted, no se encuentra fácilmente de manera que póngale mucho ojo a mi papa y no se nos vaya ir a otra parte, sabe porque? Porque Hijo? Porque la adoro.

De esa manera Darío dejo escapar un torrente de emoción y ternura.- Los sentimientos de Danila estaban a flor de piel, quizás nunca hubiera imaginado que el amor de unos pobres le hicieran rodar sobre sus mejillas, de amor un mar de lagrimas.- También yo y tu no sabes lo que mi corazón siente por ustedes y por este viejo que me va llevar a casa.

Bueno en casa platicaremos.- Dice Don Miguel.- Allá nos vemos, son las 9:18 quiere algo de desayuno? Si, hijo una torta de huevo con verdura y tortillas de maíz, usted papa, lo mismo hijo.- Entonces nos vemos mas al rato mientras usted hace el café, agrega Darío.

Camila, Axcel y Darío veían partir el auto con mucha alegría, se les notaba en sus rostros, sabían que los planes seguían firmes.- Bien vamos al restaurante para llevarles su desayuno y el de nosotros también, o no tienen hambre.- Tu que crees? contesta Axcel.- ahorita soy capaz de romper mi dieta.- No es para tanto dice Camila, pero en fin.

El nuevo día daba augurios de grandes novedades, y eso lo sabrían una vez que estuvieran juntos en casa, disfrutando de un desayuno diferente, las esperanzas eran ahora mucho mas amplias, los planes empezaban a ver nuevas luces, la boda de Darío y Camila estaba a la puerta, era cuestión de tres semanas y la despedida de Axcel un día después, daría por terminado todo este horizonte que se había dejado ver desde aquel día frente a la ventana de la redacción del Centinela, ahora la historia ya la conocen.

Media hora después, en casa era una fiesta tempranera, el café dejaba salir su aroma, incitando saborearlo con una buena porción de leche caliente, estaban alrededor de la mesa, extrañaban esa reunión familiar y más la habrán de extrañar cuando el destino al fin los separe y esto es lo que los tres hijos traían en su corazón, separarse por no saber cuanto tiempo y esto le correspondía a Axcel que estaría lejos, mientras que Darío y Camila solo dos semanas en su luna de miel, pero al regresar extrañarían la ausencia de su hermana.

La preocupación por el trabajo no era su prioridad, sabían que estaba en buenas manos, la responsabilidad de Isidro al estar al frente del Centinela cuando ellos se ausentaban, pareciera ser como si fueran la misma persona, de ese tamaño era la confianza con Isidro.

Habían pasado ya los primeros treinta minutos y Don Miguel pregunta a su esposa.

Quieres recostarte un rato? No! Responde ella, quiero saber más bien como va todos los preparativos de la boda, de la despedida, la salida de Axcel al convento.- Muy bien mama, responde Axcel.

Primero se me descansa un poco y luego platicaremos sobre todo lo que usted quiera saber, estamos de acuerdo? Bueno, dice Danila les doy hasta las doce medio día, mientras que ustedes se me van a trabajar, dirige sus palabras a los hombres de la casa, se refería a su esposo y a su hijo, quienes haciendo lo indicado deciden salir a la Imprenta.

Con un poco de ayuda, Danila se va a descansar, mientras ellas recogen las cosas que se usaron en el desayuno, aparte de lo que habían traído, dejando nuevamente la cocina impecable de limpia.

Los días transcurrieron como transcurren las horas cuando estas sumido en el trabajo, todo se había puesto de su lado después de este incidente de Danila, no hubo mas detalles que pusieran en peligro de posponer la boda, como tampoco la salida de Axcel, al encuentro con su destino.

Los momentos que habían pasado, y que estaban poniendo en peligro todos los planes, se desvanecieron por la magia del amor, que les había devuelto la tranquilidad.

El día señalado de la despedida de Axcel, antes de la boda de Darío y Camila, había llegado, la fiesta seria en la casa de ellos, los invitados, los mas conocidos de la familia y de quienes guardaban cierta amistad del barrio, así como algunos de los conocidos del colegio donde ella había estudiado y guardaba cierto cariño que tenía en ellos hasta su graduación.

Del mismo modo estarían los empleados de confianza del Centinela, Leslie la secretaria así como Isidro Betancourt, el reportero que Don Miguel apreciaba desde que lo había contratado, llevando hasta su redacción historias increíbles para su publicación, así como el especialista en litografía, el cronista de la sección de los deportes y otros empleados del taller.- Estos fueron los especialistas en hacer la invitaciones de la boda y despedida, de manera que demostraron todo el cariño y aprecio a sus patrones y no podían faltar de ninguna manera a ninguna de estas celebraciones.

El día de la despedida de Axcel, se torno automáticamente de igual manera para Darío y Camila y compartían con la gran alegría de todos los invitados, estaban festejando el doble acontecimiento, los tres hijos no se habían sentido mas felices como ese día, Don Miguel y Danila, estaban realizando aquellos sueños que aparentemente habían fracasado y que ya no lo tomaban en cuenta, la vida les quito y la misma vida les dio en abundancia.- La fiesta se alargo hasta mas de la media noche, el ambiente se hizo mas familiar, después de que algunos de los invitados se habían marchado deseando todo genero de parabienes a esta familia con sus tres maravillosos hijos.

Poco a poco los demás se fueron retirando de la misma manera, estos invitados no habían considerado que al siguiente día, tendrían que estar de pie muy temprano porque otro compromiso estaba por darse y la hora de la verdad estaba señalada para las cinco de la tarde en la Catedral de San Agustín con el Padre Santiago, era el día de la boda de Darío y Camila.

Se pensaría que después de quedarse solos, todos habrían de dormir, pero este no fue el caso de Axcel, de Darío y Camila, mientras que Don Miguel y Danila por consideración a su estado de salud, optaron por descansar y estar en condición optima para acompañar a sus hijos al día siguiente.

Ninguno de los tres toco la cama hasta dejar lista la maleta con solo lo necesario y el motivo, no hacerlo a último momento, ya que estos saldrían juntos a la capital, a las seis de la mañana siguiente de la boda para tomar el avión que llevaría a Axcel a su destino y Darío y Camila otro con rumbo completamente diferente.- Fue una noche de grandes ilusiones, cada uno de ellos estaban sumidos en sus pensamientos por una parte Axcel se preguntaba cuando volvería a ver a sus padres y a sus hermanos,

Camila extrañaría a la hermana que nunca tuvo, Darío solo buscaba en su corazón el bien estar de sus padres y ya había contratado a una persona de confianza para que estuviera viviendo con ellos, mientras regresaban del viaje.

Al fin Axcel se dejo caer en la cama que hacia rato la estaba esperando con la mirada pegada al cielo de su recamara, su mente empezó a tener preguntas y respuestas que por su firme decisión daba contestación a cada una de ellas, la seguridad de si misma eran positivas conclusiones, de pronto entro en un gran vació que la hizo viajar por el espacio de las tranquilas aguas hacia un remanso de paz que la llevo a un profundo sueño.

Camila no era la excepción, como si estuviera deshojando una muy hermosa margarita, decía, este no, este tampoco, este si.- Estaba escogiendo de su guardarropa el mejor vestido, y todo lo demás para su primera noche juntos en cualquier restaurante bar, donde llegarían celebrando su gran noche en su luna de miel, más esperada en aquellos sueños, que ahora son ya una realidad, estar al lado del hombre más increíble que había conocido.

Su maleta quedaba lista y sin mas ni mas se recostaba boca bajo abrazando una de las almohadas sin tan siquiera haberse puesto su ropa de dormir.- No había preguntas ni respuestas en su mente, solo la ilusión que la transporto al maravilloso mundo de la felicidad con el hombre que amaba con toda su alma desde aquel instante que le salvo la vida, en la banqueta que los uniría para siempre sin ninguna malicia.

Si un hombre era cauteloso en esa casa, Darío tenia esa cualidad, una virtud que había adquirido desde niño y de eso podría dar fe la mismísima Camila, que conoció su corazón de niño, de joven y ahora la de un hombre que lo hacia su esposo.- Una aventura compartida entre la miseria, el dolor, la arrogancia de la vida para dejarlos a merced de la estrechez de una sociedad fría en el corazón de la misma, solo diminutas pepitas de oro, difíciles de encontrar a primera vista podrían aparecer a la luz del sol, esperando que esos puntitos amarillos se vean resplandecer entre los ríos de gentes que corren por las avenidas de la ciudad y este brillo salio del corazón de Don Miguel, que habría de convertirse con el tiempo el padre que nunca tuvieron.

Al fin, la mañana del ultimo día que seria el primero para ellos, los hacia volver en sí.

En la cocina, Danila y su esposo, los esperaban con un rico olor de chilaquiles con queso, jugo de naranja, todo sobre la mesa para dar inicio con la bendición de los alimentos que era costumbre de su madre antes de empezar a comer.

Axcel amaneció radiante, en su rostro se dejaba ver una felicidad sin medios comparativos, no tenia palabras para expresar lo que por dentro sentía.- Pero me siento feliz, dijo con una profunda sonrisa delante de ellos.- Y ustedes como amanecieron? Danila hace esta pregunta para que le dieran a su corazón una respuesta que le ayudara a calmar tan acelerada felicidad.

Hoy es un día, empezó articular palabras medio dormido, porque Darío no pego los ojos en toda la noche, sus pensamientos se perdieron en el mar de los recuerdos, aquellos que jamás de los jamases tendrá con que pagar tanta felicidad inmerecida, es una deuda que solo Dios podría pagar por nosotros esta cuenta del tamaño comparada de la tierra al cielo o bien de la miseria al paraíso.- Siguió diciendo.- Donde los sueños buenos que no habíamos tenido en el pasado hoy los empezamos a tener, un sueño que nos refleja estarlo soñando despiertos, donde el sentirlo, nos hace estar vivos, donde todas aquellas vanas ilusiones, ustedes tres, con su amor nos las hicieron toda una realidad, quienes fuimos nosotros para merecer tanto amor si la vida nos había tirado a la calle a mendigar el trozo de pan, fuimos del árbol de la vida, hojas que había arrancado el viento provocado por una tempestad de violencia familiar y olvidados de una sociedad que vive marginando a los que nada tienen.- La voz de Don Miguel sofoco las palabras de su hijo antes de que rodaran por sus mejillas un rió de lagrimas, por todas las palabras que estaba escuchando, Danila no lograba secarlas de tanta emoción que sentía su alma y corazón, una madre es eso una bendición del cielo.- Camila con su emoción se acerca a sus padres abrazándolos de tal manera que ella misma intempestivamente suelta un sollozo convertido en el mas grande suspiro y tras de el rompe a llorar en silencio, era una muestra de todo el infinito amor y agradecimiento que sentía por ellos y la tenía desde hacia mucho tiempo y hoy logro tener la necesidad de descargar en ellos tan maravillosa energía que había atesorado con el tiempo.

El teléfono, no había timbrado en toda la mañana y en ese momento repiqueteaba tercamente.- No se molesten yo contesto dijo Darío, quien se dirige a la sala, para no contestar el de la cocina donde estaban reunidos.

La emoción de la mañana se escapaba con aquel inoportuno timbrar del teléfono, que por cierto había sido una llamada equivocada, como suele suceder en raras ocasiones.- Con el teléfono en la mano, Darío marca el número del Centinela, espera unos segundos y se advierte que le han contestado.- Leslie buenos días, como esta todo? Que bien, puedes pasarme a Isidro por favor? Espera unos segundos.- Isidro buenos días, solo para recordarte como quedamos, si, que bien, solo detalles, bueno nos vemos mas tarde gracias.-

Los preparativos estaban en la mente de todos y Axcel sin preámbulos anuncia su ida a la sala de belleza donde tenia su cita a las diez de la mañana y faltaban quince para la hora.- Darío y su padre saldrían a una boutique para un corte de cabello, y una buena afeitada.- Danila y Camila eran afortunadas ellas tendrían en casa a dos estilistas especializadas para hacerles un peinado de lujo, este fue un regalo muy especial del jefe de la familia para su esposa e hija.

Estos eran los primeros momentos para un día de grandes recuerdos, se estaban poniendo de acuerdo de cómo seria el estilo de su peinado, cuando en ese momento el timbre de la entrada se deja escuchar.- Camila se adelanta.- Yo voy mama.- Esta bien hija, responde su madre.

Al abrir la puerta observa a una señora de madura edad con una pequeña maleta donde bien podrían caber dos o tres cambios de ropa.- Perdone es la casa de la familia Izaguirre? La pregunta era pura formalidad.- Así es contesta Camila.- Vengo de parte del joven Darío.- Ah! si pase por favor.- Cual es nombre? Soy Matilde Duarte para servirles.- Venga le voy a presentar a mi mama a la cual es a la que usted estará pendiente de ella en todas sus necesidades.- Claro en eso tengo experiencia, responde con firmeza.

Al llegar donde estaba sentada Danila, Matilde se sorprendió al verla y le dice emocionada.- Usted es la mama de Darío? Si, porque lo pregunta? Tiene usted un Ángel en casa.- Camila estaba atenta a la conversación que tenia la nueva huésped con su madre quien aprovecha el momento para presentarla.- Mama ella es Matilde.

Pero pueden llamarme Mati y aprovecho la oportunidad para pedirles su confianza y estén seguras que jamás defraudaría al joven Darío.- Traigo instrucciones, sigue diciendo.- De ponerme a su servicio en todo lo que usted necesite.- Sorprendida aun mas, Danila deja escapar un profundo suspiro, de veras que si tenemos un ángel en casa, termina diciendo.- Tu eres Camila, la futura esposa del joven Darío y en tus manos esta toda la felicidad que pudieras desear con un solo hombre y ese es el.- Matilde si gusta dejar sus cosas en la primera recamara, porque esa es la que ocupara durante estos días.- Muy bien señora con mucho gusto.

Al punto de terminar esa presentación, el timbre nuevamente se deja escuchar y es Camila quien vuelve abrir la puerta, para encontrarse con dos señoritas vestidas con el uniforme del Salón de Belleza, que venían a realizar los sueños de madre e hija.

Hola como están, súper contentas de venir a su casa mi nombre es Miriam y yo soy Berenice.- Pasen por favor porque quiero que conozcan primero a mi mama y después me digan por donde empezaremos.-termina diciendo Camila.

La mañana había pasado sin sentir, estaban entrando al medio día y a partir de esa hora las demás se irían mucho más rápido, de manera que se tendría que aprovechar cada segundo para ganarle al tiempo.

Danila fue la primera en estar siendo atendida por Miriam y Berenice, Camila estaba pegada al teléfono preguntando si la Iglesia había sido arreglada con las flores que había pedido, si el salón tenia todo lo necesario, si la orquesta ya había instalado sus instrumentos, parecía que no se le escapaba ningún detalle, por ultimo había hablado a la florería para saber si tenían listos los tres ramos.

Si, eran tres ramos, estaba pidiendo un tercero para que Axcel lo dejara junto a la Virgen, pidiéndole su bendición antes de marcharse.- Camila era detallista, correspondía al amor de su hermana de mil maneras, estaba contenta de la decisión que había tomado, de esa manera se daba por enterado que los planes estaban saliendo como se esperaba.

Pasadas las siguientes dos horas y media, Camila estaría casi lista luciendo un maravilloso peinado, no se dudaba que el trabajo de Miriam y Berenice era totalmente profesional.

La puerta se abre de pronto para cederle el paso a la que se veía también encantadora, era Axcel que venia del salón de belleza, el mismo donde estas dos muchachas trabajan.- Oye que bien te dejaron, le dice Miriam y ustedes como dejaron a mi mamy? Bella como es, responde Berenice.

Los nervios empezaban hacerse presente, Danila ya empezaba a preguntar por su esposo y su hijo que no llegaban.- Hija.- Axcel, habla por favor a la Imprenta a ver si de casualidad están allí.- Si mama ahora les llamo.

Camila esta atada a la belleza, estaban dándole los últimos toques a su peinado, era algo diferente, único para esta ocasión, solo seguía con la mirada cada movimiento que podía estar al alcance de sus ojos.

Leslie? Buenas tardes ya estas lista? Claro, si vas acompañarnos verdad? que bueno, te vamos a esperar, si no! mi papa se va sentir.- Oye, de casualidad están ellos allí en este momento? Estaba preguntando, cuando se abre de nuevo la puerta y eran ellos que regresaban.- Ya llegaron, ya sabes te vamos a esperar.-Estaba preguntando por ustedes.- Necesitan ayuda?.- Si por favor en el carro esta otra caja.- Traían entre sus brazos, los trajes que usarían durante la noche de bodas.

Miriam y Berenice justo a tiempo habían terminado y se disponían a salir de casa, madre e hija estaban en sus recamaras, y Axcel no permitiría a Darío viera a su hermana hasta en la Iglesia.- Don Miguel se fue a su recamara, sin imaginar la sorpresa que iba a recibir al ver a su esposa siendo atendida por Mati, dándose los últimos arreglos personales.

Por otro lado Darío con los porta trajes se va directo a la suya, sabiendo que se hacia tarde, eran las tres treinta y aun faltaba mucho por hacer, la hora de estar presentes en el templo tendría que ser veinte minutos antes y la puntualidad era siempre su tarjeta de presentación.

Eran los últimos minutos de aquella aventura que había empezado hace quince años en la misma casa donde se hicieron todos los arreglos para la despedida de sus hijos y el enlace matrimonial de quienes habían participado del buen corazón de sus mas grandes anfitriones, donde aprendieron la lección mas hermosa de la vida en ellos.

Cuando el amor se desprende para habitar en transparentes corazones, hace brotar de ellos un manantial de gratitud perenne, de inagotable ternura capaces de darse a si mismos en agradecimiento por cada efecto recibido del mismo amor.- Habían caído en tierra fértil que los vio crecer, desarrollarse hasta convertirse al lado de Axcel tres inseparables hermanos.

La hora había llegado, y estaba llegando a la residencia de la familia Izaguirre una limosina blanca de lujo, para recoger a la novia, a la hermana y a la madre para trasladarlas a la Catedral de San Agustín.- Por otro lado Darío y su padre estaban dándose los últimos arreglos, con el afán de darle tiempo a que ellas llegaran al templo.- Creo que es hora papa, faltan veintiocho minutos para las cinco, nos vamos en mi carro, nada mas déjeme hablar con Mati para que este pendiente de cualquier cosa que pueda suceder.

Una vez dada las instrucciones padre e hijo abordan el auto convenido y se dirigen a su destino.- Que Dios los bendiga, alcanzo a escuchar la voz de Mati, quien en señal de agradecimiento Daria alza su mano izquierda por fuera de la ventanilla.

La tarde estaba dando señales para una noche maravillosa, el cielo estaba despejado, la temperatura estaba ideal para una desvelada segura y con estos pronósticos todos los invitados seguro que darían todo por divertirse al lado de los novios y de la familia de ellos.

CAMINO A LO INDISOLUBLE

Las avenidas se estaban prestando al destino, no había mucho tráfico, los semáforos parecían estar de acuerdo a la velocidad que Darío llevaba, la serenidad de ambos hacía compartir de algunas anécdotas vividas juntos en el taller de la redacción del Centinela.

El auto se acercaba y este aminoraba la velocidad, observaba una multitud que esperaba la tercera llamada del campanario para entrar a misa, Darío tenia que estacionarse cerca de la sacristía, para que su padre se uniera a la procesión al lado de su esposa y el, entrar por el lado lateral sin ser visto por la novia y encontrarse con el sacerdote oficiante.

El vicario de la Catedral, se hace presente con ellos, para hacer la entrada formal colocándolos en sus respectivas posiciones.- La corte que le acompañaba no era de esas de muchos integrantes, para los novios solo bastaba la presencia de sus padres de su hermana y de una sola pareja como los padrinos de boda.- Así de sencilla, Darío y Camila, no ostentaban nada fuera de lo común, solo el amor que esa tarde los uniría para siempre.

Sin embargo, la florería encargada de adornar el altar, los reclinatorios y cada una de las bancas, se habían excedido, habían puesto sobre la alfombra roja, que va desde la puerta de entrada hasta el altar, una valla de pétalos rojos y blancos en señal de lo grande que es el amor.

El sacerdote sale de la sacristía acompañado del novio, quien antes de dirigirse al altar coloca a Darío frente al reclinatorio que el ocuparía.- En ese preciso momento se deja escuchar en el campanario la tercera llamada y el templo estaba casi a su capacidad, se apreciaba la presencia de algunos reporteros de otros rotativos y entre ellos Isidro estaba ya a la expectativa.- El organista deja salir con toda su alegría las notas del la marcha nupcial para dar principio a esta gran y emotiva ceremonia.

La luz del templo en su interior, la armonía de las voces del grupo que elevaba sus alabanzas a las alturas, la emoción que embargaba a los novios, a los padres de ellos, Axcel que se veía feliz y que seria su ultima noche de estar juntos, las lagrimas que no dejaban de salir del manantial en los ojos de Danila, Don Miguel que respiraba con profundidad, sintiendo como el aire dejaba de proporcionarle el oxigeno, no era otra cosa mas que una doble gran emoción que lo embargaba, era fácil adivinar aquellos sentimientos encontrados, que sin embargo dejaría los otros, por vivir sus últimos años al lado de estos que supieron darle, lo que habían perdido muchos años atrás.

El sacerdote se acerca a los novios, los pone de pie y ejerce en ellos el Sacramento del Matrimonio, uniéndolos de tal manera diciéndoles.- Lo que Dios acaba de unir, no lo separe la mano del hombre.- En ese momento les impone las manos y los bendice.

Minutos más tarde el sacerdote finaliza la misa, despidiéndolos de la forma tradicional.- Podemos ir en paz la misa ha terminado.

El silencio nace de nuevo, muchos permanecieron de pie mientras que Axcel se encaminaba a la imagen de bulto de Santa Maria Virgen, llevándole su ramo de flores, quien de rodillas le pide la más grande de sus bendiciones, para salir al encuentro de su hijo en las misiones lejos de casa, encargándole en sus manos a sus amados padres y hermanos.- Momentos después se pone de pie hace una reverencia con el respeto merecido hacia la virgen, le brinda la oportunidad a su hermana.

Darío con todo cuidado, encamina a su esposa al mismo lugar donde había estado su hermana y colocando el ramo de novia a los pies de la Virgen, se arrodilla e inclinando su cabeza hacia abajo medita algunas oraciones, que de igual manera podríamos pensar que estaría pidiendo lo mismo, su bendición en el camino del matrimonio.

Darío observa a Camila, quien con una mirada fugas, le hace entender que fuera por ella.- Atendiendo esa señal le ayuda incorporarse y lo que no se había visto antes, lo estábamos viendo, Darío coloca a Camila a su lado derecho y ahora es el quien se deja caer de rodillas ante la Imagen de la Virgen al mismo tiempo que le decía en voz casi imperceptible.- Salimos ella y yo dos veces de la nada, y desde la nada, nada sabíamos de ti, y de tu hija la que nos diste como madre sin tenerla, nos dio de tu amor, no te pido que bendigas nuestras almas, sino la de ellos, que de parte de ti todo nos dieron, a Axcel consérvala en tu amor y a nosotros solo ilumina nuestros senderos y aumenta nuestra fe, amen.

El coro que estaba presente de pronto empezó a cantar una de las alabanzas más escuchadas en cada misa y que ahora era propicia en esta ocasión.- Entre tus manos, esta mi vida señor, entre tus manos pongo mi existir.

Cuando el coro termino de inmediato el órgano interpretaba la salida triunfal de aquella pareja junto con la pequeña corte que los acompañaba, fuera del templo, la gente felicitaba a los novios, a la hermana, a los padres y padrinos, era toda una algarabía, algo que sus ojos y oídos no habían visto y escuchado quizás por muchos años algo semejante.

Fotógrafos y reporteros asediaban a los novios pidiéndoles tomar algunas fotos para las columnas de sus periódicos, mientras que Isidro tomaba cada movimiento de sus patrones, fotografías que después serian evidencias muy claras de un gran evento social y que las paginas de las sociales del Centinela estaría repletas de ellas.

Don Miguel al ver a Isidro le pide tome la foto del recuerdo, tomando como fondo la entrada al templo aprovechando que las puertas aun estaban abiertas de par en par y dejaba ver el altar iluminado.- Una vez colocados en la posición que requería la cámara estando todos juntos, se hace realidad con tres tomas diferentes.

La gente empezaba despedirse, no sin antes decir se verían en el salón mas tarde.- La limosina estaba estacionada exactamente a diez metros de la entrada al templo, las puertas se abrían para recibir a los novios, a la hermana, a los padres y padrinos, para partir de allí al salón que seria la ultima estancia que habrían de visitar antes de salir muy de mañana al encuentro con el destino del amor a Dios en el campo misionero aceptado por Axcel, mientras que Darío y Camila volarían en aras de su propio amor, mientras que Don Miguel y Danila, los esperarían con el mismo amor que los vio crecer y ahora partir, recibirlos con los brazos amorosos de un Padre y una Madre que dieron todo de si, por ellos que recibieron de la nada, la grandeza del Amor.

FIN

3-23-11 21:24